Qiu Huadong
Collection

邱华栋文集

中短篇小说

来自生活的威胁

邱华栋 著

江苏凤凰文艺出版社
JIANGSU PHOENIX LITERATURE AND ART PUBLISHING, LTD

图书在版编目（CIP）数据

来自生活的威胁 / 邱华栋著 . -- 南京 : 江苏凤凰文艺出版社 , 2018.6
（邱华栋文集）
ISBN 978-7-5594-0520-3

Ⅰ . ①来… Ⅱ . ①邱… Ⅲ . ①中篇小说 – 小说集 – 中国 – 当代②短篇小说 – 小说集 – 中国 – 当代 Ⅳ . ① I247.7

中国版本图书馆 CIP 数据核字 (2017) 第 126362 号

书　　名	来自生活的威胁
著　　者	邱华栋
责任编辑	黄孝阳　王　青
出版发行	江苏凤凰文艺出版社
出版社地址	南京市中央路 165 号，邮编：210009
出版社网址	http://www.jswenyi.com
印　　刷	三河市人民印务有限公司
开　　本	690 × 960 毫米　1/16
印　　张	22.5
字　　数	275 千字
版　　次	2018 年 6 月第 1 版　2021 年 6 月第 3 次印刷
标准书号	ISBN　978-7-5594-0520-3
定　　价	49.80 元

目　录

里面全是玻璃的河

那天是星期六，天气特别好，因此冯斌决定去钓鱼。他已经很长时间没有钓鱼了，部分的原因是他的妻子怀了孕，所以他要花不少时间在家中照顾妻子。

他们结婚五年了，去年他们在这个社区买了一套房子。这时做服装设计师的妻子决定要一个孩子，而且也很顺利地怀上了，现在离生产还有一个月，冯斌觉得自己的生活风平浪静，一切都将在预料之中。

“你是要带上海竿还是那个可以伸缩的钓鱼竿？”妻子袁梅在帮他整理和收拾渔具时问他。

“海竿要在湖里钓鱼时才用，我用那杆可以伸缩的普通竿。我去潮青河钓，那条河不宽。”

“什么时候回来？”

“中午我不回来吃饭了，晚饭前我会回来的，我要钓满一桶鱼才回来。”

冯斌向妻子要了一个红色的塑料桶。去年夏天，他去北部一个钓鱼场钓鱼，就钓了满满一桶虹鳟鱼。那些虹鳟鱼简直傻极了，它们抢着往他的鱼钩上碰。不过那个钓鱼场是专门为了钓鱼者修建的，撒满了为了让它们早点儿上钩的饥饿的鱼。但这一次不一样了，因为潮青河是一条自然河，它从很远的地方像一条宽阔的带子一样弯过来，在太阳下面闪闪发光。这条河离社区八公里远，冯斌决定骑自行车去。他有全套的从日本带回来的钓鱼服；那种可以下水的特制高鞠儿胶鞋、薄手套、夹克、太阳帽和一根可以伸缩的碳合金鱼竿。在和妻子告别——他亲了她的额头之后，就出发了。妻子挺着骄傲的大肚子，站在台阶上，看着他在阳光下的社区门口的道路上消失。

很长时间来冯斌觉得自己很幸福——他和袁梅从恋爱到结婚，再到现在怀孕即将做妈妈，这期间经历了八年时间。他是在大学快毕业时认识袁梅的，从此开始了他马拉松长跑般的追求，但这个过程在冯斌看来很迷人，他认为这是生活最圆满的，因为他们两个人之间经历了从恋爱到结婚再到即将生子的所有的细节，他觉得这个过程他和袁梅一起完成，让他体会到了生命的乐趣和丰富，有很多人把他们的感情分给了很多人，他们不会体会到他的完满幸福感的。

几个月都没有把心思放到别处的冯斌一出门就觉得快活。初夏的阳光白花花的，但很柔和，就像他和妻子对视时的目光。那里面全是爱，全是爱。他哼着歌，骑着车子快速地奔向那条河，那条闪闪发光的潮青河。

这时候仍旧是早晨，空气清新得仿佛被过滤了好多遍似的，冯斌选择了面向太阳的河岸，支起了钓鱼竿。太阳光很柔和，但它待一会儿就会放射出十分强烈的光线了。冯斌细眯着眼睛，他选择了一处河湾水流舒缓的地方下了钩。

潮青河大约宽九十米左右，但它显得异常平静，因为可能河底是平的，因此看不见它有一丝的波澜，这使得河面看上去就像是他家的三十四英寸的索尼纯平彩电的镜面一样。也许我不该买这么大的电视，他想，我从来就不爱看电视，平时都是袁梅在看，她每天要在电视机前待到很晚，女人的真正丈夫是一台电视机，他略微不满地想。

可能是因为水太清了，他坐在那里有半个小时都没有鱼咬钩。水至清则无鱼，有人早就这么说过了。于是冯斌又换了一个地方，他沿着河大约向下游走了三百米，这里的河水哗哗地响着，河面凸起的好多石块让水发出了这样的声音，在一处芦苇边上，他再次甩出了鱼钩。

一个穿红色衬衫的小姑娘从河边小道上走了过来。她大约有六七岁，扎着两条小辫子，两个眼珠子滴溜溜地转动着。

“叔叔，你钓着鱼了吗？”

“还没有。鱼还没有咬钩呢。”

“它什么时候咬钩？”

“快了，在它饿了的时候。”

她坐在他旁边，恍惚间他觉得他已经有了一个女儿，一瞬间她已长这么大了。

“我不要做一条鱼。”

“为什么？”

“因为它被钓着的时候嗓子眼儿一定痛极了。”

“你不会变成一条鱼的。你叫什么？”

“我叫小红。我爸爸也在钓鱼，但他在那边，他已经钓上一条小鱼了。”

“我没看见有人。”

“他在一个小坡下面。我在采野花，我不想变成一条鱼。”

“你不会的，你爸爸也不会让你变成一条鱼的。”

“因为鱼被钓着的时候嗓子太痛了。”

那个叫小红的小姑娘就坐在他的边上，有一会儿他们都没再说话。从冯斌的心中升起来一种他过去朦胧感受过的父亲的感觉，现在身边有这么一个小姑娘，他感觉到了。这是一种非常慈祥、温暖的感觉，就像温度正在不断升高的太阳，他和她坐在那里，就像父亲和女儿，安静地盯着鱼竿伸出去的方向。

然后，鱼咬钩了。因为鱼总是要咬钩的，冯斌心里一阵激动，他猛地挑起了鱼竿，在钓鱼线上脱水而出的正是一条银光闪闪的活蹦乱跳的鱼。

他赶紧收线，将鱼拉近到手边。小红先是一阵欢呼，但紧接着仿佛也感受到了鱼嗓子眼的疼痛，张着嘴不吱声了，看着冯斌把它抓到了手里，取下来放进了塑料桶。

“你把它放了吧。”小红蹲在塑料桶边看着鱼说，“叔叔，它痛着呢。”

“不，我钓起了它就不放它。”

“把它放了吧。”

“不行，小红，你爸爸会放走他钓的鱼吗？”

“有时候他就放。”

“我不放，我好不容易才钓上这条鱼。”这时冯斌觉得自己像一个脾气倔强的孩子。难道我也六七岁吗？

小红站了起来，她很失望地四处打探，然后她指着河面上说：“那里还有一条鱼。”

“什么？在哪儿？”冯斌站了起来，向她手指的方向看去，但这时从远处传来了呼唤小红的声音。那一定是她的父亲，因此她答应着跑开了。

他还在看河面，他心想那里真的会有一条鱼吗？是一条什么样的鱼呢？于是，他的确看见那边的河水中间，有一块石头上靠着一个小东西，它是白色的，但比一般的鱼要大得多，它不知道从哪里浮过来，被那块石头挡在那里，或者河水太浅，它走不动了，就待在那里了。

冯斌再一次甩出了鱼竿。他猜想自己会钓上一条大鱼。因为袁梅最喜欢吃鱼了，她什么鱼都爱吃。但他的视线总被河水中间的那个浮物所吸引，它是什么呢？

他细眯起眼睛看，现在太阳已经升得老高了，河面闪烁着碎银子一样的光芒，仿佛有成千上万条鱼在跳跃，它让他一阵眩晕，他仔细地辨认着，觉得它并不是一条鱼，它更像是一个玩具娃娃。但它也许是一个死婴。这种想法让他吃了一惊，死婴！这是他从来没有想过的事，但那东西看上去太像了，简直越来越像了，他就盯着那个东西看，直到他决定涉水把它捞上来。

他挽起了裤腿，下水向河面走去。河面细碎地闪动的波纹让他眼花缭乱，但河水不深，还没有到他的膝盖。这么浅的水里会有些什么？他盯着它想，他离它越来越近了，他尽力使自己适应河面的反光，然后看清楚了它。

那的确是一个婴儿，它（他？她？）面朝下漂浮着，被一块石头挡着，微微地浮动着，可以看出它的头发是褐黄色的，那样子像是一岁左右的婴儿的头发。它身上有些轻伤，但皮肤已经被水泡得发白，就像一条大鱼一样。

他呆立在水中不知道怎么办的时候，忽然感到脚下一凉，然后一阵钻心的疼痛从脚底慢慢地升上来，他猜想一定是自己踩上了一块玻璃。他吸着气把脚拔出来，看见自己的脚底果然嵌入了一块透明的玻璃。他骂了一句，取出了那块玻璃，然后又走回岸去。

他这下明白这是一条布满了玻璃碎片的河。他弄不清它们是从哪里来的，就像他不知道它是从哪里来的一样。它们是从哪里来的呢？它呢？它又是从哪里来的呢？站在河岸上他很茫然，他看见小红和她的父亲在几百米外的地方，他们已经打算离开了，现在向他挥手，然后，他们就不见了。

他坐下来将脚底包扎了一下。幸好带来了药棉和创可贴，为了防止破伤风，他又将自己的脚板挤出了一点儿血，因为他认为只要见了血就会防止破伤风。

现在他坐在那里感到心里不太平静。那个死婴面朝下漂浮在水面上的样子很悲哀。它是怎么死的呢？是谁，是哪一对男女把它扔进了这条河里？他应该去报警吗？

他觉得现在他不能钓鱼了。它的出现完全吸引了他的注意力，他现在不能干别的了。他决定把它捞上来，他想了想就又下河了。

但这是一条布满了碎玻璃的河。那些玻璃碎片在水底闪烁，并不是有千万条银鱼在跳跃，现在他明白这一点了。他小心翼翼地尽量躲开那些玻璃，但他的脚底仍被扎中了。他的脚痛极了，这下双脚都被玻璃割烂了，但他决心把它弄到岸边。

他又来到了它的近旁，他用带来的小绳子拴住它的一只脚丫，那大概是左脚，然后他就像渔夫拽着他的一条小船一样向岸边走。

他突然不怕那些水底的碎玻璃了，因为它们已经扎伤了他，让他流了好多血，如果这条河里有食人鱼群，它们闻着血腥会很快扑过来，把他和它吃成骨架吧？这个联想并没有使他觉得恐惧，因为他知道这条河里的鱼还不如那些碎玻璃多呢，即使这是一条郊区的河，人们也往里扔了太多的东西，甚至连死婴——它也扔了进来。

他回到了岸上，赶紧再次包扎自己的脚，他的脚底已经伤了好几处，伤口挺深，因为那些扎在沙土里的玻璃片像竖起的刀锋。可现在他把它弄到岸边了，他松了口气，因为不处理好它他就没有办法再钓鱼，而今天他只是为了来钓鱼的。

他包扎好了自己，松了一口气。在一条里面全是玻璃的河边钓鱼，心理上的确不能轻松，他停了一会儿，注视着塑料桶里的鱼，那条小鱼已经恢复了过来，可能嗓子眼不再痛了，轻快地在桶中游着，脊背健康得发黑。

他停了一下，有一个愿望使他想去动它，他拿着一根细木棍，在河岸边把它翻了一个个儿，现在它变成他了。这是一个小男婴，他紧闭着双眼，看不出是痛苦还是在熟睡，他的整个皮肤发出了一种令人难以置信的灰色，他现在像是一具被包裹在一层很薄的塑料里的玩具娃娃，在水中仰面朝天。他端详着他，觉得这个小东西仿佛是从天而降，又仿佛没有任何来由，但已经和他建立了某种联系。他不明白这个小东西和他即将出世的孩子之间会有些什么关系。现在，他可以把他放在一边了，可以专心钓鱼了，于是他就用绳子把他拖到了不远的一个河汊处，然后他回到原地继续钓鱼。

等到他再次开始钓鱼的时候，他心里已不再去想他了，这时他的脚意识到疼痛，那全是河中的玻璃扎伤的。河岸沿线没有一个人，只有他在钓鱼。整整一天都是这样，这一天他一共钓了大大小小十几条鱼，装了有小半桶，在天黑之前他回家了。

而袁梅正在家中等他回来，她现在挺着大肚子还坚持做饭，她要吃新鲜的鱼，她要喝新鲜的鱼汤，因此她在家中等他回来，她当然会等到的，因为那个红色塑料桶里有十几条鱼呢。冯斌从来没有像今天这样轻松，他们一起吃了一顿有鲜鱼的晚餐。当然，他们还在餐桌上点了蜡烛。

冯斌后来一直后悔他讲了那个死婴的事儿，那时候他们都躺在床上快要睡了，他们都穿好了睡衣，正准备关掉床头灯，然后他讲了他在钓鱼时看见的那个小东西的情况。

从他一开始讲，他就能够感觉到袁梅在屏住呼吸，仿佛在听一个令人难以置信的故事，他讲到他把他拖到河汊以后，就不再说了。

“然后呢？”

“什么然后？我再没管他了。”

“那他就一直在那里，那个男婴？”

“对，一直在河汊里呢。”

“然后你就坐在不远处钓鱼？”

“是啊，后来鱼就直往鱼钩上碰，你就拦不住它们。”

“为什么有那么多的鱼？是不是因为有他的原因？”

“不不，可能后来天气渐渐热了，河水变暖了吧。”

“你为什么不去报警？”

“我想过，可我后来忘了。”

“你忘了，你还是个人吗？”妻子的口气突然变得严厉了。

“我真的忘了，因为鱼太多了。”

“那你也忘了你脚上的伤口吗？”

“没有，后来我简直痛极了。”

“可他还在那里，他死了，你熟视无睹，你把他拖到岸上，扔在一边，然后你钓了一天的鱼。”

“就是这样的啊。”

“我们刚才吃了有死婴的河里的鱼。”袁梅勉强说出这一句话，然后“哇”地一下子吐了出来。他们的确吃了有死婴的河里的鱼，现在，袁梅大约是要把它们全部吐出来，她成功了。而他，也不知所措了。

后来冯斌回忆起那天晚上的情况，觉得一切都是乱糟糟的，妻子的呼吸突然变得紧张了，吐过之后，她脸色苍白，她不想和他说话，过了一会儿，等他收拾完了她的呕吐物，她的肚子开始痛了。

这是一个危险的信号，冯斌急了，打电话叫来了保安，他穿好衣服和他们一起把妻子抬进社区的一辆面包车，然后紧急送往医院，一路上袁梅眉头紧皱，她一直不和他说话，这让冯斌很着急。后来在医院里，经过紧急护理，医生保住了险些流产的孩子。

“为什么会是这样？”冯斌问一个面色红润的大夫。

“她一定受了刺激。受了刺激的孕妇情绪反应巨大，可能会早产的。幸亏你送来得早，否则，你的这个孩子就保不住了。”

“她要住院吗？”

“明天要观察一天，你明天再来吧，她已经没事儿了。”

他第二天来到医院的时候，大夫告诉他他妻子已经走了。“回娘家去了，她妈来把她接走了。”那个大夫狐疑地看着他，“你是她丈夫吗？”

“当然，”他十分生气，“我当然是她丈夫。”现在他明白，袁梅生他的气了。可袁梅是怎么生他的气的呢？因为什么？是吃了有死婴的河里的鱼吗？可能没有那么简单，因为袁梅一直是一个通情达理的人。但又是为了什么呢？仅仅因为他吗？因为他没去报案而是在他的旁边钓了一天的鱼。他现在想，当时他的确是把他忘了，因为他已经把他拖到河边了。但仅仅拖到河边就够了吗？他认为够了，可她却觉得这样还远远不够。

他单独一个人在那张大床上躺了一晚，第二天他打电话给袁梅，是她母亲接的电话，然后才是她。

“不管到底怎么了，我想把你接回家来。为了我们的孩子我也要在你身边。”

“你没有人性。”袁梅的声音听上去又严厉又恶狠狠的。

“我，没有人性？”他目瞪口呆。

“是的，你把那个死婴用绳子捆起来拖到河边，然后你把他扔到一边，就再也不去管他了，你把他忘了。可他也是一个人啊！然后你在那里钓了一天的鱼。你说，你有人性吗？而你马上也要当父亲了，我感到害怕。”

“你害怕我？”他更加慌乱了，“可是当时我没法再干别的，我已经……可他……我又能怎么样？”

“你没有人性。我在想我应该一个人待一阵子。我不想回家去，你让我自己好好想一想。”

“想一想什么？”

“想一想你会不会为我们的孩子负责。”

“这还用说吗？我当然会。”

“但你的行为证明你不会。”

“你太不讲理了。”

“而你太没人性了。我想自己好好静一静，因为你伤我的心了。”

他觉得这非常荒谬，本来生活那么平和宁静，然后有一天他去钓鱼，看见了一个不知从哪儿来的死婴，是一个男婴，然后他把他拉到了河边，然后他的生活就发生了一些变化。这让他想不通。他左思右想，决定再去那条叫潮青河的地方找一找他，他就又去了。

他在河边找了半天，他记得自己把他放在河汊里了，可现在那里什么都没有，如同一个幻觉，那里什么也没有。他沿着河边找啊找，仿佛他找到了他就可以把妻子接回来，但是他没有找到。他有些恼怒了，他不知道这一切是怎么回事儿，后来，他索性脱掉鞋子下了河。他把裤腿挽在了大腿根，然后在河水中向下游走去，他要找到他，因为他知道那一天他确实看到了他，现在，他要找到他。这条河确实不深，河面很宽，他就在水中拎着鞋走着。他下了河再次确认了这是一条充满了玻璃的河，因为他显然被扎伤了，而且还流血了，但他全然不顾这些，只是为了找到他，那个皮肤灰白的玩具娃娃——也许他原来不是死婴。但那条河里除了玻璃碴，什么也没有，他什么也没有看见。

到了星期六，他已经连续去那条河边三次了。他再也没发现过他，他变得十分慌乱。他在给妻子打电话时恳求她回来："回来吧，我想那个死婴是一个幻觉，我再也没看见他。回来吧，快回来吧。"但电话那边一片静默，是的，电话那头一点声音都没有。

一公里长的餐厅

王元朗刚来到这座城市的时候，他的手里有八百万元钱，但仅仅两三年的工夫，他已经身无分文了。我最近见到他的时候，正碰上他打算搬离这个社区。在他家门口我碰见了他，他正为他养的一群斑点狗发愁：“我要离开这座城市了，可我的这群狗怎么办？我没法带走它们，我送给你，你要不要？”

那是一只母斑点狗和它的四只小斑点狗，黑白相间的斑点和花纹让我看着头晕。我害怕看螺旋和圆形的各种花纹，再说让我养这五条狗，光狗粮就够我应付的，我告诉他我没法要。

他的脸上露出了失望的表情，但他旋即又十分理解地点了点头：“嗯，要是你养上这几条狗，你的麻烦可就大了，因为它们和小孩子一模一样，你敢养五个小孩吗？”

那天下午他开始搬家，搬家的车一共拉了三趟，一些强壮的搬家公司的工人在满头大汗地忙活。他家的东西真多，我从我的阳台上可以看到他们的劳作，我坐在那儿喝咖啡时，目睹了他们搬家的全过程。而那五条狗，那一条母斑点狗带着四条小斑点狗最后也被装上了车，在离开社区时恋恋不舍地望着社区，也望见了我。指挥搬家的是王元朗的妻子，那是一个麻利泼辣的女人，我看见她的头上包着一条白色围巾，此外她还戴了一副墨镜，而王元朗只是露了一下面，就消失了。在他家搬完的时候他都没再露一次面。

谁也不知道他们去了哪里，我也不知道，早晨我碰见他，谨慎地伸手去摸那几条活泼可爱的小斑点狗时曾经问过他，但他做了一个奇怪的表情，意思是连他自己都不知道他要去哪里。“我是这座城市最失败的人。”他叹了口气，答非所问地说。

他的妻子肯定知道他们要去哪里，但她根本就不想和我们碰面。况且她还在头上包了白围巾，戴了墨镜。他们就这样搬离了他们租住的房子，那是一套一百八十平方米的复式房子，房主是一个羽毛球运动员。第二天，这套房子门前的小花园里，退役的女羽毛球运动员就出现在了那里，一边指挥园丁修剪花草，一边还向不远处阳台上喝茶看报的我打了一个招呼。

我从此以后再也没见过王元朗了。

几年前王元朗刚来这座城市的时候可不是这样，那时候他应该算是一个有钱人，他踌躇满志地带着他赚来的八百万元钱，打算在北京大干一场。王元朗是一个东北人，人高马大，性格豪爽，他赚的那些钱都是前些年闯荡俄罗斯时贩运东西得来的，为此他向我们展示了身上和头上的刀伤和枪伤。“那都是和俄罗斯匪徒搏斗时留下的。好几次他们都差一点儿杀死我。尤其是他们冲我开枪的那一次，我装着死去了，他们踢了我几脚见没有动静，就走了。你看我该算是一个用命来换钱的人吧？”在他开张的那家饺子店里，他第一次对我说。

他最先开张的餐厅就叫“一公里餐厅”，因为离社区一公里就是那条通向北京几个郊县的快速公路，路上的车很多，司机都要下来吃饭，加上这个社区已入住了一千多户，所以他觉得他的生意一定会火爆，于是就开了那家餐厅。

那是一家饺子馆，开业那天我也去了，为的是帮他张罗一下宣传。不少报社美食版的编辑记者我都碰到了，那天他们吃得很开心，因为这家五十米长的沿街饺子馆在那天热闹极了，简直可以说是盛况空前。而且，最要紧的是王元朗不知通过什么渠道请来了一个以书法闻名的脾气和善的全国人大常委会副委员长，那个白发苍苍的老头自然有不少随从和警卫，一时弄得连这个郊区的区委书记都不知道发生了什么事，闻讯专程赶来在这家饺子馆拜会了副委员长，而且看着王元朗的表情是一脸的困惑与狐疑。

那天，这家装修花了二百万元的五十米长的沿街餐厅热闹至极，从中午到晚上，王元朗宴请了一千多人来吃他的东北大馅饺子，你想想看那种盛况是个什么样子。有不少看热闹的、偶然路过的都从车上下来走进餐厅，也被无偿招待了。从那天起，他这家“一公里餐厅”便生意红火了。

那一年，王元朗肯定还是赚了一些钱的，我再碰到他的时候，他的餐厅已经由五十米扩展到一百米了，新扩展的五十米被开成了一个火锅店，为此他又花钱大肆装修了一番。这家一百米长的餐厅显然还不是他最后的目的。“我要租下这沿街的一公里的店面，把它全部打通，开成一家真正的一公里长的餐厅，你说这完全可以进入吉尼斯世界纪录大全吧？世界上有一公里长的餐厅吗？”

我告诉他没有，如果他真的开了一公里长的餐厅，肯定会进入吉尼斯世界纪录的。而且我就认识上海吉尼斯分部的工作人员，完全可以帮他这个忙。

由于我刚刚搬进附近的社区，所以常去他的那家一百米长的餐厅吃饭。在刚开业的那几个月中间，王元朗的餐厅生意的确还不错，我从来没有见过那么多人吃饺子的场面，那当真是十分浩大的，一字排开见不到头的三排共计一百五十张桌子边，都围坐着吃饭的人们，而且由于王元朗和这座城市的餐饮版的编辑记者们打得火热，所以他们宣传得很起劲儿，弄得好像全城的人都知道离北京的四环路十五公里的路边上有一家一百米长的餐厅，于是就都跑来吃饭了。那一年去郊县山区风景地游玩的人无论来回，都会在“一公里餐厅”门口停下车，进去大吃一顿，为此王元朗还专门雇了四个老头儿分散开来指挥停车，由此可见他这家餐厅的红火了。

1996 年冬天，他很快又继续沿着马路向北伸展了五十米，使他的“一公里餐厅”达到了一百五十米，他新拓展的那部分开辟成了涮羊肉餐厅，这样你要是站在他的餐厅里，可以看见有近两百张桌子伸展开去，分别由东北大馅饺子、自助川味火锅和北京涮羊肉肥牛火锅三部分构成，场面简直热闹极了。而王元朗则经常穿梭其间，手握一个他从俄罗斯买回来的大烟斗，四处张罗，神态怡然，笑容可掬，他那像头熊一样的身材更像一头熊了。

那年冬天春节刚过，王元朗和他的妻子，开着他买的福特•天霸，让我给他当参谋，去亚运村北边一个别墅区买房子。由于要和我说话，他让我坐在了前面，而让他妻子坐在了后面。我记忆犹新的是他那辆白色福特•天霸有那种自动安全带装置，只要他和我一落座，那安全带就自动把我们固定住了。这是我坐其他车，尤其是国产车从来也没有的体会，虽然这自动安全带的确让我不胜其烦。那一天我感到我就像个被固定在襁褓中的婴儿，但后来我一直纳闷为什么北京交管局不推广这种装置呢？

那片别墅区位于一片树林中，背后还有一座大湖。一个香港房地产商打算在这里盖一千幢别墅，一期工程有两百栋，全部开工了，我们到那里去看房子的时候，不少别墅都已经封顶了。

“那个湖叫‘亨利·梭罗’湖，我不懂为什么会叫这个名字？”

“哦。”我微微一笑，“梭罗是一个美国作家，在今天看来他是一个提倡回归大自然的人，写过一本很有名的书。房地产开发商的意思是让你们住在这儿完全可以回归自然。”

从图纸上看，那些别墅的设计都是完美无缺的，不少别墅都有游泳池，车库就更别提了，而且还可以并排停下两辆车。“我准备给她再买一辆‘富康’，她喜欢那种两厢没屁股的车。”

而这时，王元朗的妻子已经快活得尖叫着奔向了一幢刚封顶的毛坯别墅。它的外装修还没有弄，“我预订的就是这一套，一共二百八十六平方米，带游泳池、车库和花园，而且离那个叫什么……什么鸟湖？”

“亨利·梭罗湖。”我说。

“对，离亨利·梭罗湖最近，她喜欢水，于是我订了这一幢，你觉得怎么样？”

我仔细看了户型设计，这幢三层楼的小别墅从设计上可挑剔的不多，但我有一个疑问，就是这整个别墅区的配套设施，水、电、气、道路、通风怎么样？

“没有任何问题。今年秋天内外装修全部弄好后，二百户一齐入住，开发商已经保证了的。”

那天他们夫妇的兴致都非常高，王元朗一边开车一边抽着他的烟斗说：“我又租下了五十米的沿街店面，我准备再开一个拉面馆，这样我的餐厅就有二百米长了。二百米长的餐厅，也可以申请吉尼斯世界纪录了吧？”

但他的这个二百米长的餐厅遭遇到打击就在这年春天，他刚刚又租下了五十米长的沿街旧店铺，把它们打通、装修一新的时候，还没有来得及开张，餐厅的营业额就开始下降了。

后来人们都说是因为1997年的经营不景气让王元朗倒了霉，可我觉得他要是一开始就只开一家五十米长的餐厅呢?

那种不景气立刻在他的餐厅里显现了出来。冷清的时候我去他那里吃饭，看到二百米长的餐厅，几百张桌子只两三桌有人，那种冷清让人都不敢相信。王元朗也急得直搓手，“吃饭的人都到哪儿去了？这些人现在都到哪儿去了？”他也不拿着他那柄烟斗了。

谁也不知道他们都去哪儿了。谁能告诉他，他们都到哪儿去了?

因此，我又亲眼看着王元朗的二百米长的餐厅在一点点地缩短。王元朗为了让他的餐厅重振雄风，也想了不少的办法，比如让一个兰州拉面王来表演他的已进入吉尼斯世界纪录的拉面绝技——他可以把一团面拉成可以穿过针眼的几十万根细面条，他还请来了一个可以当众吃掉玻璃杯的人，还开过一个直径五米的火锅宴，至于吃饺子大赛、啤酒王大赛他也举办了，但是仍旧挽回不了他的这些餐厅往日的繁荣。于是它们一截截缩短了。缩出去的那一部分，则变成了建材商店、汽车配件商店和杂货店。

而且，最要命的是在这年秋天，他们已经交了全款，还打算在这个收获的季节入住的那幢别墅的开发商告诉他们，因为开发手续不齐备，市政府已经让他们停工了。

那个时候，王元朗一家已经搬到了这个社区中。他们还有一个极其调皮捣蛋的儿子，而他最喜欢干的事就是用弹子打那些保安的屁股，然后立即消失在窗帘后面。这个坏小子在社区遛狗时，还总是唆使他家的狗去咬人。

给他租下这套房子我可费了不少口舌，那个退役的羽毛球运动员在谈价钱上的固执简直跟过去她憋着劲儿要拿冠军时一样，而王元朗的妻子也是不能通融。他们终于租下了这套两层的复式房子。然后，他们就听到了那个别墅项目停工的消息。

我有一天刚好在他家，为的是帮他鉴定一件家具是红木的还是一般柴木的，听到了他们那一次激烈的争吵。

"我们在那幢房子上投了两百多万，是你非要买那套房子的。"王元朗低声咆哮了一下说。

"可这能怪我吗？我怎么知道它是一个烂尾楼？你一向那么精明，怎么这次栽到人家手里去了呢？"

"因为你非要一幢自己的房子，而且还要有一个湖，可带湖水的别墅在北边就那一个地方。西山也有，你为什么不要？现在我们已经没有钱了。一分钱也没有了。"

"一分钱也没有了？八百万元一分钱也没有了？"

"当然没有了。除了给孩子上学预留的那一笔，其余的包括这一段时间赚的，都搭进去了。没有了。"

"不可能。"他妻子像是受了惊吓，"这不可能，我们有八百万，甚至还要多的。”

“不，没有了。”

“没有了？”她仍旧不相信自己的耳朵。

“没了。你看，我租这二百米长的餐厅，一年的租金有这么多，还有装修费、人员工资、原料钱、汽车油钱，所有的消耗都加上，再加上那套别墅，已经花掉了我们几乎所有的钱。”

接下来是一阵可怕的沉默。按照惯例，这种沉默背后的爆发是巨大的。果然，她尖叫了一声，这种尖叫我曾听过一回，但那一次是在他们要买的别墅面前，可这回一点儿也没有包含惊喜，而是充满了恐怖。之后，她开始乱砸东西了。

我赶紧离开了他们的家。对于如何制止一个女人的发疯，五大三粗的王元朗应该比我更有办法，何况他还是她的丈夫。我走到外面很远还能听到他们的厮打，那时候他们似乎都变成了某种猛兽，那种喘息、怒吼和警告声仿佛来自热带丛林，从而使我加速地离开了那里。

他们当然会和好如初，如同所有发生纠纷的夫妻一样，但王元朗的那家餐厅，则继续缩短，最后只剩下门面有五米长的一家小饺子店，不久前也因为生意不好而关张了。

而令人难以置信的是，王元朗因为是租用人家的店面，他从“一公里餐厅”撤出时，可以带走的只能是一些炊具、餐具和桌椅。但他在伤心之余把它们又全扔掉了。

他们买的那套别墅后来真的成了烂尾房，即使是他们那天从这个社区搬走之后很久，政府拍卖了那个项目，用以偿还建筑商和业主的部分损失。我在今年去那里查看时，发现拍卖后的那里仍旧没有什么动静，而经过询问，我被告知入住时间已改成了2004年。而那一年，不知道王元朗还会去住吗？

就在他们夫妻大吵大闹一架之后不久，有一天王元朗又拿起他的烟斗了，我是在社区超市里碰到他的，我去那里买卫生间的洗刷器时碰见了他。

显然他的心情不错，要不然他不会重新叼起他那个烟斗的。“在忙什么？种花吗？我从远处看到你的阳台上已变成了一个小花房。”他欣快地说。

没错，那一段时间我的确热衷于养花种草，但我吃惊于他轻松的表情，而他也看出我的疑问了。“我又开了一家店，一家汽车影院。我把一片市政府准备建成公园的荒地改造成了一家汽车影院，你哪天有时间，和你的朋友开车来看电影吧。”他从口袋里捻出两张票给我。

后来我和我的朋友真的去看了一场电影，我惊叹于王元朗真的是一个梦想家，每一回他都敢于去实现他的梦想。那种在美国才有的汽车影院居然在这座城市也有了，这真的很令人兴奋。坐在汽车里，看了一场露天电影的感觉让我回到了十分遥远的童年时代，那是一个似真似幻的年代，竟然与今天重合了。

但是王元朗的钱不是花完了吗？他从哪里弄来的钱搞的这家汽车影院呢？我打电话问了他。

“是我预留给儿子的教育基金，我瞒着我老婆偷偷把它拿出来做了启动资金，我一定要东山再起，我肯定能东山再起，你说呢？”

这座城市出现了一家露天汽车影院的消息经过媒体的广泛报道，就像他的名噪一时的“一公里餐厅”一样，在开业之后十分红火，高峰时从汽车影院里排队的车辆一直排出了几公里，延伸到了大街上。人们，尤其是年轻人总是爱赶时髦的，他们像蜻蜓一样聚拢了过来。汽车影院坐落在一片荒地上，里面有蜿蜒流过的小河，还有一片乌鸦特别喜欢栖落的树林，一到晚上仿佛全城的乌鸦都赶到了那里，落在那片树林里，黑压压一片。刚开始，也就是在薄暮低垂时呀呀叫着飞来，彼此抢占着地盘，当电影开始时，它们竟然鸦雀无声，和汽车中的人们一起观赏露天电影，这一景象的确是十分令人惊异的。

而且，王元朗在这个离城市最近的荒野中间又开设了三家餐厅，它们仍是连在一起的，分别是东北大馅饺子、川味自助火锅和涮羊肉馆，在电影院刚开张时也是人声鼎沸、车来车往，十分热闹，在那些满面红光的食客中间满面红光地走动的那个高个子就是王元朗，他在这座店里又重新找回了感觉。我从汽车里远远地瞥见他时内心深处对他油然生出一种敬意，因为他其实并不是一个生意人，而是一个不折不扣的做梦人，虽然他并不知道亨利•梭罗是谁，但他也许比梭罗还有诗意。

但是花无百日红，他承包的汽车影院又关张了，因为冬天到了，人们的新鲜劲儿一过，来的人就少了。发生的从热到冷的过程和当年他开餐厅时一模一样。有一次我和朋友开车去看电影，发现偌大的电影院场上只有两辆汽车，另一辆是一对恋人，他们来并不是为了看电影，而是为了来幽会，因为他们早就滚落到后座上抱成一团了。

我那天离开影院的时候，透过玻璃窗看见王元朗一个人坐在餐桌边，手里把玩着他的烟斗。他在想什么呢？

再后来，那家露天汽车影院换了承包经营人，餐厅也改为西式餐厅了，我有好一阵子再也没有见到王元朗了，一直到他搬家时打算把他的狗送给我的那一天。现在你终于相信一个人在几年间是如何不甘心地居然让自己从怀揣八百万元到身无分文了吧？

他花在租用和装修餐厅、购买烂尾楼的别墅楼盘、租住复式住宅和承包汽车影院的钱后来当然连个影子都见不到了。所以他说："我是这座城市最失败的人。"

但他从这个社区搬走后，我却有一种莫名其妙的感伤，因为也许我再也见不到这个有梦想家和诗人气质的商人了，他到了哪里呢？他还会在2004年入住他们在1997年购买的别墅吗？

而且，很快地，那个羽毛球运动员又把她的房子租给了别人，因为搬家公司又搬来了一家人的东西，他们足足拉了三车，东西一点儿也不比王元朗家的少。听说他们是在南方发了财搬到这儿来的。他们是谁呢？

毁 容

在社区里有很多漂亮姑娘，她们气质超群，步态优雅，是社区的一道美好风景。岑璐就是其中一个。模样俏丽的岑璐从小就长得很甜美，这是她母亲告诉她的，而且还有照片为证。不过，她还没有结婚——不是因为挑剔，而是因为缘分没到，所以岑璐接近三十岁了仍是单身。

开始她还和父母亲住在中央电视台后面的一幢公寓楼里，后来为了躲避母亲的唠叨和忧心忡忡的目光，她自己去租了这个位于首都机场附近的郊区化社区的房子，开始自己过了。在婚姻问题上，她的母亲似乎比她还着急，每周她去看父母的时候，她的母亲都要询问这件事情，把岑璐给弄烦了，她后来就不愿意再在周末回家看他们了。

确实，好男人在哪里？岑璐不知道，反正她一直没有找着合适的。如果上帝为每一个女人都准备了一个男人，那么她的男人显然还被他母亲保管着，直到现在也没有出现。

不是没有男孩和男人喜欢过她，恰恰相反，在她成长的各个阶段，都有人追她，不过她一直没有动心罢了。上初中的时候，就有班上的小霸王给她写情书，还在放学的路上堵她。因为她家住在北京什刹海边上的一个胡同里，所以那个小霸王就在胡同口堵她，身边还有一帮子看热闹的。小霸王很胖，但是岑璐根本就不怕他，看着小霸王得意地等着她的样子，她径直朝他走了过去，厉声说："让开！"

"你答应做我的女朋友，我就让你回家。"小霸王得意地说。

岑璐冷笑了一下，立即抬动膝盖，顶在了小霸王的裤裆上，小霸王一下子就委顿了下去，号叫起来。然后她踩着他的肥腿，走过了胡同口，那些看热闹的同学已经都逃跑了。那之后，男孩子背后说她是一个铁姑娘，她的性格也变得更加地冷硬，无论男孩子还是女孩子，都不太好接近她了。

整个高中时代，她没有一个好朋友，同性和异性的都没有。接下来就是上大学，中国人民大学，经济系。她发现自己喜欢上一个老师，那个老师长着一张很开朗的脸，长长的，但是性格却很内向，他是博士刚毕业之后留校的，给他们讲西方经济学史。他上课的时候，有时候讲着讲着，忽然忘了自己是在讲台上，而把目光放到了窗外，特别的空茫，然后就待在那里有五六分钟的样子，不知道已经神游到哪里去了，等到回过神，看到同学们都在看着他，只是抱歉似的一笑，然后甩一下头发，就又开始讲课了。有个特别调皮的同学在下课老师走了之后，也学老师站在那里，模仿老师刚才往窗外望的样子逗大家笑，结果正是这个时候天空突然变暗，太阳迅速地消失了，那天发生了一次日全食。所有的人，岑璐，还有那个模仿老师的空茫眼神和滑稽表情的学生，都呆了，全场鸦雀无声，内心怀着某种恐惧感和对神秘事物的敬畏感，默默地等待着日全食的结束，此后就再也没有人敢嘲笑老师了。

岑璐就特别喜欢老师的这个样子，那个时候简直迷上了他，时间有整整一年。她后来经常悄悄地跟踪他，知道他已经结婚了，妻子是外文系的日文老师，一个很像日本女人的女人。确实，学哪里的语言，你就会像哪里的人。岑璐很嫉妒她，她开始观察他们的夫妻生活，知道他们之间经常因为一些很小的事情而吵架，吵得很激烈的时候，偷听的岑璐就很高兴，她暗中希望他们就此分手，这样她就可以追求自己的心上人了。可是他们仍旧在一起，根本就没有分手的可能。这一切都是暗中在她的内心滋生的，谁也不知道这个秘密。一年之后，那个老师和他的妻子一同去日本了，她隐秘的恋情也就终结了。她大哭了一场。那天，空中下了一场奇怪的雨：倾盆大雨中，夹杂着很多蛤蜊，从天空中稀里哗啦地掉了下来，掉得到处都是，而且在地上还一张一合地翕动，成为她关于自己大学时代的一个永恒的记忆。

后来，外文系的一个叫秦海容的女孩子和她成为好朋友，她们无话不说，后来发展到了同床共枕。因为是密友，所以她把自己的伤心事在有一天给秦海容说了，还号啕大哭了一场。但是她不知道秦海容竟然是一个同性恋，这个时候秦海容安慰她，开始像一个不轨的男人那样抚摸她，舔吻她的身体。她害怕了，但是这个时候她又无法退缩，只好任她摆布，于是，她有了一次同性之间爱的体验。不过，第二天，她就拒绝再和秦海容见面，任凭秦海容如何哀求，她就是不愿意见她。秦海容说自己已经发疯地爱上了她，她就是无法理解秦海容对她的爱情，一个月之后，憔悴的秦海容跳楼自杀身亡。自杀前给她邮寄了一包用纸叠的各种各样的小人，全部是女孩子的形象，全部是她！这个遗物把她给刺激了，她把那些纸人都给烧了，然后好长时间都无法从这个事件中摆脱出来。她也无法理解自己为什么会成为一个女同性恋恋爱的对象，于是她过上了一种比较封闭的生活，再也没有向别人，无论男人还是女人敞开过心扉。

一直到她大学毕业，然后在首都钢铁公司工作了五年，这下子她确实变成一个铁姑娘了。前年她从钢铁公司跳槽出来，在法国驻北京的一家航空培训中心工作，工作的地点就在首都机场附近，所以她才会租下附近这个以白领和中国的新兴中产阶层为主的郊区化社区的房子。然后，因为一次在密云水库游泳，在水中认识了范矫健。

这是去年夏天的事情了。密云水库因为是北京的饮用水源地，是不让游泳的，于是她找了一个僻静的地方下了水。她的水性极好，因为从上小学开始，她就学会了游泳。水有些凉，毕竟是初夏。然后，游到了水库中间的时候，她的左腿突然抽筋了，几乎不能动弹，身体迅速地下沉，她一下子慌乱起来，这下子麻烦了，她知道自己完了。她尽力地让自己平躺着，缓慢地游动，可是不行，她似乎要沉下去了。但是仿佛一个奇迹，很快，有一艘快艇轰鸣着马达，乘风破浪，朝她这边过来了。驾驶快艇的是一个穿着白色衬衣的年轻人，一个小伙子，他驾驶快艇到了她身边。“你慢慢地别动，也别慌——”他跳进了水中，把她拉向了快艇。

可是就在这个时候，忽然，她感觉自己的腿又不抽筋了，她的腿又好了，已经适应了水温。或者是因为自己不紧张了，她挣脱那个小伙子的手。“你放开，你放开——”然后径直向岸边游去。那个小伙子只好驾驶快艇，缓慢地尾随着她，在边上看护，害怕她再次抽筋，这样一直到岑璐上岸。

“你怎么知道我自己不会上来？”上岸之后，岑璐假装生气地对岸边小亭子里坐着的那个小伙子说，“不要你多管闲事。”

“喂喂，你有没有良心？我用望远镜看到你抽筋了，你快没救了，你还嘴硬。”小伙子说。

“反正我不用你救的。”岑璐说完，自己后来也笑了，她知道自己可能要向一个男人，眼前的这个男人打开心扉了。

“幸亏你穿的是红色的游泳衣，特别扎眼，否则我就看不到你了。”他又解释了一下，“你看到我来了，不紧张了，腿就不抽筋了，你还嘴硬什么？”

这个叫范矫健的小伙子刚刚三十岁，他还是独身，自己的事业也蒸蒸日上，岑璐一看就知道，他是属于那种雄心勃勃的年轻人，目前正是自己事业发展的好时候。他很骄傲，也很有自信，根本就不把任何困难放在眼里。

但是他见到了冷傲的岑璐，被岑璐打动了，而且，他们还在一个社区里面住——他也买了那个社区的房子。于是很快开始追求她了。追求一个女人，首先你就要感觉到这个女人是不是真的对你有兴趣。范矫健清楚地知道，岑璐对他有好感，他就展开了对岑璐的进攻。范矫健对女孩子有一套，但是遇到岑璐，还是很挠头，因为他发现岑璐是一个个性很强的女孩子。现在的女人，只要是经济独立了以后，那感觉就不一样了。虽然对于女人来讲，“嫁汉嫁汉，穿衣吃饭”的市场仍旧很大，可是独立的女人，尤其是那些知识女性，已经越来越多了。

交往了几个月之后，范矫健就向岑璐求婚，但是岑璐却说：“我们为什么不选择同居呢？其实同居一段时间，对双方都是一个很好的考验。”

范矫健怔怔地看了她一会儿：“好吧，同居一段时间也好。同居就同居。”于是岑璐很快就从租住的房子里搬了出来，搬到了不远处范矫健买的那套大房子里，和他同居在一起了。

这下子岑璐的妈妈更着急了，原来希望女儿能够很快就嫁出去，但是女儿和男友——他人倒是令人满意的——选择了同居，这个方式却是母亲很不情愿的。于是她又开始了唠叨。倒是岑璐的父亲很开通：“人家年轻人愿意这样试婚，我觉得挺好，总比在一起了，才知道日子没办法往下过要好。”然后他似乎也想到了自己婚姻中的不如意，“你就别瞎操心了，有人打算娶你的宝贝女儿，本来就是好事情嘛。再说，这是岑璐的想法，他们同居的目的是为了结婚，不是为了寻欢作乐的。”

岑璐和范矫健同居在一起是去年的事情，他们同居是为结婚做准备的，在这个郊区化的社区里，她成为社区漂亮女人的一族，但是一年之后，他们实在没有办法相处下去，于是他们分手了。

范矫健因为工作特别忙，收入很高，每年几十万元的收入，当然算是高薪阶层，所以他不希望岑璐为挣钱的事情发愁，于是一开始就叫岑璐辞掉工作，随她愿意干什么就干什么，她觉得也很好，就从那家外企辞职了。辞职之后，她主要的工作是照顾家庭，既然是试婚，当然要按照结婚之后的生活模式来设定现在的生活节奏。

这个社区中有很多日子过得很清闲的女人，这些女人有少部分是一些商人的二奶，素质比较一般，非常俗气，品位低下，势利小气，彼此不来往，也不参加社区活动。其他大部分清闲的女人，在社区俱乐部中都可以看到，岑璐和她们在这个俱乐部中很快就成为好朋友了。

社区俱乐部有一个不大的游泳池，有一个很好的美容院，还有健身房、屋顶网球场和形体训练教室，此外还有一个比萨饼店，新近又开业了一家星巴克咖啡馆。这些场所都是社区人，尤其是社区中的女人最常待着的地方。她们平时没有事情了，就在这些场合聚会，或者彼此熟悉了，就互相约到对方的家里，开一些小型的茶会和派对，吃一些糕点，说一些闲话。

在这样的日子里，岑璐首先发现自己的日子一下子松弛了，一点也不紧张了，没有了在外企的时候那种行军打仗的感觉，变得很舒缓。她开始很高兴，觉得这样很早就“退休”的感觉真好，反正现在很多年轻人号称到三十五岁就退休，过上了悠闲的日子。而他们一旦没有钱了，就又再继续工作，完全成为自己命运的主宰，这样的生活的确是值得一过的。

岑璐和一个原先是田径运动员，现在成了一个意大利人的妻子的女人——邴雪萍成为好朋友。她们两家并不远，彼此靠得很近，而且两户人家都有一个比较大的私家花园，可以用来当野餐的场所。邴雪萍就用一个很大的遮阳伞，在整个夏天里，都把自己家的花园变成了一个社区休闲妇女的茶会。很快，岑璐也成了她的这个露天茶会邀请的人，混迹于这些悠闲的女人们中间了。

有一个说法，说是现在要衡量中产阶级家庭的生活，不是看家庭男主人的生活，而是看家庭女主人的生活。在有了房子和车子、年薪丰厚之后，中产阶级家庭的女主人的生活一般以每周做几次美容、上几次健身房等等来衡量。男人们现在仍旧拼杀在社会的战场上，只有女人，男人背后的女人的生活才能够显示出女人前面的男人的生活面貌。

因为这是一个比较国际化的社区，所以这个社区的人很庞杂，身边的每个女人现在虽然过着优裕的生活，可是这样的生活到底是怎么得来的，却需要你自己去观察。岑璐发现，这些女人大都是因为嫁给了一些干得好的男人，才彻底地改变了自己的生活面貌，俗话说：干得好不如嫁得好，这个道理在这些女人的身上体现得特别突出。这些悠闲的、又普遍受过良好教育的女人们在一起，跟过去那种大杂院中的女人们在一起拉家常，十分相似但又有些不同。最大的不同是这些女人在一起，是为了让自己的生活多一些信息与娱乐，毕竟人多热闹。

她们开茶会，一起去吃晚餐——当然是轮流买单，一起在健身俱乐部健身或者做形体训练，一起去京城的“高尚俱乐部”参加一些有高层人士参加的活动，像是一些大使、高层的官员，等等，实际上也是一种社交活动。岑璐一开始觉得很新鲜，但是过了一段时间，就觉得没有什么意思了。因为她发现几乎所有的人，都戴着一副面具似的，在表面上的温文尔雅下面，都藏着深不可测的心机，总之，成年人的世界就是由利益构成的，这些社交聚会都是为了彼此寻找着更好的机会，看似很轻松的聚会，实际上却很劳累，于是岑璐后来就不愿意去参加这样的聚会了。

更多的时候，她是和花园中的其他女人在一起，而女人们在一起，也开始有各种的攀比，表面上看不出来，但实际上一直是存在的。比如邴雪萍就喜欢嘲笑那几个“二奶”，实际上，她丈夫在北京的跨国公司工作非常忙，她自己整天百无聊赖，天天在家里带孩子，和一个安徽保姆斗智斗勇。她老是向岑璐抱怨，那个安徽保姆又偷用她昂贵的化妆品了，或者又偷吃本来是买给她的孩子的食品，反正家里出了一个贼，可是现在又不能随时揭发这个贼，邴雪萍为此十分地焦虑。她向岑璐述说这个事情的时候，也使岑璐感到十分焦虑。她也渐渐地不愿意和包括邴雪萍在内的女邻居们见面了。

范矫健平时工作很忙，他从机关中下海，现在在一家外企担任主要的管理人员。他生活的轨迹，是在各个世界性大城市之间飞行，香港、上海、东京、新加坡、巴黎、孟买、纽约，范矫健的活动半径相当大，他每一天给她打电话，几乎都在一个不同的地方。往往一个月的时间中，有半个月在家里就已经很不错了。所以当岑璐开始不和花园中的那些女人来往之后，她大部分时间就在家里，只好养了一只八哥犬，每天和八哥犬斗气、玩闹，时间长了，她感到很郁闷。

和范矫健同居到一起，才知道结婚以后的日子是这么过的：她需要准备饭菜，需要给他的鞋子上油，需要在他出门的时候，给他系上选好的花纹和衬衣的颜色相配的领带。她发现自己变成了一个家庭主妇，而且因为家务活并不多，她没有雇用保姆。到了后来，她也雇用了一个保姆，这下子她知道邴雪萍和保姆斗争的感觉了，因为她自己也对保姆产生了各种各样的怀疑。

半年下来，他们的日子很快开始变得平淡了，这是他们开始的时候没有想到的。岑璐发现范矫健在家的时候，每天睡觉都要磨牙，磨牙的声音就像是老鼠在啃食什么坚硬的东西一样十分恐怖。和他同床，岑璐为此经常一夜睡不着觉，几天下来，她就觉得精神萎靡不振，情绪很不好。她开始产生了很多莫名其妙的怒气，无端地发火，发在她那只憨厚的八哥犬身上，发在保姆身上，也发在范矫健身上。范矫健一开始还忍着，可是有一次，他在公司里也遇到了很不顺心的事情，而一回家看到岑璐正在和保姆为了一点小事情吵架，就说：“你们烦不烦呀，别吵了！”

“你才烦人呢，你自己就觉得不烦？”岑璐把矛头对准了范矫健，“你才烦人呢。”

他们大吵了一顿，彼此都对对方说出来的话感到吃惊，可是为了打击对方，他们要用更加猛烈的语言来刺激对方，于是就说出了更多让对方吃惊的话。这是他们第一次吵架吵得这么凶。

从此，他们分开睡了，可是岑璐经常怎么也睡不着。她觉得自己的生活已经出现了问题，这个问题已经相当的严重，已经影响到了他们之间的关系，这个关系肯定要改变。她产生了要和范矫健分手的念头。一天午夜，受着欲望煎熬的范矫健蹑手蹑脚地走进了她的屋子，俯身亲吻她，但是她把他推开了。她很正色地对他说："我觉得咱们这样下去不行，我想我们该分手了。"

范矫健站在一片黑影之中，他沉默了一阵子："好吧，如果你已经深思熟虑了的话。但是，你要是离开我，我什么都不会给你的。"

这句话使岑璐特别生气，她冷笑了一下："我什么都不会要你的，本来我们就是非法同居的，对不对？"

第二天，岑璐就搬出了这个社区，她搬到了自己在三环边新租下来的一套小房子里，因为她不愿意回家了。范矫健后来忽然决定要她把那辆银色的本田车开走，说给她一个纪念，但是岑璐也没有要，她宁愿自己打车，也不要开他的车。他们现在彼此都有些受伤害的感觉了。

她需要反思自己的生活到底哪里出了问题，她觉得最主要的问题是自己丧失了自我，被范矫健变成了依附他的女人。也许很多女人天生的命运就是依附某个男人，但她是一个知识女性，是不应该依附某个男人的。幸亏还没有和范矫健结婚，现在改变自己的生活还完全来得及。这下子，她甚至对婚姻本身都产生了怀疑，觉得现在来一个紧急刹车，是完全对的。

她决定重新恢复自己过去的生活，以前她工作的那个单位已经不能去了，于是她又应聘到一家美国人的电讯公司，重新开始了忙碌的生活，她觉得又重新找到自我了。虽然生活依旧忙碌，可是也比当居家女人时那种无聊的空虚要好得多。她决心摆脱范矫健带给她的东西，她清净了一段时间，又开始了新的约会。有时候，觉得情绪好了，也和这些约会的对象上床，感觉每一次都充满了某种刺激和新鲜感，这样的感觉真是好极了。她又重新过上了单身贵族的生活。

她的母亲敏感地察觉到了女儿的生活一定发生了某些变化，询问她是不是和范矫健分手了，但是她哄骗她说："他出国了，要半年的时间才回来呢。"她不想让妈妈为了她的事情再操心，再说，如果她知道了自己和范矫健分手的情况，不知道会怎么想呢。

重新开始了自己的独身生活，她的生活状态就像是打仗一样。现在，她不需要依附任何一个男人，她自己就再次掌握了自己的命运，这种感觉特别好。范矫健后来经常给她打电话，问这问那的，到了最后总是不忘记说一句："璐璐，我仍旧爱你，你还是回来吧。"

"不，我现在挺好的，你还是再找其他人吧，毕竟，你已经不小了。"

在他们分手的半年中，有时候范矫健仍旧会突然地给她打一个电话，说说自己的烦心事，这个时候岑璐觉得他和自己反而成了老朋友，这种关系使她觉得轻松。总之人和人的距离太近，就会出问题，即使是一家人，照样不是经常吵架？岑璐的父母就吵了一辈子，但是他们吵归吵，日子仍旧要过，仍旧在一个屋檐下。

"我想把社区的房子卖掉。"有一天范矫健给她打电话的时候说。

"为什么要把那个房子卖掉？那个房子不是挺好的吗？"

"住在那里，我总是想到我们在一起的生活，我总是想念你，如果你不回来，我要那个房子还有什么意义？我可能要被公司派到新加坡去了，所以，我要卖掉那个房子。"

岑璐想起来那所房子的小花园，花园里的那棵合欢树，一到夏天就满树粉色的花须，飘飘摇摇很漂亮；还有一棵小白桦，树皮斑驳陆离，十分挺拔俊俏，树干上经常爬着金牛或者别的小动物，这些东西都是她喜欢观察的。同样，那个小区二十四小时的保安和物业管理也非常出色，只需打个电话,物业管理的人很快就按响了你家的门铃,然后鞋子上还套着塑料袋，笑容可掬地站在你家的门口。她忽然怀念那样的日子了。

“什么时间走？”

“下个星期吧。我还想和你见一面。今天晚上一起去喝咖啡好不好？”

她犹豫了一下，还是同意了。他们约在了一家过去经常去的咖啡店，然后坐下来聊天。气氛虽然有些伤感,但是为了告别的聚会却仍旧是动人的。

但是他们的关系就是在这个晚上发生了变化。出了咖啡厅，范娇健执意要开车送她，但是她不同意，而是迅速地跳上了刚刚经过附近的中巴车，范娇健看见她的手包还在自己的手里，就也跟着跳了上去。中巴车中间很挤，他们只好站着。范娇健觉得岑璐这样做，仍旧在表明他们不是一路人，在车上，他把手包递给了她。因为车上非常挤，她不想和他说话，目光放在了外面，这个时候的她恢复了过去的那种冷傲神情，孤独和傲慢得像是一个陌生人。

正值下班的高峰时期，中巴车像是焦急的耗子一样在车流中间穿行，在行驶的时候忽然撞向了旁边的一辆轿车。门打不开了，场面一下子乱了，因为车的油箱一下子着火了，火焰登时就吞没了小车中间的所有的人。这下子的变故是相当突然的，范娇健猛地扑向了在人堆里面的岑璐，然后把她抱住往车门的外面挤，终于撞开了车门，并且滚了出去，而火焰很快就把中巴车完全给吞没了。

那场事故使车厢里面严重超载的乘客一共死了八个人，烧伤了绝大部分的人。所幸的是，范娇健和岑璐都没有被烧死，但是他们被烧伤了，也就是说，他们被毁容了，脸部的烧伤尤其明显。他们住在北京一家专门治疗烧伤的医院里，接受同样的治疗。

在医院里，经过了一段时间的治疗之后，他们脸上裹着白色的纱布曾经见过面，这个时候，岑璐已经完全没有了那种傲气，她扑进了他的怀里，开始痛哭了。这个打击对他们都不小，他们过去一直是人中的龙凤，一个英俊潇洒，另外一个则漂亮迷人，能力超群，互不服输，可是现在他们被毁容了，他们遭受了同样的命运。一次事故把他们再次联系在了一起，他们需要互相安慰。

岑璐想要自杀，因为每天要面对自己的伤痛和别的病人的脸，在这个医院里面的每一天，对于她来讲都是灾难，她无法面对这个事实，甚至不敢去照镜子。而范矫健竭力地安慰她、鼓励她，就像是他自己也需要这样的鼓励一样，他们经常在一起说话聊天，甚至找到了他们最初在一起的那种感觉。

“我们会渡过这个难关的。”他经常对她说。

“可是我脸上的皮肤已经被毁掉了，我再也没有脸面见人了。”

“还有植皮手术呀，我会把我的皮肤给你。”他十分温柔地对她说。

要想使人脸上的皮肤恢复，是需要时间的。此外，还需要植皮手术。范矫健把自己身上皮肤最嫩的地方的皮，给了岑璐。他自己的伤要轻一些。在医院里面恢复了很久，又两个月之后，他们出院了。

岑璐搬回到了这个社区。仍旧是那幢有私家花园和合欢树的房子，那种连体别墅的房子，那个她和范矫健一起同居的房子。只是过了不久，她真正地成为那个屋子的女主人。现在，两个被毁容又被植皮技术大体恢复了面貌的人生活在了一起，发生在他们生活中的事件，彻底挫败了他们的傲气和自私，现在他们相依为命，谦卑地生活在这个社区中，重新开始了他们的日常生活。

内河旅行

“在内河上可以看到什么？”女儿问她，“仅仅是可以见到电视塔吗？”

“不，可以看到很多东西。也许我们还能看见天鹅。报纸上说最近有几只黑天鹅落在玉渊潭湖面上了。黑色的天鹅，非常美丽的天鹅。”

她和女儿一起收拾东西，女儿这一年多身体好像突然成熟了，快得连她都没有做好准备，因为女儿过去就像一根豆芽菜，但现在，她觉得女儿饱满，浑身充满了弹性。但就是这个让她如此熟悉的身体，现在让她感到了陌生：就在前天，女儿——她刚满十五岁，告诉她她怀孕了。

绝大多数女人都要怀孕的，在她们的一生当中。但女儿的怀孕显然太早了，这让她一点儿准备都没有。她是一个剧作家，每天都在忙于编写影视剧本，同时又是社区业主委员会的主任，经常要和社区物业管理公司打交道，帮助解决社区业主与开发商之间的纠纷。七年前她离了婚，女儿跟了她，从那以后她一直没有打算再结婚，因为她用七年时间让自己成了一个炙手可热的剧作家。她买下了房子和车，还把女儿送进了一家寄宿制的私立学校。她对自己的生活十分满意，但前天女儿告诉她这个消息之后，她感到自己掉进了一个冰窟窿里，心中一团乱麻。

她们把东西都收拾好了，这是一个星期六，阳光很好，她们准备去进行一个月前就计划好的一次内河观光旅行。这座城市治理了它的环城水系，并于近日开办了观光的水上游艇航线，女儿很想去那条城市内河上看一看，因为去年她父亲——他好像也仍旧是一个人，带她去了一次巴黎，并且有好几天都是泡在塞纳河的游船上，或者是岸边。因此，女儿很希望在自己出生的这座城市也进行一次内河航行。

自从得知那个消息后，她为这次内河航行所做的心理准备全部失效了。女儿告诉她怀孕的消息时显得相当成熟稳重，一点儿也不惊慌，这让她大吃一惊。她问女儿想怎么办？女儿想了一想，也许我要做个单身母亲。

十五年来她从没有打过她一下。但那一刻她真想打她了。可她那时候开始意识到，女儿似乎已经像一个真正的女人了。而且，女儿显然在用自己的怀孕，向她发起了某种挑衅。

她内心一片大乱，她没再说什么，而是认认真真地想了一天，她在想自己为什么不注意，让女儿成了这个样子呢？写过很多人情冷暖、男欢女爱的剧作家那天一个人流出了眼泪。

“我不会也不想告诉你他是谁，因为我们已经分手了。”女儿那天忧伤地对她说。

“我陪你再去医院检查一下，我想……”

“不，妈妈，我有早早孕试纸，试了好几次，而且正常的例假已经推后一个星期了。”过了一会儿，女儿去洗手间，取出了一条刚试过的“早早孕”试纸让她看。果然，一条被逾越的红线让她心惊肉跳。

“我明天陪你去医院，再检查一下。”她不容置疑地说。

“妈妈，明天是我们去内河上观光的日子。我不去医院。”女儿说。

她盯着女儿的眼睛，有一阵子她都要挪开自己的目光了，因为这种对视是一场意志的较量，女儿的目光清亮、倔强，让她招架不住。

她弄不明白女儿这时候的意志为什么这么坚强，她只有十五岁呀，为什么她都要把她打垮了？

“好吧，”她沮丧地说，“我们去内河旅行。”

她们好不容易才买到票，坐上游船。排队等候上船观光的人非常多，而且，她开车一路老走神，有几次差点儿撞了别人的车。因为闯红灯，被警察罚了款。这一切，女儿坐在她身边一声不吭。她似乎等待着母亲的怒气大爆发，但是一直没有，直到她们登上了游船。

“游船比塞纳河上的差远了，”女儿说，“这条船太土了，他们不是说从法国引进了游艇吗？”女儿戴上了她的红边小墨镜。

“坐好了，当心别掉下去。”剧作家对女儿说，“我们一下子就可以到玉渊潭了。”

的确，游艇开得很快，经过治理的内河上很干净，游艇驶过之后，水面卷起了一波清亮的碧浪。岸边翠柳依依，和风习习，十分惬意。女儿很高兴，一见到水她就高兴，女儿在船上开始唱歌，她唱得太好了，以至于游客们要求导游把传声筒给她，让她在船舱前部给大家表演。于是她唱了很多歌，尤其是节奏明快的张惠妹的歌。女儿边唱边跳，她跳得一点儿也不比张惠妹差。

这使她联想起自己最近写的一部青春偶像剧，选演员的时候导演提到了张惠妹，刚好她在北京演出，导演、副导演和她都去看张惠妹了，见到了她才发现她又黑又小又瘦，皮肤也并不好。这个中国高山族的小妹妹要出演这部偶像剧，不一定会好的。再说，她会演戏吗？有时候演戏可跟又唱又跳大不一样。

但是女儿在船舱前部的又唱又跳加剧了她的担心，因为从前天晚上开始，女儿的身体在她的眼睛里已经发生了变化。有另外一颗种子，在女儿的小腹中发芽了。这让她有一种揪心的痛楚——她是否已经开始失去女儿了？

游船到达了玉渊潭公园。她们上了岸，女儿似乎很快活，她活蹦乱跳，她吹口哨去惊吓树上的小鸟，此外，她还看见了一些色彩斑斓的毛毛虫，因为春天到了。然后，她们看见了玉渊潭湖面上的黑天鹅。

这使得她们欣喜若狂，但她们克制住了这种感情。“妈妈，我们能不能靠近它们？”女儿问她，剧作家联想起自己写的一部戏中的天鹅，这时她决定和女儿一起靠近那些黑天鹅。

她们租了一条外形像一只白鹅的双人脚踏游船，向湖中央的黑天鹅游去。它们一共有四只，静静地待在湖水的中央，同时警惕地看着四周的游船。人们都很好奇，但没人想惊动它们，它们有时候会突然在水面上飞上几下，旋即又落了下来，姿态从容、高贵、优雅。这让她们入迷了。黑天鹅的确非常美丽，比白天鹅还要神秘和美丽，剧作家有一会儿甚至忘记了她内心深处的烦恼，她们脚踏白鹅船靠得很近。四只黑天鹅有些警觉了，但仍旧十分放松地看着她们，她们和它们相距有五六米远，现在，她们可以仔细地看那些黑天鹅了。

她们上了岸，感到情绪非常好，于是她们再次登上游船，这一回，游船的目的地是颐和园中的昆明湖。在游艇上，女儿忽然问她："妈妈，你和我爸爸是怎么分手的？"

这个问题女儿过去从来也没有问过她，因为那时候她还没有长大，现在，她在内河航行的游船上问她了。

这是一个相当复杂的问题，也是一个十分难以回答的问题，她想了很久，她说："你父亲和我对生活的理解不一样。比方说，他可能需要一个崇拜他的女人，而我从来也没有崇拜过他。"

"可他真的很优秀啊。"女儿说。

"但他并不希望我也优秀。可能我没有给他带来他想要的那种感觉。我不会仰视一个男人的，女儿，即使他是我的丈夫。我是因为爱他而嫁给了他。"

"为什么情感会这么复杂？"

"因为人性是复杂的，每一个人都是不一样的，而人又都在变化，所以人与人之间的关系，也在变化，由好变坏，又由坏变好，变幻莫测。"

"像你编的那些电视剧吗？"

她笑了，女儿略带嘲讽的话让她放松，因为女儿一直在思考，她已具有独立人格了。这几年她一直忙于自己的事业，所以她没有发现女儿这一代更加早熟，她们上互联网、搞环保行动、玩野营训练，小学就开始学习外语，而且在家里新买的跳舞机上可以跳上好几个小时。当然，女儿的学习成绩一直不错，总是全班第一名，但就是这样一个女儿，怎么能在十五岁的时候就怀孕呢?

因此，在内河航行中，她的心情时而晴朗，时而阴云密布。女儿和她都悄悄避开这个话题，但是，她们又都知道，就在今天、在这一次内河航行中，她们将一起接近这个问题，并一起解决它。因为，她们是世界上最亲的一对儿，一个是母亲，而另一个是女儿。

游船到达颐和园中的昆明湖了。早春的天气中，可以看见湖面上游船如织。她们上了岸，开始爬山，然后在半山腰的一处石凳上坐了下来。

“妈妈，你为什么不骂我？”

“我为什么骂你？”

“因为，因为我怀孕了。”

“这并不可怕。”她有些违心地说。她想知道事情的真相，但这个真相得由女儿自己来说。在这一往一返的内河航行中，女儿等待的她的怒火大爆发并没有出现，她只是非常有耐心地和她在一起游玩，然后，女儿的神经松弛了，她们可以触碰到让她们惊心动魄的话题了。

“这当然可怕。我是翻了书才知道我可能怀孕了，因为我的例假像月圆月缺一样准。我想如果你打我骂我，我会离家出走的。”

女儿把头靠在她的肩膀上，这一刻，已经具有叛逆思想的女儿是温顺和柔弱无助的。

“你是我的女儿，我不会打你骂你，还因为我们是两个独立的人。我现在关心的是如何解决它。我们明天去医院吧。”

“你就不关心是谁和我……这样的？”女儿仰起脸，目光迷茫地看着她。

她突然有些冲动，她当然想知道是谁干的，她一定会把那个坏小子的衣领紧紧地揪住，然后把他痛揍一顿。

“你会告诉我吗？”

“……我怕你会找他……”

“你真的喜欢他？”

“是的。但他已经转学走了。他已经走了。”女儿有气无力地依偎着她，现在，她似乎一下子虚弱多了。

“我不会去找他的，女儿，因为这将是你生命中的第一次痛楚。以后你就会明白。”

“现在我就明白。”

“你不明白。”

“妈妈，我什么都明白。”

“你明白什么？”

“明白人都有脆弱的地方，我的脆弱就是无法把握我自己。”

“女儿，以后你会把握好自己的。好吧，给妈妈说说看，这一切到底是如何发生的。”

在女儿的叙述中，她了解了所有的情况。那个男孩比她高两个年级，是一个天生的坏小子。在这所私立学校中，学生的来源也非常复杂，全国各地都有，甚至还有一些外国驻华使馆人员的孩子，这些人的父母就住在附近的几个别墅、公寓和高档社区中。那个男孩子的父母是做生意的，他比较高，但很瘦。从女儿的钱包里带的照片上看，她一眼就凭自己的剧作家经历对人性的了解，判断那是一个自私的家伙，就是这么个不值一提的家伙，像一把锋利的刀，切入了女儿的青春期生活。她不能原谅他，但这已经发生了。最重要的是让女儿面对这个现实。女儿对那个男孩有爱，她是可以感觉到的。但女儿的感情一定被那个满不在乎的坏小子给藐视了。她一直在责备自己，在这件事由女儿告诉她之后，她觉得不能再把孩子放在那所私立学校了，因为私立学校学生的背景太复杂了，而且，因为交了高额的赞助费，即使是学校，也不好对调皮捣蛋的学生下狠手。那里太乱了。不能让女儿再待在那里，得把她转学走。

“妈妈，你心中的白马王子是个什么样的人？”

“我？什么时候？过去还是现在？”

“过去和现在不一样吗？”

“不一样。我十七八岁的时候，心目中的白马王子是个子要高大、健康，要英俊才行，这样我可以把头靠在他的肩膀上，我就有一种十分可靠的感觉。到了二十五六岁真的想嫁人的时候，我心目中的白马王子形象就变了，我希望他聪明和善良就行了，高大英俊就不重要了。因为如果他聪明，那么他就会干好他的事业，这对婚姻是一个很好的保障。而他善良呢，就会对我好。然后，我就遇到了你爸爸。他就是一个又聪明又善良的人。”

“那为什么你们会分开？”

“因为我还不太成熟，你爸爸一度对我非常好，但是我并不珍惜也并不在意他对我的感情，以为这都是应该的，所以，从我的角度上讲，我没有把握好。其实这个世界上没有人会无缘无故地爱你，我那时对你爸爸对我好太漠然了。所以后来他自己无法从我这里得到回应，就渐渐变了。”

“然后你们就分开了？”

“对。”

“现在呢？”

“现在我还有你，我也快四十岁了。如果有人再爱我，我会非常珍惜，而且会加倍回报。因为原本就没有无缘无故的爱，也没有本该如此的爱。另外，我这两天其实一直在检讨，我想我和你爸爸离婚，给你带来了很大的影响，包括刚刚发生的这件事。”

女儿沉吟着，她在想母亲的话：“不，我没有受什么影响。”

她看着女儿：“你觉得你喜欢那个男孩？”

“嗯。所以，他要我做什么，我就做了。”

“你现在想怎么样？你还想和他在一起？”

“不，不可能，因为他离开这座城市了。他爸爸也住在咱们社区。我再也见不到他了。”

“然后呢？”

“然后我会和你一起去医院，把孩子打掉。”

“你看书了？”

“是的。可能用药片来流产，得用三天的时间。如果体质不好，也许还会有大出血。”

女儿似乎什么都懂，这让她再一次感到震惊，也许女儿一开始自己都会悄悄去医院解决掉的，但女儿最终还是告诉她了。因为，女儿最终依赖和信任的人仍是她。

“妈妈，我并不后悔。”

“现在还不能这么说，不过，即使是药流也是很痛的，你不要怕。”

“我吃药的时候你会在哪里？”

“在你身边。”

“那我就不怕了。”

“你现在有什么感觉？”

“有一种奇异的感觉，妈妈，有一个生命的小芽芽在萌动，我可以感觉到，完全可以感觉到。”

“那是心理感觉。”

“不，不是心理上，真的是身体在变化。”

她听女儿这么说，想起了自己怀她的时候的那种体验。一阵山风吹来，那种久违了、老早就被遮蔽了的感觉又重新复活了，那的确是生命最初在她体内孕育时的惊喜与苏醒，仿佛一粒种子在油黑湿润的土地上伸着腰。但女儿那天真无邪的样子在说这话的时候更让她心情复杂。她可以说每天都生活在一种激情中，因为她每天都在写作，在想象中构筑各种可能的人物关系，这些关系的组合就是人情冷暖、人间万象，但是当她发觉身边的女儿有了这样的事，这是完全超乎她的想象力的，是她始料不及的。现在，她在想，为什么她没在一阵惊愕过后，发生一场歇斯底里？

是因为有了这次内河航行，这一次早就计划好的、不会为任何其他的事打扰和阻挠的内河航行。现在，她们从山上下来，准备从昆明湖再次沿内河航行回去。

她们在今天交流得比任何时候都深、都多，这是她们自己的体会，一开始她们彼此都觉得会爆发一场战争一样的争吵，但是没有，不知道这应不应该归功于初春的天气，和内河的城市水系两岸美不胜收的风景。

这一次，她们再次呼吸着清新的风，并观看河两岸的风景，而且，在她们的眼睛里，沿岸风景都具有了一种她们过去不曾发现的东西，不曾发现的美。实际上，是她们的心理感觉变了。

她们置身于那些踏青并沿内河航行的人们当中，感到惬意、安全和快乐。对于女儿来讲，她从仿佛禁锢着她的学校中跑了出来，看到了远山远河，还有那座电视塔，以及黑天鹅。对于剧作家来说，她今天没有编造或是编织任何情节地面对着她身边的人与故事。这都是新鲜的体会。

她们的内河航行结束了。在玉渊潭，她们看见四只黑天鹅仍在那里，没人去惊扰它们。上了岸，她说：“咱们去医院吧。”

“好。”女儿说，“我其实内心之中很害怕的。”

“有我呢，女儿。”

“你恨我吗？”

“我在责备你，也在深深地责备自己。我不会恨你，我为什么会恨你？”

“因为我给你添了麻烦。因为我太小啦，发生这种事。”

“既然发生了就勇敢去面对。我不知道……”

“你不知道什么？”

“不知道以后这件事会对你留下什么。”

“留下成长的痕迹。”女儿说。

在医院的检查是相当快的，只需要验一下尿，就可以诊断出来。又过了一会儿，医生已经开好了药。那是一个女医生，她也是一个做母亲的。她和剧作家一起看着女孩把药吃了。然后女医生问女剧作家：“她还不到十八岁，这事儿你不能罢休。有人应该进监狱。我不想问你太多，但是，应该有人受惩罚才对，而不是她。”

剧作家意味深长和感激地握了握那个女医生的手，点了点头。这对她和她女儿来讲，都将是影响一生的事。在开车回社区的路上，女儿坐在她身边，车窗外抽芽的绿色杨树一片新绿，并渐渐地隐入了暮色苍茫。还要再吃两天的药，女儿体内的种子就会被杀死了。要是一切恢复原状该多好。今天是感觉十分复杂的一天，她想。在她们的车开进灯光闪亮的社区时，她们的脑海里缤纷闪烁着的全是内河航行中看到的景物、飞鸟和人群。

狗儿子

我在社区班车上遇到了龙云，她一看见我就示意要我和她坐在一起，我坐下来，她就很神秘而又恼火地说：“昨天社区里面出事情了，发生了一起毒杀狗的案件——有人下毒，把社区里面的几条大狗全部给毒死了。”

我知道龙云是很喜欢狗的，她自己就养了一条京巴狗。她是一个扎眼的女人，尤其是腰部，曲线流畅，臀部浑圆性感，穿着的牛仔裤似乎根本不用系皮带，就可以轻松地挂在臀部上。虽然她已经是三十出头的女人了，可是对男人还是很有诱惑力的。也许这个年龄，正是女人最诱人的年龄，什么都懂，又什么都不齐。

她是一家有外资背景的时尚杂志的会计。我讨厌那家杂志，那个杂志的封面，总是一些漂亮的狐狸精，里面的内容也是把人们的胃口吊得很高的东西，各种几乎和巴黎、纽约的时尚贴近的东西，难道所有的中国人，一夜之间都成了有钱人？

龙云经常和我在社区里的草坪上相遇。她丈夫我也见过，是一个穿西装、戴眼镜、几乎没有特殊特征的男人，反正我没有记住她丈夫的脸。

我听了很兴奋，因为这个消息一定是有人欢喜有人愁，我想，这下子再也没有人牵着大狗，在社区里面随便溜达了。社区里面很多人养狗，过去经常发生狗咬人和狗咬狗的事件，尤其是狗咬狗，那个场面是特别的热闹——突然之间，一些狗狂吠了起来，各种狗的叫声响成一片，狗们互相追逐和撕咬，主人们惊慌地牵着绳子转圈，因为狗在狂吠中已经把他们的脚给缠住了。那个场面是很好玩的。这些事件引起了一些官司，一些被咬的人和狗都打了防疫针，所以社区的物业管理规定每天都有固定的遛狗时间，其他的时间，狗是不能够出来的。另外，大狗，也就是身高超过三十五厘米的狗，在社区里面遛的时候，都要用绳子拴着，否则一旦再发生事情，业主要负全部的责任。此外养狗每年要交一笔不菲的钱。不过几千元钱对于一些人来讲，也算不了什么。

“这个消息很好哇，我听了很高兴的。”我对龙云说。我自己就有过被大狗吓住了的经历。那天我刚刚进了社区，突然脖子后面一热，在我的耳朵边，还有呼哧呼哧的声音，热乎乎的，我扭头一看，妈呀，一条大狗正趴在我的肩膀上，跟小牛似的，可把我给吓坏了。所以，我听到这些大狗被毒死的消息，当然是高兴的，再说，我本来就不喜欢狗，死了几条狗又算什么呢？

“哎呀，那我可要好好做做你的工作了。狗真的很通人性的，我的那个小京巴狗，你看见过吧？”

“看见过，是白颜色的吗？”

“是呀，我给你说，我的那个小京巴狗，跟三四岁孩子的智力是一样的。不光我的狗是这样的，所有的狗，智力都是不错的。”

养狗完全是最近几年的事情，原来还没有这么多狗出现呢。在我们的社区，养狗最多的人，我从来也没有见过他的面，只是见过他的狗——全部是大狗，都是很威猛高大我说不上名字的、毛色漂亮的狗。其中有一条狗我记得很清楚，它那两个骄傲的睾丸很突出，像是寄生在它两腿之间的什么东西一样，随着它走路，那两个东西也在骄傲地甩来甩去，很是威风。这些狗平时都是由专门遛狗的保姆来遛它们的。听说这些狗的主人专门把居室的一间屋子供它们用，和人是一个待遇的。我不太明白："现在养个小孩子都已经够烦的了，养这么多狗干什么？"

"这你就不懂了。对于有些人来讲，狗就是他们的孩子。"

"那你养的那条狗，是公狗还是母狗？"

"是一条小公狗。"

"那你就是养了一个狗儿子了？"我问龙云。

龙云显然是想到了自己的狗儿子，因为她的脸上洋溢着快乐："你可以这么说，我没有儿子，现在正打算是不是要一个孩子，可是我已经有一个儿子了。"

其实，我从龙云的神色就能够判断出，她的婚姻一定出了问题。像她这个年龄的女人，结婚至少有七八年，和丈夫已经到了彼此没有什么感觉的地步了。这个阶段，是相当可怕的。我经常在班车上碰到龙云，但是她从来没有给我谈论过她的丈夫。

"你的先生不是有车吗？干吗总是要坐班车？"我问她。

"我不喜欢坐他的车。"她皱了一下眉头。

“丈夫有车不坐，你要干什么？”

龙云忽然凑近了我的耳朵，她身上的热气也哈到了我的耳朵里：“我要离婚，我要离婚了。我喜欢上你了。”

我吓了一跳：“我们才认识没有几天呢。我可——”

龙云笑了，“没有没有，我是和你开玩笑的，我只是想现在是要个孩子继续过，还是离婚算了。”

“为什么？离婚总是要有理由的，比如你有了新欢和下家，或者性格不合、婆媳关系不和、性生活不和谐等等，反正要有理由的。”

“理由是不太充分，但是，我真是对他已经没有感觉了。”龙云于是给我讲了一些她的事情。

我很喜欢养狗，他为了讨好我，就在通州区的一个狗市上，给我买了一条漂亮的白色京巴狗，就是你见过的那条。这已经是我和我老公结婚八年的时候了。

说老实话，我现在对婚姻很灰心，不知道该如何是好，我觉得我的婚姻到了一个关键的时刻，要么我们立即要孩子，要么我们就分手。

我丈夫是一家房地产公司的营销部经理，一开始我们认识的时候，还只是一个最普通的大学毕业生，那个时候我们是很穷的。他作为大学化学专业的毕业生，分配到一家化工厂，不到一年，那家化工厂就倒闭了，我也是那一年被财经大学分配到那个工厂的，我和他一起没有了工作。工厂把位于市区的地给卖了，给了我们职工一个人几万元钱，解除了劳动关系，然后就不管我们了。所以，我们连任何体制内的好处，比如房子、保险什么的，都没有享受到。我们倒是承受了改革带来的痛苦和震荡的成本。那个时候是 20 世纪 90 年代初的时候。我一开始就觉得我和他的命运给拴到了一起。于是，我到了一家合资时尚杂志当会计，而他则到一家房地产公司当营销员。那个时候我们过得很艰苦，我们同居了，租住在一个地下室里面。那个地下室又潮湿又阴暗又狭小，而且蟑螂和老鼠很多。可是我们没有害怕，同居了一年，存了一点钱，我们钻出了地面，租了个一居室住了下来，然后结婚了。结婚的时候，我们在一家不大的饭馆里面包了两桌婚宴，很简单地办了我们的婚事。那个时候我们过得很快活，经常给我们的生活寻找快乐，简单的快乐。比如我们会一起去野外挖荠菜和马齿苋菜；我们会在下雨的时候，挽起裤腿，在小溪中蹚水玩儿；我们在大雨中互相追逐。一年四季，我们都会去各个公园看应季开放的花卉——只要是生活中有一点点喜悦，我们就觉着十分幸福，并且用情绪把这种快乐和幸福感放大，然后一起品尝和享用这种快乐。

后来，这样的日子渐渐地没有了，我也不知道是怎么回事，我现在已经失去了这种快乐。物质的东西我们几乎已经全有了，你看，现在我们在三环边上买了一套公寓，又在这个郊区化的社区买了一幢连体别墅，他们叫“Townhouse”，俗称“汤——耗子”式的房子，有着很大的客厅、房前屋后的私家花园和草坪，有着五十英寸的背投电视机和豪华装修，还有一部上海产的别克轿车。有一个阶段，我们每年跟着旅行团，在国内旅游，这些年把国内的一些景点全部转完了，后来我们又跟着旅行团出国游。一开始是东南亚的几个国家，后来是日本和韩国，然后是澳大利亚、埃及、土耳其和欧洲游，我们还去了美国和尼泊尔，把全世界都快转遍了。我们什么都有了，可是我们生活中的快乐，却渐渐地少了，对很多东西失去了兴趣。我们现在在一起，情绪都调动不起来，我们彼此之间，现在很淡漠，似乎又很紧张，只要是他在房间里面，我总是觉得紧张，觉得屋子里面有个人，我要随时注意他的情绪和感受，我要感觉他在想着和做着什么事情。这种紧张的感觉使我觉得我和他完全是一对陌生人，这是为什么？为什么我们在一起快十年了，我们什么都有了的时候，反而变成关系紧张的陌生人了？

“看来，人的欲望，还是不要全部都满足的好。你看，你们的问题就是，所有的欲望和愿望全部满足了，结果没有什么生活的动力和激情了。”我说。

“有这个原因，但是我觉得还不全是这样。别人有过得幸福的。”

“你其实就是身在福中不知福。那你和他交流过你的感受了没有？”我问她。

“没有，我没有办法和他交流这种感受的。”

“那就是你的不对了，你应该和他交流一下。你们的问题已经相当严重了。”我说的是实话。

“我最近喜欢网上聊天，认识了一些朋友，还发生了网恋。”龙云的脸色突然亮了一下，我想，她肯定干什么刺激的事情了。

“你当心一点，现在网上很乱的，有很多坏人，都是下岗的年轻人，专门打劫那些中青年富婆的。你是不是找着情人了——从网上？”

“没有情人，但是——告诉你吧，网上有那种一夜情俱乐部。我参与了几次，倒挺刺激的。”

我知道这样的网上一夜情俱乐部的事情，都是城市白领阶层干的下流事儿，他们利用网络的方便快捷与私密性比较好的特点，搞那种一夜情的刺激。

“是不是发生一夜情之后，彼此就再也不联系了？”

“我们还是先不谈这个了，我们杂志的主编彭晓红，今天要在她家里搞一个派对，你有没有兴趣和我一起去？”看来龙云不太想这样谈论她的生活。毕竟，现在生活过于动荡，诱惑太多而人的自制力都很弱。

我想起来彭晓红，我认识这个女人，她很能干，一个人把这本时尚杂志支撑了起来。她长得很要强，还有些艳丽的模样，不过她似乎一直是单身，现在这些白领女人都怎么了？

“好哇，我很久都没有见到彭晓红了。”

“但是这个派对要穿唐装，你有没有？”

“有一件，三年前我就穿这个了。”

彭晓红的公寓房间不算大，但是她一个人住在这里，应该说已经足够了。她还养了一条小狗，而且这条小狗专门住一个房间，就是这套三居室的一个相对较小的居室。可见狗在彭晓红生活中的地位。那天，在她家里的派对上，来了很多人，因为是冷餐会，所以人们来来往往，像是流水一样。都是衣着光鲜的年轻人，他们的职业都很好，摄影师、导演、演员、模特包括手模特和脚模特，各种豪华时尚杂志的编辑，小品文和专栏作家、电视剧作家，广告公司经理、创意策划、电视台节目主持人、画家和年轻的在外资银行工作的银行家，还有售楼小姐等等，以及一些莫名其妙的人，比如被正式邀请的人带来的朋友，此外还有很多外国人。音乐也是古怪的，有时候是爵士乐，有时候又是恩雅的那种陈词滥调，或者像是国内的摇滚乐不成器的那种无病呻吟。总之这是北京的夜晚常见的一种“秀”，人人都像是无头苍蝇一样，在向发腥发臭的地方聚集，或者寻找着摆脱孤独、寂寞和忧愁的露脸的机会。这个时候，我才知道人是一种多么喜欢群居的动物，他们聚到一起来，只是为了像镜子一样，照亮别人黯淡的生活。而且，这些人因为被告知全部穿唐装出席，所以我简直满眼都是土财主和他们的妻妾，里头还有一些金发碧眼的洋鬼子，所以这个化装派对的确十分热闹。

“你这里经常这么热闹？”我一边吃着手中盘子里的冷牛肉，一边问彭晓红。自从上海的 APEC 国际会议上包括我们的领导人在内的环太平洋各国领导人穿上了唐装之后，唐装突然开始在大城市的时尚圈子里面像是疾病一样流行了。

“没有，这是今年我第一次举办家庭派对，因为我要结束单身的生活了，下个星期，我要去英国的一个古堡结婚了。”彭晓红有一点伤感，这倒使我觉得非常意外。

“结束单身生活，是不是很不甘心？”我刚刚问完，就觉得我可能问错了。

“不会的，女人，总是要嫁人的。不说这个了——咱们有两年没有见面了吧。上次还是在上海的一次圣罗兰化妆品新品上市发布会上见的面——你是不是已经结婚了？”

“结了，男人也总是要娶一个老婆的。”我笑了。

“问题是，人们很少能和他一直想在一起的人最终结婚。”彭晓红说了这一句，就被客人打断了谈话，到别处招待客人了。

我觉得她心里有事，但不知道是什么。于是，我就随便地找一些人聊天。北京虽然有一千多万人，但其实生活的圈子还是很小的。我随便和来的陌生人聊天，总能聊到彼此都认识的朋友，然后，这个我们共同的朋友，就成为我们共同揶揄的对象。

后来我还注意到龙云，看上去，龙云很高兴，这个时候她已经把她丈夫带给她的不快完全地抛在了一边，她寻找着自己喜欢的谈话伙伴，当然他们首先是男人，不带女朋友来的那种男人。男人们很喜欢这种浑身散发着诱惑人气息的女人，性感的肉蛋，熟透的少妇，然后围着她转，殷勤地陪她说话。其实这样的场合，说什么都不重要，因为没有人在认真地听你说话，也没有人说重要的话。我看见龙云不停地喝着葡萄酒，吃着一些点心，一点也不担心她的身体会从那紧身的衣裙中满溢出来。到了很晚的时候，人已经走得差不多了，我和龙云站在窗户的边上，从彭晓红家可以看见远处的中央商务区——CBD一片灯火通明。龙云喝得差不多了，她又和我聊起了她的生活。

这个时候，我总是觉得作家是一个可耻的职业，总是在旁观和窥视着别人的生活，然后添油加醋地再写出来，关键是，最后卖给别人完了还伸手向人家要钱——我不知道是谁这么损作家的，但是这种说法，的确是很形象的。所以，每当我倾听别人对我倾诉的时候，总是有些罪恶感无法消化。

“我知道我们的问题已经相当的严重了，”龙云说，“但是我们还睡在一个床上。他这些年经常回家很晚，因为他这些年由一个营销员，变成了业务主管、副经理、营销经理、营销经理兼公司副总经理，一步步越来越重要了。但是他却忽略了我。”

我十分感叹：“龙云，说实话，今天的中国女人，尤其是像你这样的中产阶层和知识女性，可以自己养活自己的女人，已经非常优越了。我最近去了韩国，他们经济比咱们发达，但是韩国女人的地位却比你们低多了。”

“是吗？但是你说，我想要个孩子，这总是可以的吧。”

“你为什么不早要孩子？”

“他根本就不爱我。我不能肯定这个。”

“爱，有时候在婚姻中，并不是那么重要。孩子才重要，婚姻是为了我们繁殖的。”

“你错了，爱恰恰是最重要的。繁殖，包括性快感，都不重要。”

“那你从网上一夜情俱乐部中，得到什么了？”

她目光迷离了：“也没有什么，不过是一些刺激而已。没有人真的要和你怎么样，这就是网上一夜情俱乐部的特征。本来我们也不想干什么的。”

那天之后，我的心情一直不好。在彭晓红的家庭唐装派对上，我和许多白领和金领女人都说了话，我觉得她们一个都不可爱。中国女人传统的那种优雅，那种健康自然的东西都没有了，我看到的是一些被假乳房、假睫毛和各种化妆品、时装，以及各种时尚杂志的信息污染和异化得已经面目全非的女人们。女人们生活在一种幻觉中，但是她们又是最为物质的，她们索要的东西都是被今天的时尚杂志把胃口吊高的东西。而且，今天的时尚似乎是瘦身最美，所以即使再瘦的女人，都要想办法弄一个更瘦的屁股出来。

从彭晓红的公寓里面出来，就是一片灯红酒绿的世界，在很凉的风中，我看见了几个站街女郎在溜达。我听说一些东北来的年轻小夫妻，都是下岗工人，他们租住在一些破平房中，女人出去卖淫，丈夫当“鸡头”。这确实令人吃惊——可能每个社会都是不完美的，都会有不如意的东西存在，但是，如果笑贫不笑娼成为一个共识与准则，那么就麻烦了。看到那些没有生意的站街女郎在奔忙，我忽然觉得，像龙云这样的女人的生活烦恼，其实根本就不算什么。

一个月之后，我听说了彭晓红自杀的消息。她确实和一个男人去了英国乡下一个古堡结了婚，婚礼很浪漫。此外他们还周游了欧洲，去了意大利的一些城市和西班牙的很多地方，最后去了澳大利亚布里斯班的黄金海岸。回到北京之后，有一天夜里，她上街溜达，就在她家楼下的马路上，迎面向一辆车扑了过去，结果当场死亡了。这个消息还是龙云告诉我的。我是在班车上碰见的她，她的手里拿着那本由彭晓红主编的时尚杂志："你看，这个杂志这一期做的专题是'哭泣的新娘'，里面的页码全部是黑色的。这是彭晓红做的最后一期杂志，她肯定早就打定主意要自杀了。你说说，结婚做新娘子，总是高兴的事情，为什么要哭泣呢？"

我想起来在彭晓红的那个家庭唐装派对上，彭晓红的表情就是很奇怪的，有一些淡然的伤感。她自杀这个消息确实令人吃惊，因为认识她的人都知道，她是一个很要强也非常能干和成功的女人，谁也不知道她内心里真正的需要和阴影，谁也不会知道她还有自己无法释怀的事情。女人有时候是很奇怪的，我想，你认为她们最为物质的时候，有时候她们却又最为精神，至少是最为神经质。而且女人死于自杀，多半是因为感情的原因。我很感叹，毕竟彭晓红是一个很优秀的女人，精明强干，遭女人的嫉妒，但是男人们普遍很欣赏她。

"你说彭晓红自杀是因为什么？"我问龙云。

"肯定是情感方面的原因啦。女人有时候是很脆弱的，她肯定是无法和她喜欢的男人在一起，又不得不和自己并不喜欢的男人结婚。她这个人，你知道的，事事要求完美，事业很好，在自己情感上也要完美，但是人生就是由缺憾构成的，上帝不会把所有的东西都交给一个人。"

“她是不是有抑郁症？”

“现在想来，她最近一年确实是有抑郁症，无法化解，最终选择了这条道路。不过，你是一个男人，你会真正地喜欢她吗？”

“这就不好说了。”我说。

又过了一个月，秋天到了，北京的秋天比较美丽。因为这个季节，有些树种的树叶是黄色的和红色的，比如黄栌的叶子就非常美丽。

社区里面的游泳池很好，我每天都去游泳，在那里，在游泳池中游动的女人和孩子们中间，我看见了龙云。在游泳池畔，龙云看上去很快活，她就像是一条生完孩子体形仍旧十分健康的美人鱼一样，在水中披荆斩棘，看到了我，向我游了过来。

“嗨，”我说，“有一阵没有看到你了，最近怎么样？”

龙云戴着防水的游泳帽，“啊，我已经离婚了，所以我觉得很轻松。”

“最终还是离婚了？”

“对，是一件事情促使我最终下了决心。”龙云和我并排靠着游泳池的池壁，身体还浸泡在水中，被游泳池的水带动得上下起伏。“本来，他非常想要一个孩子，说只要我们有一个孩子，那么我们婚姻中的疲惫感就全部没有了，我们的婚姻也会维持下去。但是，我发现，从一个细节上说明，我们不是一路人。”

“什么样的细节？”我很感兴趣。

“我们对狗狗，我的那条狗的态度不一样，促使我最终下决心离婚了。”

“这是怎么回事儿？”我更加好奇了。

“你看，那条狗是我们都喜欢的，是我们的儿子，狗儿子。这狗儿子很淘气，也很调皮，经常把屋子里的东西搞坏。它上次把我的意大利真皮沙发给弄坏了，结果他回家就打了它一顿，可是没过半个小时，他又和它亲热上了，连他自己都忘了狗闯的祸了。这样，狗就觉得自己做的事情并不严重。而我，决定因为这个事情，一个星期不理会它。结果它再也没有去靠近那沙发。我就想，如果我们有孩子，也会是这样，我们对孩子的教育方式会从根本上不同，我们就无法在孩子的教育乃至今后所有的事情上达成一致。于是，我决定离婚了。”

他们的狗儿子真是一个婚姻的试金石，我想。“那你们的狗儿子，跟谁了？”

“跟我了。你看，它就在那边老实待着呢。”

我顺着她指的方向看去，果然，在盥洗室的门口，她的狗儿子，那只白色的京巴狗，安静地待在那里，等着主人，它妈妈的深情呼唤。

你也去打打铁吧

“咱们也去打打铁吧。”我的朋友肖班听说我居住的社区边上有人开了一个铁匠铺时对我说。

那个开铁匠铺的人是一个画家，不过他现在很少在画架上画画了，更多的时候则是一个材料、装置艺术家。在社区俱乐部建成的时候，他在俱乐部门口的那片有喷泉的绿地里做了一件艺术品，这件艺术品就叫作“鲜花和牛粪”：他在竖起的一个木排上，一边糊满了牛粪，而另一边则插满了艳红的玫瑰花。

那天社区物业管理公司还请来了一个乐队，为带室内游泳池和屋顶网球场的俱乐部演出助兴。但有几个吹号的突然吹出了奇怪的声音，原来是有几个苍蝇钻进他们的小号里了。

为什么会有那么多的苍蝇？原来那个开铁匠铺的画家——材料、装置艺术家，他在那些插在牛粪上的鲜花里又放上了一小块鲜肉，因此招来了很多苍蝇，从而使得那天乐队的演出全被苍蝇给破坏了。

如果你交给他十元钱，你就可以在他的铁匠铺里打打铁。很多人都掏得起十元钱，但他们不见得愿意去打打铁。这年头，谁还会去打铁呢？

一开始的时候，我也抱着这样一个想法，但后来我发现我错了。去他那里打铁的人非常多，而且到了后来，如果你不提前一周预约的话，你就根本排不上队。

他约莫有三十来岁，但他脸上留的大胡子使他看上去更大一些。他是陕西人，可能卖画挣了不少钱，所以他早几年就买了这个社区的房子。他好像一直是一个人住，我从来没有看见他和任何一个女人在一起过，除去他手把手教人打铁的那些女孩。

他的这个铁匠铺里整天都丁零当啷的，十分热闹。一开始他的铁匠铺距离社区只有一公里远，所以在社区里你远远地就能听到铁匠铺里的叮当声响，而很多业主是不喜欢听到这种声音的，其中尤以一个军队中的大校为代表，那个大校为了这差点儿拔出枪来，他在铁匠铺里和大胡子艺术家大吵了一架。之后，社区管理委员会勒令他搬得远一些，于是他又向北挪了一公里，靠近了一片树林，这样在社区里就听不到那打铁的声音了。

那个大校一家人住在一套二百平方米的复式房子里，门口还有一个小花园。他的那一套结构比我的要合理，一层全是起居室，而二层则全是卧室了。他的房间里一共有三个卫生间，比我的还多一个。此外，他的楼下总能停着一辆奔驰和一辆宝马。一个军队中的大校，他从哪里弄来这么多钱的？

大胡子艺术家叫刘三田，他的父亲也是陕西的一个画家，在“文化大革命”中被红卫兵逼着吃掉了自己画的一些画，后来得急性肠炎，死了。有关刘三田，一开始我就只知道这么多。

其实他开的这个铁匠铺不光瞎打铁，像有些人那样，他同时又制作了不少铁艺家具，他卖那些东西。但刘三田的这些铁艺家具和一般的铁艺不一样，它们看上去更像是艺术品，而不是家具。

比如，他会打造出来一种根本扶不起来的椅子，你会买回家吗？

但有些有文化和趣味古怪的大款，似乎很喜欢他的这些东西，而且他们还可以向他定做各种稀奇古怪的铁艺品，包括一个黑色的铁面具。难道有人想当铁面人吗？

这个刘三田还收藏有一些奇异的铁制品，包括他祖父亲自打制的一件铁铧犁和一个女用的贞操带。

尤其是那个贞操带，它就像是一个铁箍，把一个女人套住，前后只开有两个极小的孔。肖班说这是一个野蛮的东西，我想他太为女人说话了，尤其是他还没碰上一个坏女人，他不会改变他的看法。

我们去他的铁匠铺时，那里真的非常热闹，人来人往，很多人都搓着手，排队等着打铁。现在，你交十元钱只能打上二十分钟的铁，因为等待打铁的人太多了。我和刘三田是熟人，因此拉着肖班提早进去了。就连这一点，有些摩拳擦掌的家伙都十分嫉恨。

那些来打铁的家伙，男女都有，他们大多数都是年轻人，脸上都挂着一种莫名其妙的活得不耐烦的表情。可能生活太平庸、太空虚，因此连打铁这种体力活也变成时尚与时髦了。

最可笑的是我看见有一个小伙子竟然在头上围上了白羊肚毛巾，穿着一件露出了大半个上身的摔跤衫。但他的白净的皮肤说明他平时一定是一个西装革履的家伙。而那些女孩子，尽管还涂着指甲，但她们也穿上了运动服、平底鞋以及扎染的对襟褂子。这是一些奇怪的男女，他们是真的来打铁的吗?

他们的确是来打铁的。在铁匠铺里，呼哧呼哧地响着风箱，有人在拉动它，而刘三田正在忙活着，谁都没有他忙，因为他要照顾至少三摊打铁的人。

也有一对恋人来打铁的，他们就像双宿双飞的鸟，今天也格外琴瑟相鸣。女的用铁砧扶好了一块刚刚从炉子里取出的火红的铁块，而男的，则抱起大锤或舞动小锤子，趁热打铁。刘三田在一边指导着他们，让他们打出他们想要的形状。

我和肖班走后门加了一回塞儿，那天也打了一回铁。我小时候练习武术，武艺高强，但今天却成了一个面色苍白的“文化人”，这对我来说是一个莫大的讽刺。肖班扶住铁砧，并用一个夹子夹住一块烧红的铁，我则抡动锤子，砸个不停，最终，当淬火过后，我们打出了一件四不像的怪东西。

所有的人包括刘三田都笑了，他们从来也没有见过我打出来的那种东西。

“很多人都打出了这样的废铁，你也一样，下回再练吧。”刘三田说。

那一次打铁的经验让我们十分兴奋，因为问题不在于我们打出了一件怪东西，而在于我们打铁了。平时摸惯了电脑键盘和自来水笔，这一回我们也摸了铁砧、铁夹和铁锤。尤其是淬火的一刹那，“刺啦”一声响，那是无比动听的声响。我和肖班终于明白为什么有那么多人要去打铁了，因为他们都是一些好奇和无聊的青年人，是一些娇声娇气的小姐，而通过打铁，他们变成了另外的人。我和肖班都觉得自己更像劳动人民了，尤其是肖班，他准备用打铁的劲头来写作了。

后来我经常晚上去看刘三田，这种时候他的铁匠铺一般都静下来了，刘三田就摆弄和安装他的铁艺家具。我看见屋角有一筐废铁，那全是白天来打铁玩儿的人留下的。

“你怎么处理那一筐玩意儿？”

“明天让人接着打呗。”

“那周而复始，它们就总是废铁？”

“不不，总有个把聪明人，打出了我想要的东西。并不是每一个人都很笨，只会出一些傻力气。”

我知道刘三田对铁这种材料的性质十分了解，因为他的祖父就是一个铁匠，那个贞操带就是他祖父为一个地主老财打的，那个地主老财是准备在他出门时戴在他的小妾身上的。

我听刘三田给我讲这个故事的时候，有了一个疑问：“那地主老财的大老婆呢？”

“地主婆很丑，整天吃斋念佛，根本不用戴这种东西。”

刘三田说，那个地主老财后来又娶了一房北平大学毕业的女学生，在女学生进步思想的影响下，奔赴革命根据地了。后来，那个地主老财在“三反五反”中被镇压了。“然后，我祖父就自己留下了那个贞操带。”

有关贞操带的故事就这么多，下面的故事就是刘三田自己的了。

我过去一直没有看见刘三田和女人在一起，但后来我看见了。

那个女人长得很丰满，像是西亚地区的人，后来我知道了，她是叙利亚驻华大使馆厨师的女儿。在这个社区中，有一幢连体小楼是那个国家大使馆的工作人员租住的，在班车上我总能看到他们。

刘三田的铁匠铺在北京很有名，已经成了城市中趣味古怪和新潮的白领们必去的地方。他们在星期一上班时会互相问："昨天去打铁了吗？"另一个说："去了，我还打了一双铁手铐呢。"而且，刘三田的铁匠铺还成了一些旅行社开发出来的郊区游的一个点，后来我就看见有不少大旅行车停在铁匠铺门口，游客们围观打铁，手痒痒的就上去一试身手。

那个叙利亚女人丰满漂亮，因为她也是黑头发和黑眼睛。皮肤还挺白，眼窝深陷，看人的样子似笑非笑，十分性感。

有一天我和刘三田聊起一个在国外走红的中国艺术家蔡国强。这个人用的材料是炸药，他用炸药在西方各个国家的不少城市，做了不少成功的艺术作品。

"关键在于材料，你看，蔡国强用的是中国人发明的火药，在瞬间炸出各种轨迹，这种观念是很厉害的。"

"我还知道他有一件叫《草船借箭》的作品：在一家博物馆里悬挂着一条乱箭穿心的木船，这件作品也很厉害。"

"是不错。但用火药的主意更不错。"

"那是不是观念和材料已是一个艺术家成功的关键？"我摸着一块废铁问。

"不，是天赋。一个人要是有了天赋，他就会有独特的想法去运用独特的材料。”

“你准备用铁做材料吗？”

“我还没有拿准。你看，铁太硬，有好多无法超越的局限。我还没有想好。”

我们说到这里的时候，那个高鼻美目的女人进来了。“我想打铁，你能教我吗？”她盯着刘三田，火辣辣的说。

“可晚上我们不打铁，关门了。”

“那我也要学。我叫埃莱娜，我一定要向你学打铁。”她仍旧火辣辣地盯着刘三田看。

我想了想，走了。我想刘三田会有女人的，我觉得她肯定不光是来学打铁的，这事儿我看准了，你说呢？

而我忘了告诉你，埃莱娜的一条腿有一点儿瘸，这使得她走路的时候有点儿一瘸一拐，虽然不太严重，但这对于一个女人来说已很致命了吧？

我不知道那天刘三田和埃莱娜怎么样了，因为他的铁匠铺第二天关门了，很多从城区开着车来打铁的人在那一天都没有打成铁。难道瘸腿埃莱娜把刘三田给摆平了？

“她并没有把我摆平，尤其是当她像个大铁砧躺到那里自己把自己摆平的时候，我都没有上，西亚女人应该比较保守才对吧？我不喜欢她自己把自己摆平。于是后来我教她打了一夜的铁，第二天太累了，我就没有开门。”刘三田说，“就这么回事。”

就是那天晚上刘三田给埃莱娜教打铁，他们打铁的声音再度吵着了那个大校。大校这回仍旧没有拔枪，我怀疑他平时都不带枪，他又向社区物业告了刘三田的状。

“他们叮当闹了一夜。白天打铁倒罢了，可为什么他们晚上还要打铁呢？你们能不能让他再退后一公里？”

刘三田只得将他的铁匠铺又向北挪了一公里，这样，他的铁皮屋子已经靠近了一片树林。

即使他向北再退一公里，要打铁的人还是要来的。很多城区的年轻人仍旧开着车三五成群地来打打铁，他们把上这儿打铁当成去郊区的黑龙潭玩“蹦极”一样了。不过，打铁至少是锻炼身体的好方法，出一身汗又锻炼了肌肉，有什么不好的呢？

埃莱娜仍旧去刘三田的铁匠铺学习打铁。有时候，刘三田光着膀子，汗流浃背地打铁的时候，她会在一边看得如痴如醉。但刘三田告诉我，即使她再把自己像一块平稳的铁砧那样摆平，他仍旧不上她。

这么火辣的西亚女人喜欢他，作为艺术家的他还有什么可犹豫的？我感到有些不能理解。

“因为，我有我的麻烦。我有我的心上人，但她的精神有毛病。”

原来，这是刘三田隐藏在内心深处的一个秘密。他很少对我讲过，有一天他再次赶走了自己把自己在他那儿摆平的埃莱娜，向我吐露了实情。

那是好几年前的事儿了。他去西南采风写生，在火车上，他有些无聊，就和他对面下铺的一个看上去很瘦，但长了一双很忧郁的大眼睛的女孩聊天。她长得并不漂亮，但有一股子说不出来的感觉。

“我觉得她像一个艺术家，”刘三田对我说，“于是我就和她搭话了。”

“你上哪儿去？”他问她。

“我回家。”

“你从哪儿来？”

“北京。我去卖我的画，但没有人买。那些外国人，还有一些东南亚的华人，他们都不买。”她对他说。

“我有些欣喜，因为我在路上碰到了一个搞艺术的。你知道我也是搞艺术的，于是我就让她把她的画打开看一看。”刘三田对我说，“我觉得她画得不算坏，尤其是一些小幅的画，全是只有女人才能画出来的东西。我们聊了很多，她很快乐，然后，那天晚上我们在火车上就发生了那种事。”

“什么事？”我有点儿不太确定。

“我把她干了，在火车上。”

“在卧铺车厢？”我又问。

“对，在她的那张下铺，后来有人把乘警叫来，就把我们拘留了。因为，要命的是到那时候我还不知道她的名字，她也不知道我的名字。”

“然后呢？”

“然后？然后罚了我一些钱，就把我放了——说我违反了治安处罚条例。而那个女孩，我从西南采风回来，辗转打听出她被判了两年徒刑，因为她涉嫌在列车上卖淫。我真的不知道这是怎么判的，到底是怎么回事儿。后来，我越来越觉得是我害了她。你说她怎么被那么判呢？”

“怎么会呢？这事与你没有关系。”

“不，我觉得是我害了她，越到后来，我越是觉得如此。我把一个女人毁了，你看，要是我不在火车上勾搭她，她就不会被判两年徒刑。这事儿就成了我的隐痛。”

“你的隐痛？”我有些迷惑。

“人人都会有一个隐痛，我后来发现自己越来越痛苦，我越来越想再见到她，直到后来，我决心等她出狱了就娶了她。只有那样，我才会感到心安。”

“后来呢？”

“后来，她出了狱，我去接她然后向她求婚，我就这样娶了她。”

我松了口气，如同看到一块铁被打好了。但是，从他的表情上我可以看出来，这事儿还没有完。

“这事儿的确还没有完。我娶了她之后，发现她的精神有些不对劲儿。她倒不常发病，发了病的话就很厉害。但是她的画却越画越好了，好得让我吃惊。后来有一次，我和她，还有我们的一些朋友在一家肯德基店里吃东西时，她突然又发病了，从那时候起到现在有一年了，她都在精神病院里。在那里，她在好转。她快全好了。我在等她出来呢。”

也许这是我在这个社区听到的最生动的故事之一了。“以后你准备怎么办？”

“她的病快好了。在医院里不仅有药物治疗，我还经常去配合医生给她治疗。这样下去她就快出院了。”

我明白了为什么即使埃莱娜把自己在他面前摆平，他都没有干她的原因了。

但是有一天埃莱娜的哥哥拿着一根铁棍去找了刘三田，他要刘三田娶了他妹妹埃莱娜。

“我为什么要娶她？”当着很多打铁的人，刘三田斜着眼问他。

那是一个黑头发、高鼻深目的胖子。“因为你把她给强奸了。她说你把她给强奸了。”

刘三田皱起了眉毛：“她到这儿来只是为了打一打铁，我只教她打铁，除此之外，我们什么也没干。是她那么对你说的？”

“当然。难道她会骗我吗？”

“她当然骗了你。我没动过她。请你出去。”刘三田站起来说。

然后埃莱娜的哥哥就挥舞着铁棍冲了上来，很多打铁的人吓坏了，都跑了出去。刘三田和他扭打成一团，当他把刘三田按倒在地上快要把他掐死的时候，我当机立断地帮了刘三田一个忙：我用夹子夹住一块烧红的铁块，烙在了这个脾气粗暴而又偏听偏信的西亚男人的背上，他惨叫一声滚落开了。

他抱头鼠窜的时候，刘三田追出来说：“我从来没碰过她！你让她当我的面来说！”

我想埃莱娜是没有脸当着刘三田的面说这种事儿。这事儿很好理解，她太想嫁给刘三田了，于是想出了这么一个办法。

但这并不是一个好的办法，她应该采取别的办法才对。这个女人太直接，不是把自己在他面前摆平，就是让她哥哥来逼婚，还撒了谎，你说刘三田能接受她吗？“欲速则不达”，这个西亚女人是不明白这东方的古老名言的。

但是埃莱娜后来还是去向刘三田道歉了，她有一天去那个铁匠铺的时候，却看见了十分动人的一幕：一个女人夹住一块烧红的铁块，而刘三田抡动大锤，把那块铁砸得吱吱乱叫，他们珠联璧合，天衣无缝，把埃莱娜给看呆了。

我知道，给他夹住一块烧红的铁块的，就是他的情感痛点，他的从精神病院接回来的妻子，他的罪孽，他的心上人。

然后，埃莱娜绝望地哭了。

后来，埃莱娜一家搬离了这个社区。我不知道她会不会遥望刘三田的铁匠铺。再后来，我在社区里碰到刘三田的时候，他已经是一家三口了，他不仅有女人，他们还有了一个孩子。

杀人蜂

他没想到在她阳台附近的那棵小树上隐藏了这么多马蜂，它们在飞动的时候影子是黑色的，然后他就被蜇倒了。事后当消防队赶来的时候，才发现他已经被蜇晕过去了。

“那是一种杀人蜂，”一个消防队员说，“可有人打的是火警电话，我们赶来了，然后就看到他躺在那里。”

而肇事的马蜂仍旧安稳地待在那棵小树上，它们看不见不动弹的东西，后来人们知道这些马蜂是她专门养的，就养在她家阳台附近的小树上，为的就是不想让喜欢她的男人接近她。

在这个社区中养马蜂——那种杀人蜂的只有她这一个人，而那些黄颜色但飞起来影子却是黑色的大马蜂还听她的话，这是大家都感到吃惊的事。连社区保安和保洁员都不敢靠近那棵小树，因为那棵树上浓密的叶子下面有三个像铜铃铛一样吊着的蜂巢，你要不仔细看还发现不了它。

“那马蜂蜇我的时候，我感到就像灼热的小铁钉钉进了我的脖子和脑袋里。我一下子就晕了，然后我就趴到了地上。”他在医院这么向医生说。

“幸亏那些马蜂没有再蜇你，如果当时你被蜇上两三轮的话，你就没命了。你干吗要去惹它们？”一个年轻的女大夫问他，她用镊子和胶带拔去了他身上的毒刺。

并不是他想要去惹那些马蜂，而是他想惹那马蜂背后的东西，那个女人，她整天缩到房间里不出来，你要是从前门就根本靠不近她，也看不见她。只有从另一侧的花园才可以看见她在一间屋子里设计服装的样子，然后她用电子邮件把这些东西发到公司里去。她哪儿也不用去，她要是想吃东西，就打电话让社区超市那些穿红马甲的人给送上门。她哪儿也不想去，因为有一次她在社区后面的网球场边上散步时，碰上了他，就被他缠上了。

她并不是想去打网球，而是想看两个打网球的女孩在打网球时穿的短裙，她们打着网球的样子十分健康，那白色的小短裙只遮住了她们小巧的屁股，在打球时这裙子像白色的花瓣随风轻抖，这给她带来了设计灵感。但是当她脑子里入迷地勾画一条短裙的时候，他在她身边说：“要不咱们也去打打球？”他一边说着一边还向她晃了晃手中的网球拍。

她看见他的第一眼，就觉得厌恶他，因为他长了一脸的胡子，这胡子和她父亲的一模一样。但是父亲在几年前离开她了。那段时间父亲像得了一种病，非要和她母亲离婚，为的是可以去西北的一个县城找他过去当兵时的几个朋友。这的确是不可理喻的，后来他就走了，给她和母亲留下了这一套房子，而去年母亲有了一个新丈夫，她和继父谁也不接受谁，于是母亲就和她的新男人出去过了。

她一个人生活在这套房子里并不感到寂寞，但她心中痛恨她父亲，因为她觉得他抛弃了她和她母亲，她母亲最后也离开了她。母亲有时候周末来看她，但后来她并不欢迎她，她也就很少来了。因为她也有了新男人和新家，就不会常回到老家了。谁都有自己的生活，对不对？

所以她就有了自己的生活，一切都靠她自己拿主意的生活。她习惯了这一切，而唯一在心理上打不开的一个结，就是父亲那么一脸大胡子的强壮的男人，怎么能抛弃她们离家出走呢？

她有一天在屋后的阳台上晾衣服时，发现了树上的几个马蜂巢，而那些马蜂非常喜欢她阳台上的花。这些细腰长身的飞行虫并不害怕她，于是她就常去花卉中心买一些它们喜欢的花，因为它们要不停地来采花蜜。那么她也就算养着它们了，是不是？整个春天她都在看着黄蜂们一点点筑巢，在那棵叶子渐大的树枝上，吊起了三个铜铃铛一样的蜂窝。她想起来冬天里她曾见过屋檐下的蜂窝，完全是空的，那时候它们会跑到哪里去了呢？

对于这个问题，她一点儿也想不清楚，她打电话问了几个朋友，他们也说不知道，还问她这是在瞎操什么心？

但是他，却想进入她的生活，那天在网球场边上见到了她，他就像个疯子似的想和她见面与说话。他当然从物业管理公司那里弄来了她的电话号码，然后他就给她打电话。

“是我，那天我在网球场边上见到了你。我是那个一脸胡子的人，我想和你聊一聊。”

“我和你没什么可以聊的。”

“我们有，你是服装设计师，而我是一个建筑设计师。”

“那有什么相同吗？”

“我们都是设计师啊，你给人设计服装，而我给大地设计服装，建筑就是大地的衣裳。”

“可我不想和你交往。”

“但是我想，因为我喜欢你，我看见你就喜欢上你了，我必须和你说说话。”

她很生气，因为她从他的口气中听出来一种企图强加于人的口吻，她立即就挂断了电话，任凭那电话铃响了很久也不去管它。

在这个社区中住了不少自由职业者，她算一个，而他，那家伙也是。他们都是挂在某一个设计公司，然后设计服装或是大地的衣服的方案和图形。但这就是两个人相似的地方？而据此两个人就有可以充分交往的理由吗？她感到滑稽可笑，她决定坚决地将他拒之门外，不去搭理他。因此，当他站在门外使劲地按门铃而她从窥视孔看到是他的时候，她就是不给他开门。

但这对他似乎没有用，他仍旧给她打电话，有时候她心一软，他就会在电话里说很多话。

“我知道你是一个人生活，你父母亲离婚了，他们都走了。我还知道你收集了不少日本浮世绘的画，因为你的墙上就挂了一些，你很喜欢那种朴素的线条和色彩吗？”

她不吭声，她只是想象他那一脸和她父亲一样的大胡子，这一点已经足够她厌烦的了。

“在三环桥边的那幢航空大厦，就是我的作品，而你在亚运村可以看到一组公寓，那也是……”

“我不喜欢航空大厦，它的玻璃幕墙太耀眼，而且那是个绿屋顶……”

“对，那个绿屋顶本来没有，是审定方案的官员加上的，因为他喜欢传统的大房顶。这也是我苦恼的地方，因为我们的设计方案后来被长官的意志给扭曲了。这是我没办法的事。”大概他感到他们已经有了交流，可以更进一步了，“我这里有上好的哥伦比亚咖啡豆，我可以给你送一些过去。我很会煮咖啡。”

“不，我不想见你，再见。”听到他这么说，她立即果断地挂了电话。

难道她真的非常讨厌他吗？这个问题，她也问过自己，她觉得她并不讨厌他，而是讨厌他所代表的东西，那就是，具有入侵性的男人。她现在发现由于她父亲和母亲的离婚以及他们的相继离开，她有些惧怕男人以及代表男人的东西，比如婚姻，这令她恐惧地想到她将和一个陌生人完全生活在一起，这于她是一个巨大的挑战。

但他毫不气馁，直到他被那些黄蜂叮倒在地。那天消防队员来了，他们全副武装，但他们除了用消防车把他带走并送进了医院，他们没有干别的。一些人围观了一小会儿，但他们发现什么也没有发生，除了一个人昏倒在地以外，并没有火灾的浓烟。消防队员也没有理会那几个蜂巢，因为你不去靠近，它们平静得近乎不存在，就像一棵树的果实安静地挂在那里，你要不仔细看，还看不见它们。等到他们都走了，她才从阳台上出现，愤怒地发现她摆放在后花园中的一些盆花已经被大胡子建筑师踩得乱七八糟。即使他被大黄蜂蜇得昏了过去，她也不原谅他，她想她一直在平平静静地生活着，可他凭什么要踩烂她后花园的花盆？

“我也不想踩烂那些花盆，可当时我被那马蜂蜇得眼睛肿了，我什么也看不见，像熊瞎子一样，我就踩烂了那些花盆。”他给她打电话说，“我马上就可以出院了，我赔你的花和花盆。”

“对不起，我替马蜂向你道歉。”她一说完，就后悔自己说了这一句话，“但不用你赔花盆。”

“那些马蜂是你养的？有人这么说。”

“不是，我和它们是朋友。你要不去惹它们，它们不会蜇你。”

“应该是我要不去惹你，它们就不会蜇我，对吧。”他这么一说，两个人都轻轻地笑了笑，气氛缓和了。

“我这里有几本台湾出的服装设计书，我觉得不错，想让你看看。”

“那你叫保洁员送来。”

“还是不想见我？”

“我只想一个人待着。你为什么那么想见我？”

“我也不知道，可我就是想见你。因为，我爱上你了。”

她的心里掠过一阵闪电，而他说的恰恰是她害怕的。“没有无缘无故的爱。”她母亲过去对她说过，“男人们爱你，最后他总能从你那里把他付出去的全捞回去。”

“那我父亲从你那捞了什么？”她当时问道。

“我的全部青春，我的身体，我的一切。是他让我衰老的。”她的母亲说。

“你想从我这里要什么？”她想到这儿，问他。他沉默了一会儿，“我什么也不想要。我心中有爱，我把它都给你。”

“没有无缘无故的爱。”她说完，觉得心里一阵子轻松，于是立即又挂断了电话。

的确是有无缘无故的爱，他想，他对她就是这样，一个人喜欢另一个人，会有那么多的理由吗？肯定没有那么多的理由，这理由只有一个，你喜欢她，这就够了。可他喜欢她哪儿呢？他说不清，他觉得她很神秘，如同一枚坚果，他想看看这坚果内部到底有些什么，她越是拒绝他，他就越是想靠近她，靠近她内心的坚果，然后打开它。这就是她吸引他的地方。因此，即使有那些可以杀死人的黄蜂守卫着她的阳台和后花园，他也要继续进攻。

他又去敲了她的门，她从门上的窥视孔看见了他，她在犹豫着。门铃音乐响了三遍，她还是没有开门，然后他走了。

她打开门，看到了那几册精美的台湾版设计类图书像一堆蝴蝶一样躺在那里。

“你脸上的伤都好了吗？”从电话中听出是他的声音，这一回她主动问。

他没有正面回答：“你后花园那些马蜂窝，我看是越长越大了。”

“是啊，它们看上去像是三把茶壶了。我也不知道它们会长多大。”

“它的蛹是可以吃的，小时候我喜欢用塑料布蒙住头，然后戴上棉手套，去把马蜂窝从屋檐下摘下来。不过这一回可是杀人蜂。”

“它们是自己来的，我也没有让它们待在那儿。”

“都已经是夏天了，你为什么不出来？我们可以一起去游泳。”

“我怕水。”

“你不怕什么？”

她想了一会儿：“我什么都怕。尤其怕人。”

“怕不怕我？”

“至少怕你那一脸大胡子。”

你很难想象一个人生活在这个社区可以足不出户好几个月，而且她家的后花园中还有一大群马蜂。这个社区什么人都有，但这样的人还十分少见。更多的是那些忙忙碌碌的公司白领和职业经理人。即使是自由职业者，他们也常昼伏夜出。社区的物业管理非常好，每天晚上有什么样的车停在这里，都会有全部的车号记录在案。如果有陌生人来访，保安会陪他找到他要去的人家，直到那家人接待了他。而如果你家里的水、电、气系统坏了，只要几分钟修理技师就会赶到。也许这座布满了电子眼、大部分家庭有私家车的社区也算得上是一所温和的监狱，只不过住在这里的人可以自由出入，而且绿化也好极了。可还是有人把自己像囚犯一样关在屋子里。这又是为什么？他在给一个朋友发的电子邮件中这么问。

“性格，这是一个很有个性的女孩。”他的朋友如此评价，“此外，她是不是受过什么挫折？”

“我把胡子刮了，而镜子里的我都快认不出是我了。”

“留胡子使人看上去显老。”

“你是不是受过什么挫折？”

她静默了一会儿：“没有，但我老是有一个幻觉。”

“什么幻觉？”

“我在阳台上可以看见一片麦田。现在那麦子青黄一片，可总是有一个人，在贴着麦田向我这边爬过来。”

“是一个男人还是一个女人？”

“是一个男人。他还有一脸的大胡子。”

“不是我吧？”

“不是你。但他是一个一脸大胡子的男人。”

“我明白了，那个人是你的父亲。他抛弃了你，现在，你怕他又回来，你要是害怕，那我现在去看你。”

“不，你不要过来。”

他又去敲她的门，可她仍旧不开门，也许她说的是真的，她看见了幻觉中的一个大胡子男人，正贴着麦田向她爬过来。一个独居久了的女人总会有这些幻觉。重要的是他喜欢她，他必须要打开她心中的坚果。这可能需要一些时间，比如现在已经从春天到夏天了，他还是没能靠近她，还被那些马蜂蜇了一次。但这个靠近和追求的过程本身就很有意思，于是他就决心和她战斗到底。如果她把自己弄成了一个监狱中的囚徒，那么他就非要攻克监狱，解放这个囚徒。

在前门她仍旧不搭理他，于是他又跑到了后花园。一个保安说你别靠近那棵树，他也没有听进去。这一次他准备从她阳台上翻进屋去和她谈谈，包括谈谈她的那个幻觉，因为他已经刮去了一脸的大胡子。他的确一下子就跳到了她的阳台上，但是那些杀人蜂又来了。在黑暗中它们像一团乌云，向他的脸部冲来。

“照样是那种灼热的钉子钉进脸和脑袋的感觉。”他事后描述说，“我立即用上衣包裹住脑袋，因为如果杀人蜂向我攻击第二轮或是第三轮，我就没命了。”马蜂一次只能用掉一个毒针，之后它的毒针就没有了，要很久以后才能长出来。他觉得自己的头已经迅速地肿了起来，他跌倒在地上。

在屋子里的她听到了这边的动静，这一次她打开了阳台门，把他拖进了屋子，而第二轮和第三轮的杀人蜂，已经重又聚集在了门外，在冲撞着透明的玻璃，它们的飞动发出了密集的嗡嗡声，像是刚刚起飞的有巨大引擎的飞机。

“要是它们冲进来，我就没命了。”他事后描述说，“她关掉了屋里的灯，这样那些马蜂过了一会儿就飞走了。我这下子真正走进她的屋子里了。”

在黑暗中他斜躺在沙发上，他凭借外面的一点儿灯光，可以看见她穿一条长裙，颜色偏暗，辨认不出是什么色彩。但她看着他的目光发亮，在黑暗的屋子里也能看得出来。她没有说话，既然他已经进来了，而且脸和脑袋都在肿大，她就要给他救治了。

“她用后来我知道的海里的一种叫车螯的东西的壳烘成粉末，用醋调好叫我喝了下去，”他事后描述说，“我脸上的肿痛就渐渐消下去了。她又用胶带帮我拔取身上的毒刺。当时夜已深了，但她就坐在我的对面看着我。”

“你为什么非要靠近我？”她有些心疼地问。

“因为我想进入你的生活。”

“我不要无缘无故的爱。你说，这几个月来你为什么要缠着我？”

脸上仍旧很痛，但他挺住了。“答应我吧，做我的女朋友，然后再做我的妻子。你看，这一次我已剃掉了那一脸的胡子。你不会再有那种幻觉了。”

她跑到了阳台上，过去在夜间她可以看见那个人顺着麦田向她这里爬过来，在今天，她没有看见他。她又回到屋子，有些嗔怪地说：“你也太固执了，你为什么非要靠近我？那些马蜂，是可以杀死人的。”

“我要打开你心中的坚果，成为你的一个亲人，一个值得你信任的人。我觉得我们会很好的。”

她沉默了，她还没有谈过恋爱，这个不屈不挠的男人从春天到夏天，一直试图靠近她，和她谈恋爱，并希望她走出屋子，这就是被一个男人爱着的感觉吗？她的心怦怦乱跳，她没有说话，而是进了她的卧室。这天晚上，她也没有梦见那个从麦田爬过来的人，甚至没有做任何梦。

在这年秋天他们结婚了。在冬天来临的时候，他们出租了空余的一套房子，在阳台上可以看见那棵已掉光了树叶的小树上的三个黑灰色的吊钟一样的蜂巢，但马蜂都已经消失了。在冬天它们去别处筑巢了吗？站在阳台上，他们指挥着保洁员用手慢慢摘掉了那三个空空的蜂巢，把它们扔进了垃圾箱里。

高速公路上的电话亭

我们在那天晚上为了打一个电话而跑了很远的路，我们不得不跑那么远,因为高速公路上的电话亭十分稀少,它们至少要隔上一两公里才有一个，而凑巧我们碰上的电话又是坏了的。

我们的车坏在了高速公路上，具体说不是我的车，而是梁峥和陈晓雯夫妇的车，那是一辆进口的本田雅阁，他们买下它已经有三年时间了。

我碰上他们十分凑巧，当时我为了策划一个电视剧而在京信大厦的咖啡厅里和制片人聊天，结果就看见了他们。

梁峥比我大几岁，但他已经是一所大学文科系的教授了，而他的妻子陈晓雯，则是北京女界一个十分有名的律师。凑巧的是梁峥也认识我的制片人，我们互相打了一个招呼。看上去他们夫妇有些疲倦，显然他们还有些心事。我知道陈晓雯所在的律师事务所就在这幢大厦的某一层。他们正打算回家去。我刚好和他们住在一个社区里，那时候我还没有买车。我说我可以搭你们的车吗?

“当然可以，今天的雾很大，社区班车不会太顺利。”梁峥说，“咱们走吧。”

的确是这样，一个小时一趟的班车已经紊乱了，一定是路上出了不少车祸，能搭他们的车我感到轻松。我们和制片人打了个招呼，然后我们，我和梁峥、陈晓雯夫妇一起走了出去。

“在谈一部什么戏？”梁峥偏着脸问我，然后按动车内的电动车窗，把窗户开了一个小缝。这一回是陈晓雯开车，这是一个精明强干而又很丰满的女人，我想她一定比梁峥更喜欢掌握着方向盘。

我坐在后座，我对前面右侧座位上的梁峥说:“一部偶像剧，特别无聊，我想挣那笔钱，因为他们的投资早到位了。”

“啊，偶像剧，我都很爱看，什么时候上演，给我说一声。”陈晓雯把车子开出停车场时说。

“我已经拿到编剧的钱了，两个月后可能就会开拍了。”这时我才想起来，梁峥其实这几年也在参与影视策划，他给电视台策划了不少节目，而且我听另一个导演说他也策划了一台电视连续剧，是关于互联网的。梁峥即使三十多岁就当上了正教授，但他在大学里却只能拿到一两千元钱，肯定不到他妻子当律师挣的钱的十分之一，为此我猜想他一定有内心的压力促使他去挣钱。我知道没有一个挣钱多的女人会由此感到平衡，即使她嫁的是苏格拉底，她照样也会把他赶出门去挣钱。因此，大学教授梁峥教课之余去策划影视也是十分正常的了。

我和他认识好几年了，但在社区里碰见他则是最近的事。那天我陪一个来看我的朋友在社区里遛弯儿，看见有一幢带花园的底层楼前有人在弄烧烤，而我对烧烤又很敏感，我闻到了孜然的浓烈的香味，然后我就看到了正在烧烤的满头大汗的梁峥。

我们打了一个招呼，我自告奋勇帮他烤肉。我的烤肉技术不错，把肉烤得十分焦黄鲜嫩，因此获得了可以一同进餐的邀请。

梁峥和陈晓雯买下的这套房子有一百六十平方米，客厅很大，餐厅是独立的，装修得十分气派。但恕我直言，这更像是律师的一套房子，而不像是一座大学教授的屋子。当然我没有说出这样的感觉，我们一起吃了一顿有烛光的烤肉晚餐。

那天我见到了他们的儿子，一个已经上初中的小家伙。那是一个机灵鬼，整个晚餐期间他都在捣蛋，在几个屋子之间来回乱跑，一刻也不消停，然后我听到梁峥的一声断喝：“你再调皮捣蛋，我就要把你送到外国去读书了！”

很多中国人最近几年都在忙着把自己上中学，甚至是上小学的孩子送出国去读书。在他们的车里坐着，我想起来最近在北京举办的英国、美国和澳大利亚教育展上，人多得吓人。我记得还看见了梁峥和陈晓雯夫妇的身影，当时他们一个人拿一大包资料穿行在人群当中，只一晃就不见了踪影。

我想那时候他们就已开始谋划着把儿子送出国去念书的事儿了。

那天雾很大，能见度很低，从汽车收音机里我听到机场航班全部延误的消息，但我还听到了他们在谈论他们的儿子。

“那所学校出过不少英国的财政大臣和部长，还出过一个首相呢。那所中学在英国算是一所老牌名校了。”陈晓雯压低声音说。

“可他不想去。我看还是让他念完高中再说吧。出国读大学最好了。”梁峥说。

窗外高速公路上的雾大极了，被风一吹一阵阵漫卷过来，妖气十足，所有的车都打着紧急灯，黄色灯光一闪一闪，显得情况紧急。我注视着前面一辆汽车那一闪一闪的尾灯，突然决定就这个话题和他们聊一聊。

“我有一个朋友，两年前送他们的儿子去英国读中学，最近一个假期儿子回来，有一件事让他爸、也就是我的朋友吃了一惊。”

“为什么？”梁峥急切地问。

“我这个朋友的儿子读高二，在他爸为他准备行李时，他对他爸说，‘爸，还少一样东西。’他爸很纳闷，‘什么都不会少，儿子，还少了什么？’他儿子说，‘就是少了一样东西。’你们猜少了一样什么？”

“也许是他爱吃的东西？”陈晓雯说。

“我猜到了。”梁峥十分肯定地说。

“你真猜到了？”我怀疑地问，“那你说是什么？”

“是吉他。中国男孩爱弹吉他。”

“带吉他去英国？他疯了吗？不会是吉他。”陈晓雯反驳道。

“是避孕套。他儿子说在英国学校里都发的，所以这一次回国他要带中国避孕套回去叫他的同学看一看。于是我的这个朋友就给他的儿子买了两盒。他的儿子一看还不满意。”我说。

“不满意什么？那东西有烂了的？”梁峥笑了。

“不，而是颜色单一。他儿子说在英国他们发有七种颜色的那种，每星期有七天，所以有七种颜色一盒的避孕套。这话让我这个朋友大吃一惊，看着他儿子恨不得打他一耳光。”

“绝对不能打孩子。”陈晓雯说。

“有时候就得打，不打不成材。”梁峥说。

“问题不在于打不打，关键在于我这个朋友意识到他把孩子送出去，已经有了不好的结果，他和儿子已有了不能沟通的东西。所以后来他常对我说，不该把孩子那么早就送到外国去。”

“其实问题的关键在于，在英国他儿子是否用了学校发的避孕套。”梁峥说。

“如果是女儿那么对我说，我一定会受不了的。”陈晓雯说。

“一般都是男孩准备避孕套，这你不懂。”梁峥擦了擦窗玻璃上的雾气说。

“他们是孩子上初三时送去的，现在，我的朋友害怕会失去他们的儿子。”

“怎么会呢？不就是学校发了那个吗？在北京不少大学校园里也放了自动售卖机呢。那是为了防病。我看你这个朋友不用太害怕，儿子早点儿成熟没什么大不了的。”陈晓雯说。

大家沉默了。高速公路上的雾似乎比刚才更大了。现在那些雾并不是随着风一阵阵漫卷，而是已经弥漫成了一大片。我们的车子在腾云驾雾。我们根本看不见任何东西，现在我们连其他车子的一闪一闪的紧急灯都快看不见了。

“我还有一个朋友，他在女儿上小学一年级时就送到了美国，前一段时间他们去了美国，与女儿发生了严重的冲突。”

“不许女儿交白人男朋友？”梁峥先入为主地问。

“不，不是。我朋友的女儿已经十八岁了，所以尽管她还在上高中，但有一个周末，她决定和她的男朋友——我不知道是白人还是黄种人——去外地旅游度假，要两天才回来，我的朋友坚决不让她去。”

“应该让她去才对，我要是那样，就会让她去。”梁峥说。

“可我们的是儿子，是女儿的话我是不同意她在结婚前在外面过夜的。”陈晓雯说。

在大雾之中，车速明显慢了下来，尽管是在高速公路上，我们的车和其他的车都像蜗牛在爬行。

“后来呢？”梁峥问我。

“后来他女儿没有去成，但是她去警察局把我的朋友夫妇给告了，然后警察就来了。”

“把他们抓走了？”梁峥冒失地问。

“怎么可能呢？不会抓人，可能会罚款。”陈晓雯突然明白了，她是律师，谈美国时她当然会从法律角度看问题。

“是罚了款，而且警察告诫我的朋友，说如果他们的女儿再想和男朋友出去的话，他们最好不要拦着，因为她已经十八岁了。后来我的朋友和他的女儿关系紧张，打也不是，骂也不是，管也不是，总之产生了严重的隔阂。他们意识到他们把女儿送美国送得早了点儿，因为他们的女儿实际上已经变成了美国人。”

我的故事使得他们再度陷入了沉默。我猜想他们一定在想，假如把儿子送出国，他会变成那些孩子吗？他们会失去自己的孩子吗？我想我触动了这一对夫妻内心最敏感也最紧张的话题。也许仅仅作为一个搭车者，我今天谈得太多了。

车内的沉默几乎都变成了静默，因为我除了听见汽车自身对大雾天不满而发出的声音之外，没听见有任何人说话，因为我也闭嘴不说了。

“你的朋友们的故事还挺多。”陈晓雯有些不满和嘲弄地说。

这时我又想起来我一个朋友的故事，这件事同样是真的。我一时来了兴致，既然我是一个不识时务者，我为什么不干到底？

“我还有一个朋友也把他的女儿送到了美国，”我停顿了一下，感觉到他们似乎都一下子来了精神，准备再承受一次心理考验了。“我这个朋友的女儿性格很内向，不爱与人打交道，也非常不爱讲话，所以他把她委托给美国纽约一个朋友监护，就让她住在他家里。她倒是一个乖乖女，从不在夜晚出门，也没看见她交什么男朋友，但后来，她出事了。”

“她上几年级？”

“高中二年级。她出事是因为有电脑互联网，你看她的确是一个乖乖女，但她在电脑互联网上认识了一个男人，那个男人于是请求和她见面，她和他在地铁里见了一面，这都是在她的监护人毫不知情的情况下发生的。然后，她便和他在网上经常聊天，他就向她发出了第二次邀请。这次是去他家玩儿。”

“她去了吗？”梁峥问。

“去了，她当然去了。然后在那小子家里——他大约比她大十岁，他把她强奸了。”

“真的？”梁峥难以置信地问。

“一个女人受邀去一个男人的住处，这意味着什么？”

“可她还是一个中学生！”陈晓雯提高了自己的声音。

“但也是一个女人。于是他——他当然是有美国观念的美国单身男人，就把她强奸了，尽管她并不愿意。后来，她的监护人发现她情况很不对劲，就问她发生了什么，可她什么也不说。监护人从电脑上偶然发现了她和那个男人交往，才明白了事情的真相，立刻告诉了我的朋友。我的朋友是一个很有名的演员，他去了美国，接下来就又发生了一大堆事，他们把那个干坏事的小子给告了，法院判了那个坏小子，我的朋友也被折腾得够呛。然后他把受了挫折的女儿接了回来，他再也不让女儿离开他了。”

我每讲完一个故事在车内就会引发一场令人难堪的沉默，情况再次发生了，但这一次我并不感到紧张，而是有一种击中他们要害和心事的快感。现在让一个大学教授和一个律师感到紧张和头疼的事并不多，我感觉着他们的心理变化，感到很有趣。

“你讲这三个故事的意思是奉劝我们不要把孩子过早地送出国去对不对？”陈晓雯口气生硬地说，“但无论如何，我们已经决定了。”

“咱们再商量一下好不好，他的确太小了，他才十三岁，正是容易学坏的年龄，而且我们谁都不能在他身边，如果把他送出去的话，”梁峥突然对她说，“我们可能会失去他。”

“不，已经决定了。我都开始办了。”

“这事儿咱们再商量商量好不好？老婆，你看儿子这事，他这么小，他，你说，唉，那我……”梁峥不知道该怎么说。这一刻在妻子面前他是软弱的，就像他家的豪华装修完全是一个律师的风格一样，在这个问题上他也没有多大的发言权。

可问题是，孩子仅仅属于生他的女人吗？

正在这个时候，我们乘坐的汽车突然发出了一阵低吼，仿佛得了老年哮喘，汽车向左边一弯，险些撞上隔离墩。陈晓雯让车减速滑行到紧急停车带，他们夫妇都下车了。

我在车内看到高速公路上的雾更大了，如果说有伸手不见五指的黑暗，那么也一定会有伸手不见五指的白雾。在车内看他们两个人在外面检修，完全像是两个薄薄的影子。

他们后来又坐了进来，这回是梁峥发动汽车，但是汽车发动不着了。他们发动了十几分钟，汽车仍是纹丝不动。

“这车的发动机坏了。这可是大毛病，我们只好等拖车来。快打电话吧。”

我们三个人都拿出了自己的手机。我的手机有电，但是逾期忘了到银行交费，无法打出，而他们的手机居然全没有电了。我手机的电池规格与他们的又不一样，因此根本无法联系。

现在，我们的车就这样坏在高速公路上了。我内心暗暗地有些后悔，要是不搭他们的车而是坐社区班车，可能还会更顺利些。

这时候我突然想起来高速公路边的电话亭，它们每隔一两公里就会有一个，橘黄色的求援电话，我们为什么不去打那个电话？

我和梁峥下了车，沿着高速公路的边缘向前走，就走在紧急停车带上。实际上我们一走出来，就被那白雾给吞没了。陈晓雯在车内看车，我们去打救援电话。在高速公路上拦车是没有人理你的，何况是这么一个大雾天，再说人人都怕惹上麻烦，除了去打那我们从来也没打过，只是在飞驶而过偶然掠过视线的高速公路上的电话，我们还能有什么办法？

我们向前走了约五十米，一直沉默的梁峥突然开口说话了："实际上我一直受不了她，我实在受不了了。"

"你受不了谁？"

"我老婆，现在在车里的我老婆。"

我明白了，但我又问："为什么？"

"因为她给我带来了很多压力。这么多年都是她给我带来的压力，如果你娶了一个女律师，而凑巧她还很有名，你就知道我说的是怎么回事儿了。这迫使我不得不去赚钱。我是研究元曲的，你知道我写一篇论文，那种研究元曲的论文值多少钱吗？"

"不知道，多少钱？"

"一二百元钱！而这篇论文有时候我要写半个月。我是一个正教授，但我一个月的收入太低了，所以我有很大压力，我实在受不了了……"

我想起来陈晓雯有力地握着方向盘的纤纤素手。“可我一直以为，你搞学术研究，而她为家里挣钱，这样的搭配多好啊！”

“嘻，女人都是自私的，问题正在这里，如果她一个月挣五万而我才挣一千元钱，即使我的学术地位再高也没用。老兄，天下没有白吃的午餐，女人要求你必须挣得像她一样多。”

“于是你就干上了影视策划？”我想起来梁峥策划的一个叫“欢乐大点兵”的电视娱乐节目，那个玩闹的观众参与性节目简直俗不可耐，我简直不能把它和元曲研究专家梁峥挂上钩。

“是啊，为了挣到那笔可观的策划费。这就是这个时代的特征，都得用钱说话的，在婚姻里也是这样。你现在明白了吧，正是因为她挣得多，所以无论房屋装修还是孩子的教育，都得由她说了算。我太压抑了，我想出走，我要出走。”

我沉默了，我知道他无处可去，他就算出走了也得乖乖回来，因为陈晓雯已经把他控制住了。我们找到了第一个电话为此我们已经走了七八百米远了，但那个电话是个坏的。

梁峥拨打了半天，最后愤怒地朝那电话亭踢了几脚，大骂了几句。我们继续向前走，去寻找下一个电话亭。我知道在马路对面的另一侧还有一个，但谁敢在大雾天冒着生命危险去越过六条快速车道打一个电话？

“你完全可以出国讲学，我知道你在美国杜克大学待过一年的。”

“是啊，我当然可以去讲学，但现在国外这些教职的位子也被填满了，而且都是中国内地人去的。我觉得这事儿很荒谬，你都想象不到当我成了一个元曲博士后，精通古文和英语但我仍旧靠它挣不了钱的那种荒谬感。

我很累、很烦，就像我们在这么大的雾天还要去打电话一样。”

我们继续朝前走，第二个电话亭也是坏的，梁峥已经愤怒得破口大骂了，而大雾一点儿也没有消散的迹象。我知道梁峥对生活的不如意其实并不是完全来自于他那个能干的妻子，而是来自于他自己。因为这个时代已让人从内部变异了，人人都对他已占有的生活感到不满。就像我，能想象出一个大学教授和女律师的三口之家的有房有车的生活有什么不幸福的吗？

“为了孩子是否应该出国受教育，我们已经吵了两年多了。”梁峥脸色通红，这是我借路灯看到的，他突然恶毒地对我说，“告诉你，我们有一年都没有性生活了，可我们还躺在一张床上，你说这有多么荒谬。这太荒谬了，因为我对她的身体不感兴趣了，我前几天嫖了妓。”说到这儿，他又胆怯、恶毒又快乐地看了我一眼，“我和她就在一片小树林里干了。那才叫刺激，老弟，我实际上反抗着我自己生活中的荒谬！”

我们找到的第三个电话亭仍旧是坏的，这使梁峥的愤怒达到了顶点。我们决定继续找下去，因为我们在高速公路上已经走了好几公里了，也许我们可以一直走回家去。梁峥仍旧在我耳边讲述他的生活。在这个大雾天里我突然窥视到一对人人羡慕的夫妻生活中的阴暗面，这使我十分不安。我们站在了第四个电话亭跟前，这次是我拨打求援电话，在大雾漫卷中，我耐心地拨下了那个电话号码。

大使晚宴

钟晶一直想让丈夫带她去参加一次京华俱乐部的活动，但直到丈夫出差去了西南，她才获得了一次这样的机会。

她的丈夫是一个很大的房地产公司的总经理，去年他加入了这家私人国际社交俱乐部，然后他就经常去参加俱乐部的活动。即使在周末，也有好几次将她留在家里，因此她对这家俱乐部的活动充满了好奇：是什么可以让丈夫到天亮的时候才回家？

这家俱乐部由美国一家会所管理集团投资管理，她丈夫不过是这个会龄已经五年的俱乐部的新成员。这一天是星期四，她丈夫从成都打来电话问安，她告诉他她很想他，而在家中寂寞难耐。她丈夫沉吟了一会儿说："要不明天你去参加俱乐部的大使晚宴吧。"

这使钟晶非常兴奋，挂断电话的时候她已决定穿那件白缎子旗袍了。这件旗袍她早做好了但有三年没去动过它，因为没有合适的穿它的机会。她按照丈夫的指点，找到了在他的电脑里存放的京华俱乐部的资料，先看了一下，而在此之前她丈夫从来也没有向她谈过这些。在那份资料中，她得知了这家俱乐部的会员由来自三十多个国家的在北京商界、工业界、金融界和政界的精英组成，人数目前有八百多人，外国人和中国人各占一半。

而这家俱乐部几乎每月都有几次活动，在俱乐部活动项目单上，钟晶看到了这些项目：

京华俱乐部年度高尔夫球冠军赛

商务社交高尔夫日

男子社交高尔夫日

女士社交高尔夫日

家庭高尔夫聚会

京华俱乐部年度保龄球冠军赛

植树节绿色行动日

国际妇女节庆祝日

京华俱乐部周年庆祝日

行业会员聚会日

女士早餐论坛

京华俱乐部鸡尾酒调制晚会

雪茄与威士忌之夜

美食家欢聚日

欢乐社交时光

酿酒者晚宴

烹饪课

葡萄酒与奶酪活动日

大使晚宴

爵士健美体操与跆拳道课程

……

这个长长的活动项目名单在钟晶的面前展现出了一幅五光十色的画面，那完全是她所不熟悉的生活场景，雍容华贵、欢声笑语而又珠光宝气、活力四射。从这个项目名单上，她觉得丈夫其实早就应该让她参加其中的一些活动，像女士社交高尔夫日、女士早餐论坛、烹饪课、爵士健美体操与跆拳道课，她又有什么不能去的呢？她有点儿恨她的丈夫了。结婚两年多，丈夫叫她辞去了电台国际部编辑的工作，在家做全职太太，时间长了她觉得十分沉闷无聊，只有平日和保姆斗气吵架才是她的一种乐趣。当她看到这个长长的项目名单时，她的眼前交替出现的是她穿着那件白色旗袍的身影，穿行在西装革履的男人们中间。

她的确穿上了那件白色丝缎旗袍出现在了那天的“大使晚宴”的聚会上。聚会的地点就在位于北京繁华地段的京华俱乐部会所。一进会所，钟晶就感到会厅里的设计十分用心：典雅华贵的地毯，你的脚踩上去都不会有什么声音，精心挑选的家具，在各个角落闪亮的吊灯、壁灯和地灯、台灯，映射出来自世界各地的古董（它们是真的还是假的？），流露出了一种绚丽华贵的味道。她的白色旗袍在西装革履的人们中间十分扎眼，不少人在含笑注视着她，而她实际上已经很久都没有吸引到这样的目光了。

在大使晚宴开始前，大厅里站着不少男女，他们三五成群，彬彬有礼地交谈，谈话的声音非常小。一开始钟晶有些胆怯，因为她从来也没有到过这种场合，这种场面只有电影上的西方派对才有，而她丈夫已经在这样的环境中活动一年了。这里的人她一个也不认识，不免内心之中有些慌乱。她知道他们都是政界、商界和外交界的精英，他们一会儿就要进入宴会厅举行“大使晚宴”了。

“大使晚宴”，顾名思义就是今天会来不少的驻华使节，而且他们实际上已经到了，就站在她的周围，有的还不经意地注意到她，或者远远地向她点头致意。她端了一杯法国“伊云”矿泉水，站在一株高大的室内植物边上，抑制住内心的慌乱，在四下打量。

“我第一次见到你，你一定是新会员吧。”一个男人微笑着走过来，他手里拿着圆口的杯子，里面有冰块和淡黄色的酒液。

她看着他，发现他大约四十岁，有一半头发已经白了，穿一套藏青色的小开领西装。

“你怎么知道我是第一次来这儿？”她反问他。她觉得她并不喜欢他，因为他长着一双可以窥视他人内心的眼睛。

“因为你还没有向一个人打过招呼。”他笑了，“实际上我参加这个俱乐部的时间也不长。”

“你像是一个高科技企业的CEO。”她逗他。

他笑了："差不多。我是一家荷兰通讯跨国企业的亚洲地区主管林文，我可以给你介绍今天来的这些人，你想知道谁？"

她看了看，随手指了一个高鼻深目、又胖又大的老外。他看了他一眼："他是拉美一个国家的驻华大使，好像是阿根廷……不对，也许是特立尼达和多巴哥共和国的？"他不能确定了。

她笑了，因为他并不是什么人都认识，而他并没有感到尴尬："你的先生呢？可不可以介绍我认识他？"

"他今天没有来，他出差了。"

"那么他是谁呢？"

她说出了丈夫的名字。

"我见过他，上一次我们一起去打了高尔夫球，就在那个男子高尔夫球社交日。你丈夫打得并不好，因为他的推杆次数太多了。他还好几次一杆把球推击到河里去了。"

"可能他打得太少了。"她为丈夫辩护。

"不，他不会掌握打球的节奏，因为在推杆的下杆过程中，杆头的速度与球速要保持一致，而他老是脱节。"

"我听不懂，太专业了。"

"对不起。"他收住了高尔夫球的话题，"你觉得今天有趣吗？"

"这些人？这些灯光？还可以吧。都是精英们，可我并不想认识他们。"

“你可以认识一些女士，我待会儿给你介绍几个。其实大使晚宴适合夫妻一同赴会，你一个人来，就太孤单了。”

“您的夫人呢？”

“她回国了。她是一个法国人，每年要回法国几个月。”

“为什么俱乐部要办大使晚宴？”她问他。

他盯着她：“就是为了建立一种人脉关系。你看，京华俱乐部是京城顶级的私人俱乐部，它现在只有八百多人，全是顶级的商界人士和部分政界、文艺界精英，而人际网络是最大的无形资产。这实际上是一个圈子，进入这个圈子的人可以在高层运作大事情，而会员入会资格的审定是很严格的，并不是能掏得起钱的人就可以进来。”

“这个俱乐部，原来不过是一个有势力的人的圈子集团。”她嘲讽了一句。

“不，应该说是有影响力的人的松散的圈子。你看，那些员工他们可以叫出来这里的每一个人的名字。而且，他们还会在例会中分析在全世界两百家私人俱乐部发生的最新情况，来提高服务水平。你丈夫也是一个有影响力的人。”

她迅速地用心算了一下，全世界两百个私人俱乐部，每个俱乐部两千人，那么一共有四十万人，难道这个世界就是由这四十万人类的精英统治的吗？她发现自己一开始的紧张、慌乱已全没有了，她在用一种挑剔、嘲讽乃至批判的眼光看着眼前的一切，就像她的保姆每天都用批判的眼光看她这个居家贵妇的生活一样。

“他不过是一家国有企业的总经理，他给国家打工而已。”

“你看，晚宴开始了。我请求坐在你的旁边，可以吗？”林文十分有礼貌地请求道。

“当然可以。”她立即答应了。实际上她现在已经后悔来赴这个“大使晚宴”了，因为那些大使们她一个也不认识，就算是认识了也与她不会有任何关系，这些华贵的摆设，绚丽的灯光，衣着光鲜的人们，都像是浮在橱窗里的摆件一样，显得不那么真实。仅仅才几十分钟，她对这里已经由一种神秘的仰慕变成冷静的批判了。人们鱼贯进入宴会厅，进餐仍是自助形式的，不过菜肴却相当丰盛，仿佛来自世界的各个角落的佳肴都摆在了那里。尤其是她尝了有脸盆那么大的龙王蟹的一条腿，而那种螃蟹要长那么大得需要二十年。

这当然是一个漫不经心的奢华的宴会。俱乐部的会员们仍旧三三两两地交谈，林文照顾她吃了一些菜，就去和其他人聊天了。这时她决定不和任何人说话，也不想认识任何人，只想吃完饭早点儿回家去，哪怕和保姆吵架也比在这里要有趣。她一边吃，一边大口灌了几杯法国干红，来消化德式橘汁烤牛肉。但那些酒很快就起作用了。她觉得头有些晕，这时她又想起了自己的丈夫，她弄不明白这么无聊的俱乐部的活动，他竟然乐此不疲，好多次玩得连家也不想回了。她有些恨她丈夫，他改变了她的生活方向，让她无所适从。她对自己的状态很不满意，可她有两年没有到社会上了，她能够适应这个时代吗？这时她的大脑一片纷乱，有几次她抬起头来想看看四周的人，发现他们都倾斜着身子，她知道自己竟然喝多了。

“嗨，你喝多了。你是开车来的吗？”林文的声音在问她。

她点了点头，她闻到林文身上那种松针型的男用香水的味道，是C•D

还是 66 型的？她无法判断，但她能判断自己喝多了，不能开那辆白色富康回家了。“我不能开车回家了。”她嘟囔了一句。

“那我送你。你住在哪里？”

她说了自己所在的社区。

“我知道那儿，我们走吧，我扶着你。你的头晕得厉害吧？”

他开着他的别克走在高速路上，她坐在他的边上。为了凉快一些，他把车窗打开了一个缝，这样由于车速很快，她听得见那呼呼的风响。外面的夜黑沉沉的，什么也看不见，只有迅疾地扑过来的路灯灯光，而它又迅疾地后退了。她觉得这天晚上的“大使晚宴”就像是一个灯光很强的梦，那些各色人物，那些她压根儿也不认识的大使和商界精英们后来都渐渐在这强光中消失了，因为灯光强烈极致时，是一片煞白，什么都会消失掉。现在，一切又重新陷入了黑暗，坐在车里，今天晚上在强光中消失的人物又渐渐浮现了。她一个一个地清点着他们，就像在回放一部纪录片。

“好点儿吗？”

她感觉真的好点儿了。她点了点头。

“你真的是不胜酒力。不过，我知道你住的那个社区，那里的房子不错，全部是红砖小楼，漂亮极了。”

她想起来自己那幢小楼前的丁香树，她在这个社区中生活两年了。她越来越喜欢自己的社区了。这个离城区二十公里的社区是她的家，这个家马上就要到了。

实际上的确已经到了。林文把车开到她家楼下，目送她下车，然后说：

“今天的大使晚宴十分沉闷，而明天的酿酒者晚餐，特别有意思，我来接你，我们一起去玩儿，好吗？”

第二天是星期六，早晨醒来的时候她发现保姆不见了，她还留下了一个字条，说她要回老家去种果树，不想在北京伺候人了。保姆的这一招很突然，她弄不清楚这是为什么。她给社区服务中心打了一个电话，叫他们再帮助她找一个保姆，然后她给丈夫的手机上打电话，可奇怪的是丈夫并没有接听。她很想告诉他她去参加“大使晚宴”的情况，说一说她自己的感受，再就是保姆忽然走了，这偌大的空房间十分寂静，使她突然想要一个小孩了。她想起来她至少有一个月和丈夫没有性生活了，他忙得连碰她都没时间。整个一天都是百无聊赖的，到了傍晚，林文果然来接她了。

“什么是酿酒者晚餐呢？我们今天要在木桶和橡皮盆中踩出足够的葡萄汁来，看看哪一组踩出的葡萄汁多。”在车里，林文给她解释，她感到林文是一个很温和的人。

“你的头发为什么这么早就白了？”她很好奇他的头发有一半都是白的，而他实际上也就只有四十多岁。

“像不像是染的？”

“不像，要是染的，怎么能黑白相间呢？”

“是啊，有一天我一觉醒来，发现头发就有一半已经白了。”

他很快把车开到了一家酒店，他们坐电梯到达酿酒者晚餐的现场时，有很多会员已经到场了。与昨天的“大使晚宴”不同的是，今天到的很多人看上去都很年轻，十分有活力，而且现场有六个大木桶和橡皮大盆，里面覆盖了一层紫红色的葡萄。钟晶感到了一丝兴奋，因为待会儿她就要用脚去踩那些葡萄了，把它们踩出葡萄汁来。

服务人员引导他们先洗了脚并消了毒，宣布要进行两轮比赛，每一轮有六组，每一组六个人，二十五分钟一轮。林文拉着她的手，和另外两对年轻的外企中国地区代表以及他们的夫人组成了一组。他们先站在了一个巨大的木桶中，木桶齐膝深，指挥者一声令下，他们就开始踩了起来。

钟晶的光脚一开始接触到那些滚圆的葡萄时还有些痒，那些冰凉的玩意儿圆圆的，就像是无数个小牛的眼睛，让她不敢下脚，但当那些葡萄碎裂并迸溅出汁液的时候，她体会到了一种快感，渐渐地她疯狂地踩了起来。林文示意她加快脚步，因为其他五组人都已经半疯了。

而这时疯狂的迪斯科音乐也响了起来，伴随着那种摇摇摆摆的节奏，钟晶开始加快了速度。她一脚又一脚地踩动那些葡萄，她可以听到葡萄汁欢快地流淌出来的声音，简捷、明快、响亮，就像是葡萄自己的欢呼。服务人员不停地往木桶里倒早已摘好的葡萄，他们就在木桶中使劲地踩。

第一轮六组中，林文和钟晶这一组六个人踩出的葡萄汁最多，灌了有四大瓶。林文和她一边休息一边品尝力娇甜酒时，另一轮又开始了。

在一旁观赏别人踩葡萄和自己亲自踩是两种不同的感觉，钟晶觉得快活极了，有一种意犹未尽的快感，她十分兴奋地欢呼着，为场中的参加者加油。忽然她感到有人在摸她的手，她看到坐在她一旁的林文正温情地看着她。

“你很漂亮，很美。你的鼻子尖上有汗。”他柔和地说。

她摆了一下，抽回了手，这是一种久违了的感觉，让她的身体充满了电。今天与昨天是完全不同的感觉。很快，第二轮也决出了胜负，有一组踩出了四瓶半的葡萄汁，比她这一组还多半瓶。

他们第二名的奖品是每人一瓶价值近万元的“人头马”路易十三。紧接着，品尝新酒的晚餐开始了。音乐是舒缓的，仍旧是自助餐，这一刻钟晶的内心被一种柔和的温暖所充满，这是与刚才踩葡萄时的欢乐与疯狂相对比的一种情绪，她发现自己具有了近几年少有的温情，而这很大程度上是林文带给她的。

晚餐结束以后，舞会开始了。灯光在舞厅里很暗，林文邀请她跳华尔兹。他带得很好。双人舞实际上就是性之舞吗？音乐也很好，它正在催生人的心灵迸发出更多的东西，比如她心中滋生的对林文的特殊情意。

一个已婚女人很容易在这种环境中产生这种情感，在那种灯光和音乐中，她的手很少离开过他的手，她变得大胆而热烈。一直到舞会结束，所有的会员都走了，在汽车里——她仍旧没去开停在京华俱乐部会所门口的那辆自己的车，他一边开车一边用右手轻抚她的左手。音乐仍旧是延续刚才舞会上的音乐，汽车里他放的磁带是一样的，因而保持了一以贯之的情调和氛围。他们都没有说话，因为他们都抑制着什么，也在期待着什么事情发生。

他把车开进她所在的社区，停在了昨天他曾停下的地方。这一回她下了车之后怔了一下说：“进来喝点儿茶吧。喜欢喝柠檬茶吗？”

他们坐在客厅里，凑巧她有苏格兰风笛音乐，那悠扬伤感的音乐在客厅里回荡，五十平方米的客厅显得太静了。然后他们就拥吻了。

他吻了她很久，也非常细致，仿佛要和她的舌尖一起跳舞。在她的脑海中，吻从来也没有这么奇妙过。她的大脑中交替闪过舞池中两个人的共舞，以及舌尖的共舞和内心之中那情欲的火苗的舞蹈。这三种舞蹈后来合而为一，只是在回旋、缠绕和飘摇。然后他把她抱进了卧室，继续他们舌尖上的舞蹈。新酿葡萄酒在她的体内发生了作用，沿着她每一寸皮肤下的血管在奔涌，她觉得体内胀满了汁液，她自己正在变成一颗或者是一串丰盈饱满的葡萄，而这葡萄正在被他，被一个温情的男人榨取着葡萄汁。而葡萄汁液的迸溅是欢快的，充满了奉献的快感。葡萄自己会欢呼，那么她也在欢快地呼叫。在她的脑海中，在迪斯科舞曲的伴奏下，她正在快乐而又快捷地用双脚踩动那些圆滚滚的葡萄，葡萄们在她的脚底下迸溅出浓烈的汁液。

她不知道他是什么时候走的，她听不见他离去时汽车发动引擎的声音。后来她像一条浑身发亮的光洁的鱼，正在朝深海游走。在无边的黑暗中，她漫无目的地游去，游进了深深的睡眠当中，凌晨的时候她醒来了，发现天还没有亮。房间里只有她一个人，她的意识深处残留着这两天发生的事情，那大使晚宴和酿酒者晚餐的人物与灯光，声音和影子，感到内心之中一片迷茫。她很想抓住一些什么，她拿过电话，拨通了遥远的丈夫的手机，手机通了，但他并没有接听，他的声音将是她得救的信号，但他没有接听。

人 熊

社区边上的一个研究基地最近成为新闻的焦点。那里变得很热闹，因为有很多记者蜂拥着来采访一个人，一些警察也经常光顾那里。原因是这个研究所的陈晓东博士，最近在动物园里，用硫酸泼向了一头熊。

我是在网上先看到这个消息的，很快，平面媒体开始关注这个事情了，大多数的人很气愤，要求严厉惩罚这个肇事者。何况这个肇事者还是一个博士。但是我觉得事情肯定不是那么简单的，你想想，一个头脑发达的博士，为什么会把硫酸泼到一头熊身上？显然有一些我们按照常理无法推断的原因在里面。

陈晓东在一家基因研究所工作，就在社区旁边的空港开发区里面，那个基因研究所很有名气，因为承担了人类基因图谱的一部分绘制工作，所以我每天晚上从报社值夜班回家的时候，都可以看见里面灯火通明的。清晨我跑步的时候，就看见很多穿着白色大褂的年轻的科研人员，或者干脆叫他们生物基因科学家吧，向那几幢神秘的大楼走去。而附近航空港起飞的飞机，就飞过他们和我的头顶，轰鸣声淹没了一切。

陈晓东就是这些人中间的一员。陈晓东是武汉大学生物系的博士，说起来还是我的校友，但是我们从事的工作却大相径庭。这个研究所有一阵子很有名，主要是很多报纸报道了人类基因绘制工作。当时关于基因的话题很热闹，而这个研究所竟然在我自己的家门口，确实让我兴奋。报社让我采访过这个基因研究所，我就是那个时候认识的陈晓东博士。他在我们社区里买了一套不大的房子一个人住，可是没有想到，过了几个月，这个研究所又出名了，就是因为他们的陈晓东博士到动物园里把硫酸泼到了一头马熊的身上。

"我觉得我是一头熊，或者是一头人熊。"一开始，在社区的星巴克咖啡馆里面，陈晓东就这样对我说。他最近成了新闻人物，全市的报纸都在讨论这个事情。

"所以，你就把硫酸泼到了熊的身上，对不对？"

"是，因为我自己就是一头熊，所以我看到熊被硫酸泼到后的反应，就是我自己的反应，它很痛，我也很痛。"

这个逻辑比较古怪，因为如果他觉得自己就是一头熊，那干吗不把硫酸泼到自己的身上呢？我想不明白。这个事情是一个很大的新闻，报社叫我采访这个事情的原因是我本来就认识他，我们还住在一个社区中。

"当时你看到熊很痛，于是你也很痛吗？"

"是的，我也痛得嗷嗷叫，于是我仓皇地逃出了动物园。后来，我就被警察带走了，他们还请了精神病医生来给我诊断。他们认为我有严重的心理疾病，但是我觉得我自己没有病，我只是一头人熊。"

"你泼硫酸的原因，是你觉得就是为了看看熊痛不痛，然后你自己也就和熊一样，有着相同的反应，是吗？”

“是这样的，所以我才那样干。当时熊痛得嗷嗷叫，我也痛得嗷嗷叫。现在我知道这样错了，错了。”

“你这么做，一定是内心有什么东西需要释放吧？”

“我焦虑啊，因为基因研究很可怕，基因研究最终将改变人类的命运，也许会毁灭整个人类。基因是人控制人自己的武器。”他非常沮丧，同时又有些轻蔑地看着我，“你是不懂的。很多人都不明白这个。有一天我梦见我成了一头人熊，我就干了那样的事情。”

“我们研究所面对着媒体和社会舆论强大的压力，要求把陈晓东绳之以法，但是，如何界定这个事情，还要公安局和司法人员说了算。在他们没有个明确的说法之前，我们不会开除陈晓东的。毕竟，他人一直很好，是我们所的骨干研究人员，工作一直很努力。”这个基因研究所的所长对我说。

“你们可以顶住这个压力吗？”我问。

“我想提醒的是，确实，一头熊受到了伤害，但是你们媒体的炒作，难道没有让我们的人——陈晓东受到伤害吗？这要从两个方面看，你们肯定不知道，陈晓东的父亲很早就去世了，他不太了解人的感情，他没有过正常的家庭生活。”

“你的意思是，他把硫酸泼到了熊身上，与他是单亲家庭的孩子也有关系？”

“这是决定性的因素。他缺乏家庭的爱护。一个很早就没有了父亲的人，又没有自己的独立的家庭，你说他能不做一些怪事情吗？”

“那你们研究所有没有责任？”

所长的脸上掠过了一丝惭愧：“当然有了，我们现在因为要绘制人类基因图谱，工作非常忙，所以对陈晓东关心不够。我们有责任，但是社会也是有责任的。”

确实，这个信息是十分重要的。我很快了解到，陈晓东的父亲很早就死了，他的资助人是他的叔叔，在他上高中一年级的时候也死了，是他的母亲，靠打零工，供他上的大学，一直到博士毕业。陈晓东平时很腼腆和内向，这一点我和他接触的时候，也是可以看出来的。不过，这就是他把硫酸泼向一头熊的原因吗？我觉得是不是简单了一些？

“那是陈晓东求爱的一种方式，这个事情只有我知道。”一个脸很圆、戴着深度近视眼镜的女博士庞彩莲对我说，她是陈晓东的同事。“我经常在上班的时候看见你跑步，你跑步的姿势很健美的。”她欣赏着我健壮的躯体，目光带着一种渴望贴近我的神情，“没想到你是一个记者，还调查这个事情，我就把秘密告诉你吧。”

“求爱的一种方式？”这下子确实叫我也感到了诧异，“向谁求爱？不会是那头母熊吧？”

“当然不是了，是我们研究所的所花，林娜博士。”

“就是你们所那个冷美人？”

“对，只是她从来就不理会他，陈晓东因此很痛苦。不过，林娜一直没有好朋友，她讨厌任何男人向她靠近，她就是一头散发着臊气的母熊。

反正我觉得她有毛病，是她使陈晓东发了疯，干了这么一件惊天动地的傻事。她还有一个外号叫石女——石女可是没有生殖器官的——嘿嘿，陈晓东泼熊就是为了向林娜求爱，为了引起她的注意。”

这个消息显然很重要，而且一下子就使我深信不疑。一个求偶期的男人，单亲家庭的孩子，古怪的生物学博士，忧心忡忡的人，为了向理想中的对象求偶，干出一些傻事情，是让人相信的。

于是，我找到了冷美人林娜，她不想搭理我，但是我说了采访她的原因的时候，她倒是笑了：“有这样的说法？这倒是很有趣。陈晓东为什么不对我直接说明呢？”

我们聊了起来，我得知了林娜有一个丈夫，在英国一所大学攻读博士，但是最近显然他们的关系到头了，离婚了。所以婚姻中亮了红灯的林娜脸上没有笑容是正常的。

“可是陈晓东很少和我讲话，我根本就不知道他喜欢我。如果知道了，我会帮帮他，至少不会让他去把硫酸泼到熊的身上。”

“有一种说法说你是一个石女，是一头散发臊气的母熊。这肯定是一种污蔑。”我也很喜欢她，不失时机地把这个话题抛了出来。

“胡说！我怎么会是一个石女和母熊？我的身体和感情都很好，都很丰富！陈晓东太需要女人的关心了，要不然他根本就不会出这样的问题。”

我和这个基因研究所的人接触之后，包括庞彩莲博士，我发现这个研究所的年轻的科学家们，都有我们根本就无法解释的一些爱好或者功能。比如他们中间有人喜欢吃土，那不是一般的土，而是里面必须带蚯蚓的土。吃土的人是一个年龄最大的博士，一个男人，他也是不爱讲话的。像林娜博士有一个特点，就是她看上去总是一副冷若冰霜的样子，可是她却是一个音乐发烧友，她几乎把自己所有的钱都投到建立自己的音乐室上面了。她就是喜欢一个人待在里面。此外，林娜喜欢吃玻璃，经常可以看见她在思考的时候，忽然就把桌子上的一个玻璃杯抓在手里，然后就一口一口嘎吱嘎吱地吃了起来。这是我亲眼在他们的研究所里看见的，我当时确实是惊呆了，这个研究所里面的人，真是个个都有自己的绝活儿，让人目瞪口呆。

这个事情一开始，几乎所有的舆论都要求严厉惩罚陈晓东，大家认为一个博士，一个高级知识分子，无论如何是不应该干出这样的事情来的。我在网上的讨论中看到，甚至一些人认为应该赶紧把陈晓东开除，并且把他送进监狱，甚至有的网友说，为什么不试一试把硫酸泼到陈晓东的身上？既然他想看看熊痛不痛，我们还想看看他被硫酸泼了痛不痛呢。

后来，研究所迫于压力，暂时停止了陈晓东的工作。事态似乎越发严重了。精神病大夫初次的诊断是他有心理疾病，没有精神病，这下子使公安介入更加合理了。但是我看到一些司法专家认为即使是用法律惩罚陈晓东，也很难断定量刑的标准，最后适用的只是故意毁坏财物罪。但是基因研究所已经承担了那头被伤害的马熊全部的治疗费和今后三年的养护费，按说已经给了赔偿了。

动物园的意见似乎很暧昧，他们更想通过这个事情获得资金和社会捐款，因此只是叫穷，说除了那头熊，还有更多的动物面临着饥饿和病痛的威胁，因为动物园的资金严重不足，于是有关方面立即给了动物园一些拨款，所以动物园私下里很感激陈晓东使动物园成为社会的焦点，解决了他们的资金困难，所以，他们似乎对处理陈晓东反而十分宽宏大量。动物园的领导心情很好地给陈晓东送来了一张年票，说这样可以使陈晓东在一年的时间里，随时都可以到动物园里来参观。“他可以和我们的动物交个朋友嘛。

如果我们受伤的熊伤势好了，我看他们也可以交个朋友的。”

动物园园长的话引起了争论，很多市民觉得陈晓东用硫酸泼熊一定有着很多原因。我后来又见到了陈晓东，他对我说：“没有很多原因的，就是因为我自己是一头人熊，我要看看熊的反应怎么样。”

“为什么？”

“你可能不知道，熊的鼻子是相当灵敏的，而它的疼痛感也是很强烈的，所以，我就采取了这个办法。”

“你内心一定相当地痛苦，对不对？我知道你喜欢林娜。”

陈晓东低下了头，他承认了。“我确实喜欢林娜有好长的时间了。我们这个基因研究和测试所，平时的工作十分紧张，我很内向，我喜欢她，可是没有勇气向她表白。再说，听说她已经结婚了，我就更加紧张和痛苦了，还有我真正地为整个人类担忧，因为人类正在用科学毁灭自己。我，我只好——”

“你只好去把硫酸泼到了熊的身上，对不对？”

“是这样的，是这样的。”

“你现在还喜欢林娜吗？你还担心人类吗？”

他看着我：“我不明白你为什么这么问我。难道你喜欢一个女人，很快就会厌倦和忘记她吗？你作为一个操作着毁灭人类的实验的人，你不会担心人类的命运吗？但是我可能要离开这个研究所了，因为所长告诉我，自从我把硫酸泼到了熊的身上之后，有很大压力要他开除我。他现在没有别的选择，只有两种可能，就是他开除我，或者我自动离职。我想我还是辞职吧。”

“你已经是新闻人物了，现在正在新闻的浪尖上，躲到哪里都是不行的，最好什么都不要动。”

“不行的话，我就出家当和尚了。”他看着我，“你肯定不知道，这个基因研究有多么的可怕。”

“陈晓东喜欢林娜，从他进了我们研究所就开始喜欢林娜了。但是他平时少言寡语的，一靠近林娜就脸红，跟做了什么亏心事似的。我们就觉得好笑，一个男人怎么这么爱脸红！可他就是这样的一个男人。听说他的父亲很早就去世了，他一直是缺少父爱的，不知道应该怎么样对待人，对待动物，对待这个世界。喂，你们记者的工作可比我们搞研究有意思多了，可以到处跑，还可以刺探各种各样的事情，见多识广。我过去一直想当记者来着，但是我现在已经不可能了，我想，那我就嫁给一个记者得了。”说到这个地方，圆脸庞的庞彩莲博士发情般地透过眼镜目光炯炯地看着我，丰满的胸脯一起一伏的，似乎心潮澎湃着。

我也有一点喜欢她，但是我还有些害怕她。博士们都有可怕的毛病，也许有一天我也是一头被泼了硫酸的熊，只是泼我的人，变成了庞彩莲。但是要把这个事情采访完毕，所以我只是假装害羞地笑了一下：“我会再来看你的。”

“你可不要对我们研究基因的人有偏见啊，我们可不是个个都有精神毛病的，我平时只是喜欢吃毛鸡蛋而已。”

我知道庞彩莲的爱好就是吃毛鸡蛋，必须是毛鸡蛋，里面已经孵出了没有出世的小鸡的毛鸡蛋，这和林娜吃玻璃，又有什么分别？我觉得接受她也要一个过程的，即使是她那么喜欢我。

“那我今天请你吃毛鸡蛋。”我说。

“不必了，我知道你害怕这个，告诉你，我其实最爱吃的是猫肉。”她哈哈一笑，和我告别。

她喜欢吃猫肉？！这更叫我感到害怕了。

我见到了陈晓东的母亲，那是一个五十多岁的妇女，人很瘦弱，眼睛边上已经有了一个很大的黑眼圈，看来她这些天承受的压力也是巨大的。她知道了我的来意，一下子就很难过。“我为我儿子的行为，向那些关心这个事情的人道歉。他出生不到一年，他父亲就去世了，都是我把他拉扯起来的。没有想到，到了这个该让我放心的时候，却又出了这个事儿。这些天我也是天天睡不着觉。”

在他母亲的叙述下，我知道了他们母子俩的感情很好，因为没有了父亲，所以母子俩相依为命。陈晓东的童年过得很苦，因为家里没有什么钱，就是一些简单的积木和一个万花筒伴他度过了童年。他从小就很懂事，从来都不惹自己的母亲生气，因为他知道他就只有这一个亲人了。

上学之后，陈晓东的学习很好，尤其是数学物理化学的成绩很好，但是语文就很一般了，是一个严重偏科的人。后来他还代表中学获得了国际奥林匹克数学竞赛奖，被保送到了武汉大学生物系。

“他其实一直是一个心智在幼儿时代的孩子，他还没有长大呢。”她的母亲最后下了一个结论。

“那他爱看小说吗？”

“他从小到大，只喜欢看一本书，就是《西游记》。你看，他都把这本书翻烂了。”她把一本黑乎乎的书递给了我。

确实，这本书已经不叫书了。我现在明白了，这个从小缺乏父爱、在单亲家庭长大的孩子,严重偏科的人,他的性格从小的时候就已经有缺失了。

“我现在觉得全社会都应当帮助他，他是一个人才，出了这个事情，我们对他都有责任。”他的母亲哭了。

通过我的其他同行的新闻报道，我知道了那只受伤的熊的状况开始好转，它开始饮水了，水中被饲养员加上了蜂蜜和鸡蛋，并且对饲养员又有了信任。本来它已经不相信任何人了。

再次碰到庞彩莲的时候，她告诉我，这些天陈晓东的状态很不好：“他总是说：‘我是一个人熊，我是一个人熊。’我们觉得他快疯了。而且，警察刚刚带走了他，他会不会被判刑？”

我一听到这个消息，也觉得紧张，我采访了他的母亲，知道他这个行为有着复杂的成长的因素。我立即给我的朋友、一个法律专家张波打电话，他最近写了一本叫《桃李》的小说十分畅销，还卖了很高的电视剧改编权。但是实际上，他是一个毕业于北京大学法律系的高才生，他还是一个律师，最近分别为一家高速公路管理公司和一户在高速公路上出了车祸的人家，打赢了两场官司。也就是在两个相同的案子当中，他为不同的当事人打赢了官司，成为一个司法奇迹。所以，抱着同情陈晓东的念头，我找到了他。

他告诉我：“陈晓东的这个行为很难讲，关键看社会舆论了，你们记者现在是可以杀人的！”

我请他不要开玩笑，他又说：“确实，上次河南有个民警出了车祸，把一个贫民轧死了，其实就是一个交通事故，可是被你们媒体炒作成了司法腐败，结果那个警察被判处死刑了。不过，陈晓东这个事情，没有相关的法律依据，我看，他最多以故意毁坏财物罪被罚款，不要紧的。”我放心了，因为我觉得陈晓东这个事件，是有很深的社会和家庭的原因的，不能让他一个人受到惩罚。

我又赶到了公安局，发现他们已经拘留了陈晓东。公安局的一个干警对我说：“他至少要在这里待上三天了。此外，还要医生再次鉴定一下他是不是得了精神方面的疾病，我想，这个事情需要全社会的讨论。美国前一段时间，也发生过这样的事情，结果他们就出台了一个惩罚虐待动物的专门的法律。”

“美国也有这样的事情？”我觉得很新奇。

“对，也有这样的事情发生。前年的时候，在美国亚利桑那州，有两个少年把一只猫的尾巴烧着了，然后在飞驰的公路上，从汽车车窗中把猫扔了出去，结果那只猫被抢救了一个星期，才抢救了过来。当时在美国的反响特别大，光是居民的捐款，一个星期就有六万多美元。”

“陈晓东用硫酸泼熊的事情发生之后，动物园也接到几万元的捐款了。”我忽然想起来到底谁真正在这个事情上受益了呢？我必须把事实的各个方面，尤其是他母亲的说法公布于众。

我采访陈晓东母亲的报道登出来之后，社会上关于要严厉惩罚陈晓东的声音变得微弱了，他们了解到陈晓东原来是在一个单亲家庭中长大的孩子，他本来就人格不健全，或者说知识结构根本就不健全，所以才干出了这样的事情。

很快，陈晓东被送回了研究所，只是对他进行了治安罚款，并且要他义务劳动一个月。我再到基因研究所的时候，看到陈晓东已经变得十分平静了。而且，当林娜知道陈晓东喜欢她之后，就经常地和陈晓东接触，主动要和他在一起了。可是陈晓东依旧躲避着她，不知道是为什么。陈晓东要进行一个月的义务劳动，而劳动的内容，主要是绿化美化研究所附近的绿地。

“陈晓东，你现在的感觉怎么样？”看着他修剪那些绿色的黄杨，我问他。

他茫然地看着我，没有回答。

这个事情很快就淡出了公众的视野，他们都是一些随波逐流的家伙，他们绝对不会持续地关心一个事情的。在这个事件上，动物园得到了来自管理部门和社会上的款项，他们受益了，而新闻媒体也受益了，因为他们报道这个事件吸引了读者的眼球，广告量和发行量都提高了。一些心情阴暗的人受益了，他们得以在网上匿名谩骂别人。但是我知道大众已经原谅了陈晓东，知道了他是一个什么样的人，而他似乎也获得了林娜的爱情，一天晚上，林娜邀请他前往她的住处。

后来陈晓东告诉我：“女人的身上也是可以分泌出硫酸的，女人身体里面也有硫酸的。”我知道他说的是什么，他说的是女人流出来的体液，“原来，爱情就是这么一回事儿。”他似乎很萎靡。

“怎么，你很失望？对林娜很失望？”

“反正不是我原来想象的。女人、爱情都不是我想象的那样。”他不想往下说了，眼神变得十分的空茫。

后来，陈晓东和林娜又疏远了，陈晓东又幽闭了自己，看来他仍旧将沉浸到自己的世界中。他是一个不合时宜的人。而林娜又恢复了她那一副冷若冰霜的冷美人的样子，而我也躲开了庞彩莲的纠缠。毕竟，这个喜欢吃毛鸡蛋和猫肉的女人，总是使我害怕。

有一天，这个事情已经过去很久了，陈晓东突然给我打电话，他约我和他一起去动物园。于是，我在地铁站等到了他，发现他变得容光焕发。我陪着他一起来到了动物园，我们一起到了熊山，那里是他曾经名声大噪的地方，这个时候我突然心情紧张了起来。现在，过去被他残害的熊，不知道是哪一只，但是很多马熊、黑熊和棕熊都在那里，并且朝着他发出了吼叫。它们认识这个敌人，它们的鼻子十分灵敏。

这个时候我看见陈晓东突然流出了眼泪，他从背包中取出来一瓶液体——我惊慌地喊叫了起来，我以为他又要把硫酸泼到那熊的身上了，但是我的声音停在了半空，我看见他猛然地把那些液体浇到了自己的身上，他是从头上一直浇下来的，我根本就来不及阻拦。立刻，从他的身上冒起来一股青烟，他惨叫着倒在了地上，我赶紧叫人来救护他。那些熊们停止了咆哮，它们忽然变得很安静。

陈晓东用硫酸浇灌自己的事情，立即传遍了全城，导致的结果是所有的人都想不到的：他忽然发生了返祖现象，他开始浑身长出黑毛，动作也像熊一样了。我明白了，他渐渐地变成了一个人熊。他后来辞掉了基因研究所的工作，到动物园工作了，并且就是那些熊的饲养员。他还会说熊的语言，和熊的交流没有任何障碍，他也越来越像一头熊，或者他就是一个人熊。

杰林马会

杰林马会的地点在靠近首都机场的一条河边，掩映在一片杨树和柳树林里。平时你要是经过那里，根本就看不出什么堂奥来。但是你要是靠近那个地方，肯定会被它吸引。马会实际上就是爱马人的俱乐部。杰林马会看上去像是一个北欧小镇的样子，它一共由几个部分构成：设备非常好的马房、一个国际标准的马术障碍赛的场地、休闲骑乘场地和一个会所。这几个部分都分布在沿着河岸的几百亩地里。

会所是两层楼，坡屋顶，由红色和灰色的砖头和石头盖的，从会所里面的落地玻璃窗和会所外面的喷水池边，都可以看见门口那一匹站立的骏马雕像。马的站姿十分挺拔，身体像是被什么牵引，或者被飓风吹拂，仿佛要立即跃身而出，但是又牢牢地粘在大地上。这是杰林马会的标志。

来这里的自然都是喜欢马的人，李颉和王斌就是在这个马会里认识的。他们后来关系相当好，然后就出事情了。这是后话。当然，能够获得杰林马会俱乐部会员证的人，都是今天所谓的成功人士。他们除了有钱以外，还有很好的社会地位和良好的品位。马会俱乐部和别的俱乐部还不一样，比如高尔夫球俱乐部、美洲俱乐部、京华俱乐部。那些俱乐部主要是给官员和商人提供了一个交往的平台，为了他们更好地合作和互相利用提供了一个场所。而且，那里很多交易充满了利益和金钱的色彩。而马会的会员，则大都是艺术家、电影电视导演，或者一些商人同时是收藏家。他们仅仅是因为喜欢马，才聚在一起的。

李颉就是一个商人型收藏家，他是东北人，这些年做贸易挣了很多钱，但是他把不少钱都投放到自己的收藏上面去了。

说起他的收藏品，在收藏的圈子里面还是很有名的。现在收藏已经讲究专门化了，李颉的收藏很特别，他的收藏主要是一些日本的艺术品，比如日本幕府时期和明治维新时期的绘画、绢画、扇画、能乐面具、瓷器、书籍，此外还有日本武士用的长刀和短剑、战刀等等。他最值钱的东西是日本德川幕府时期的四扇屏风，这屏风另外的四扇在日本，被日本人当作国宝。有日本人专门来和他谈要高价收购，他也不卖，可见他的收藏是很用心，也是眼光独到的。这国宝文物级的日本屏风，是他在沈阳的时候，花很少的钱，从一个当年日本商人的遗孀手里买下来的，时间是 1980 年，那一年的东西一定是不贵的。此外，他还收藏有中国元代一个日本画家的作品，以及唐代日本人在长安留下来的绢画，都是很珍贵的，很多人不知道他到底是从哪里弄来的这些宝贝。这些东西在收藏界很有名气，看来下手早有下手早的好处。

李颉的东西很多，最近几年他又开始收藏当代画家的绘画作品，他在社区里买了两套复式的房子，打通了之后，上下一共四层，三四层有三百平方米，都是专门用来放他的收藏品的。但是那四扇屏风，他就摆放在一楼的客厅里。“屏风必须要待在有人气的地方，被人气养着，否则很快就会烂掉的。”他对来访的客人说。

但是马会是他最喜欢去的地方，因为他非常喜欢马。他在马会认识了王斌，李颉发现王斌和马会别的人不太一样。王斌也是从东北来的，人高马大，浓眉大眼的，他主要做建材生意，有一辆红色的法拉利跑车，为此他还专门到意大利去学习驾驶跑车。王斌并不喜欢收藏，但是他对马却非常热爱和了解。看来他对驾驶任何东西都很在行。此外，最近他在马会中弄了一个新鲜玩意儿，就是做了一些漂亮的檀木柜子，成立了一个雪茄烟爱好者俱乐部，加入他的这个雪茄烟俱乐部，需要交一万美元成为会员，然后就可以拥有一个雪茄烟的檀木小柜子，平时一起品尝雪茄烟。现在已经有二十几个会员了，王斌很想要李颉加入他的俱乐部，但是李颉不抽烟，只对马感兴趣。

“马这个东西，表面上看它们很温驯，但是实际上，它们的竞技心和好胜心都特别强。过去有骑兵打仗的时候，很多马跑着跑着就跌倒了，那不是中弹了，而是活活给跑死的。因为马是不服输的。”

“怪不得各种赛马，马跑起来都是很积极的，原来它们本来就喜欢比赛啊。”李颉恍然大悟。

“对了，”王斌爱惜地抚摸着自己的那匹黑马，对李颉说：“我这匹马是纯种的阿拉伯马，像是欧洲的马术、赛马的好品种，都是有阿拉伯马血统的。纯种阿拉伯血统的马是最好的马。”

“但是阿拉伯马似乎并不高大。”李颉有了一个疑问。

“好马不在高矮，而在是否跑得快。”

“那汗血马是怎么一回事儿？”

“从咱们的汉朝开始，关于汗血马的传说就有了。我个人倾向于这种马不存在，它是一些人在阳光下看到马奔跑的时候产生的视觉幻觉。”

李颉不同意王斌的说法：“我听一个专门研究汗血马的人说，这种马是存在的，有人说是马身上皮肤下面的一种寄生虫，还有人说是马出汗的一种形式。这种马到了中午太阳光照射强烈的时候，会从肩胛骨那里流出来血汗。这种马只产于今天的中亚土库曼斯坦，只有几千匹。”

王斌笑了一下：“这些说法都是猜测，反正我没有见过这样的马。”

“马都是站着睡觉的吗？”李颉停了一会儿又问。

“公马一般是站着睡觉的，而母马和马驹是侧卧着睡觉的。和人类一样，男人总是要时刻警觉，并且准备保卫家庭。来，你来骑骑我的马。”王斌鼓励李颉骑他那匹漂亮的黑马。但是那匹马嘶鸣着，尥着蹶子，躲避着李颉。

“要先和它交流，要表现出爱心，你和它慢慢说话，再摸摸它的鼻子。”王斌牵住了自己的马，李颉就慢慢地和这匹马交流，抚摸它的头。但是这匹马认生，它在示威，目光炯炯，耳朵向后面伸展，不耐烦地喷着粗气，脑袋躲着李颉的手。李颉很有耐性，过了很长时间，看看马已经平静了，似乎不讨厌他了，才翻身上马。然后跑了没有多远，就在休闲骑乘区，被马给甩了下来。

李颉狼狈地爬了起来：“这个家伙太倔了。”

“没有事情的，明天接着骑。”王斌说。

马会的朋友很快又成了一个新朋友的圈子，他们互相之间经常来往。这些都是事业成功人士，他们都有自己的绝活儿。李颉就带王斌到家里来看过他的这些收藏。那个时候，李颉的家里经常是高朋满座，一些作家、影视导演、画家、收藏家和文物贩子，都可以在他家里看到。有时候，李颉家里人流不断，经常是这一拨走了，下一拨又来了。大家对他收藏的那个日本屏风特别喜欢，因为那个东西实在是比较少见。王斌抽着雪茄，不停地让他讲解他的藏品。李颉也很耐心，他讲解他的收藏品的时候，就像是他听王斌讲马是一样的。

“我给你介绍一个朋友，”后来，李颉拉着一个大胡子画家对王斌说，“这是我的邻居，画家曹般若，他原来也是做生意的，现在在潘家园旧货市场很有名。你要是搞收藏，就找他。”

“你做什么生意？”王斌手里拿着一杯葡萄酒，眼睛闪烁了一下，问大胡子画家曹般若。

“买卖字画，收购各种旧家具，以明清的为主，然后再把它们卖出去。”大胡子曹般若说，“我听说过你，你的那个雪茄会很有名，京城不少人都很感兴趣。”

“那太好了，叫他们赶紧和我联系。”王斌掏出了名片。

他们就三三两两地四下说话，其间不断地有人要看李颉的东西，“你们先聊。”李颉对曹般若和王斌说，然后他就带着客人上楼了。由于这套房间上下一共四层，就像是一个巨大的艺术品仓库和私人博物馆一样。

好不容易等到大家陆续都走了，李颉才有时间停下来吃一点水果。“你这里真是铁打的营盘流水的兵啊。”王斌看到一拨拨人来了，又走了，他们的面孔像是凋谢的花瓣一样，倏然之间就不见了。

“这样的情形有时候能够持续一整天，这一天里面，来的人是不间断的。说实话，他们很多人我自己也是不认识的。他们都是朋友的朋友，或者是朋友的朋友的朋友，我很多人也是没有见过的。”

因为杰林马会和收藏家们的聚会的原因，展开在李颉和王斌面前的生活，很多层面是交叉的。他们慢慢地成了好朋友。但是尽管如此，每次当王斌想让李颉加入他的雪茄烟俱乐部的时候，李颉都拒绝了。

“雪茄烟很有品位的。”

“我知道，但我就是不喜欢抽烟。”

很快，冬天来了。每到这个季节，李颉都要到南方，也就是海南的海滨去。那里的气候和空气都很好，适合过冬。过年前的一天，李颉准备出发，在马会拿东西的时候碰见了王斌，王斌正在精心喂养他的马。

“你的马真棒。”李颉很喜欢王斌的马。

“冬天是马需要调养的季节，这个季节一定要把马的膘养起来。”

“是啊，人还要贴秋膘呢。”

“你准备到哪里过年？在北京吗？”王斌不经意地问。

“我明天就去海南了。在博鳌，我有一幢别墅，我老婆已经先去那里了。那边的气候好，适合过冬。”

“肯定比北京的气候好。北京冬天的风沙太大了。”王斌说，“一路平安，等到你回来了，咱们好好练练障碍赛马。开了春，要举行赛马比赛了。”

这年正月十五，这个郊区化的社区外面又有人在放鞭炮了，因为这里不属于禁放区。正月十五表示这个春节算是正式地结束了，因此傍晚的时候就鞭炮齐鸣。

但是仍旧有警觉的人在社区里面巡逻。一个社区保安看见社区东面，李颉所在的那幢楼门口停了一辆黑色的轿车，但是李颉房间里面却没有任何的灯光，他产生了怀疑，就很警惕地靠近了那个屋子。这个保安立刻发现，有一个他没有见过的人，正从里面往外搬东西。

“你是这个房间的主人吗？”保安问这个人。但是这个人根本就不说话，他的头上戴着一顶毛线帽，头压得很低，看到保安问他，也不回答，迅速地钻进了汽车，就开车走了。

保安赶紧给大门口的保安用步话机联系，那边准备紧急阻拦，结果还是让这个人给闯关成功了。保安没有拦住车，只是记下了那辆车的车号。

第二天，李颉就从海南飞了回来。他简直是心急如焚，当他一接到社区的电话，就一下子蒙了，因为这个打击对他来讲，比他的妻子刚刚出车祸死了，还要大一些。他妻子和他关系一直很好，这次去海南度假，他们驱车去三亚的途中，出车祸了。他没有受任何伤，可是驾驶汽车的妻子死于非命。显然，妻子在关键的瞬间，让自己那一侧来迎接撞击，而保护了他的生命。他们的感情非常融洽，约定白头偕老，结果是死亡使他们很快分了手。

回来之后他仔细地盘点了东西，发现丢掉了很多宝贝收藏。这个入室偷盗的贼，一定是早就踩了点的，他也知道李颉的收藏品中，到底哪些东西是值钱货。丢掉的东西，按照 20 世纪 80 年代的收购价格，就价值一百多万元人民币，现在至少值上千万。不过，警察是按照一百万元的盗窃案件来立案的，即使是这样，这也是本市最大的一起盗窃案了。

所幸的是，他的那个国宝级的东西——那四扇日本屏风还在客厅里，完好无损。可能是因为东西太大的原因，盗贼无法把这么大的东西搬到车上去，所以没有办法拿走，因此算是给他手下留情了。

警察侦查了案发现场，然后要他提供最近两年到过他家里的人，这下子反而使李颉犯难了，因为现在他根本就无法把所有的来人都算进去，都回忆起来。他看着那扇精致的、上面有着很多日本古代人物的屏风，觉得这些日子来过他家里的人，和屏风上模糊的人物一样，如同走马灯。他说出了一部分来过他家的人，包括王斌、曹般若等等，都是值得怀疑的。别的基本上就无法回忆了。

因为警察还有一个线索，就是那个保安记下来的车牌号，所以李颉完全寄希望于那个被发现的车牌。但是经过警察的调查，发现那个车牌号是原先就被盗窃的，显然这个盗贼是根本就有预谋的。警察继续调查过去曾经进出社区的黑色帕萨特轿车的车牌记录，正在从里面寻找线索。

李颉在春节之后第一次到杰林马会的时候，就看见王斌在那里训练他的那匹黑色的爱马。一见到李颉，王斌就很同情的样子，跳下马走了过来说："哎呀，我在报纸上看到你家里失窃的消息了，真是很为你着急。别急坏了，把身体给弄糟了。这个时候镇定是最重要的。"

"没事儿，有公安局的人在帮我操心着呢。"李颉疑心很大地观察着王斌。现在，他觉得自己的任何一个朋友，都有可能是盗贼，偷窃了他家东西的盗贼。但是他发现王斌表现得很平静，没有一点异常，再说，社区保安说的那个人，那个作案的人，经过照片对照，不是王斌。

"今天我和你好好学学障碍赛马，把情绪调整一下。"

"来，那咱们比试比试。"李颉骑上了他养的那匹枣红色马——这是一匹战马的后代，看上去比王斌的阿拉伯马要剽悍，是从内蒙古已经废弃的军马场买的。但是几个回合比下来，还是王斌的马要跑得快一些。王斌教给了他一些赛马的经验和要领，然后他们一起在河边遛马。

“你的心情一定不好。”王斌说。

“要是好才怪呢。那些东西是我花了二十年的时间，一点一点地弄出来的。一定是懂行的人干的。”

“肯定是你那个收藏圈子里面的人干的。比如画家曹般若，我觉得都值得怀疑。他总是很诡秘的。”

“警察都调查过了。我还怀疑过你呢。”李颉说，“可是现在我不怀疑了。警察比我要操心，破案子得靠他们。”

让李颉十分生气的是，收藏界和搞文物字画买卖的一些人，听说李颉的东西丢了，反而放出风来，如果盗贼愿意出手，他们愿意花原来的价钱收购赃物，并且把它们洗干净。所谓的洗干净，就是把这些东西完全消化到国际市场上去，在国内就再也看不到那些东西了。但是，李颉知道，现在盗贼根本就不会动弹，因为警方也在密切地关注着收藏界的动静，看看会有谁露头。

由于失去了妻子和自己很好的一部分收藏，李颉遭受了打击，渐渐地迷上了赛马，而且马上有一个赛马的国际比赛要在北京举行，他和王斌都报名参加了。此外，他终于参加了王斌的雪茄烟俱乐部，交了一万美元的会员费，拥有了一个不大的檀木柜子，然后又从王斌那里买了一些哈瓦那的雪茄烟。失去妻子，没有人会唠叨他抽烟了。

但是有一天，王斌正在教李颉骑马，两辆警车来到了杰林马会。有两个警察下了车，直接到了王斌的跟前：“你是王斌？跟我们走一趟吧。”

然后警察亮出了一张纸。

王斌的脸色立即变了，他十分凝重地看了李颉一眼："你们一定是找错人了。"

"你是不是王斌？"

"是的。"

"那就没有错，我们找的就是你，请配合我们的工作。"警察很客气。然后他转身被押走了。

李颉敏感地察觉到，王斌被公安人员带走，就是和他家的失窃案件有关系的。现在，他也不骑马了，而是火速赶到了立案侦查的公安局，找到了一个熟人小张，小张证实了这个事情。

"王斌是和曹般若一起作的案，他一进来就立即招认了。然后他们雇了潘家园市场的一个人下手，把你的宝贝东西给偷了。我们现在正在追捕曹般若。"

这个消息让李颉目瞪口呆。毕竟，他觉得王斌是一个很有趣的热爱生活的朋友，他喜欢马，他还有一个雪茄烟俱乐部，为什么他要干这个？而曹般若也是一个不错的画家，他们过得都很好，干吗偷我的东西呢？

小张看出来他在想什么："这个王斌过去靠倒卖钢材和国家紧缺物资，赚了很多钱，可是这几年这种钱不好挣了，加上他经常到澳门赌博，还吸毒，把钱都造光了，成了一个穷光蛋。他的那个雪茄烟俱乐部挣了钱，但是都还债了。而曹般若，其实一直是一个画商，最近买的画走眼了，被卖画行贿的人设了圈套，把他的钱也赔光了，所以两个人最后盯上你下手了。"

“你们是怎么怀疑上他的？”

“发现了那个假的车牌之后，我们想，踩点的时候，这个黑色的帕萨特也一定来过，所以我们查阅了所有进出你们社区的帕萨特，盯住了一个车牌子，一调查，就是王斌的。于是很简单，我们把他一拘留，他就什么都招了。”这个时候，小张桌子上的电话响了，他拿起电话接听了一会儿，表情放松了。

“怎么样？”李颉关切地问。

“刚刚在深圳机场抓住了曹般若。他带着你的那些宝贝，一共有四个大箱子，正准备过境到香港——到了那里，你的东西就完了，但是我们抓住了他。”

李颉站了起来，他十分激动：“太感谢了，我会送你们一辆警车作为感谢。哎呀，太好了。”李颉忽然有些不知所措了。“不过，我想和王斌聊一聊，行不行？”

“好，到时候我通知你来。”小张答应了他。

在看守所里，和王斌见面的那一刻，毕竟多少有些尴尬。但是李颉已经不愤怒了，因为他的那些东西一件都不少地回来了。他纳闷的是王斌在他的眼里一直是一个高尚的人，你想象不到一个喜欢赛马和哈瓦那雪茄的人，怎么干了这样的事情？

王斌抬眼看了看李颉，愣了半天，然后哈哈笑了起来。“我知道你很不理解。说实话，我到了这个地步，连我自己也很不理解。”

“我确实很不理解，我们是朋友，你为什么朝我下手呢？”

“我过去一把挣几千万的时候都有，那个时候是我们的黄金岁月。只要有上层的关系和批条，我们转手就可以赚大钱。现在不行了，钱不好挣了。官员们很谨慎。可是我喜欢赌博、吸毒。你看，”王斌把袖子撸起来，李颉看见了一些针眼。“我把钱造得差不多了，加上我老婆一看这个势头，就和我离婚了，离婚使我破产了。所以我就干了那一把。对不起了，李颉，我杀熟了。对不起了。”

李颉很平静：“何苦呢？你要是借一点资本金做生意，我会给你的。算了，现在说这些都晚了。”

“是晚了，我恐怕至少要在监狱里待个十几年。人生有时候也是一场赌博。不过，我有个请求希望你能够帮忙……”王斌的眼睛闪闪发亮，“希望你帮我。”

“什么忙？”李颉有些意外。

“我的那匹马，那匹阿拉伯血统的马，我送给你了，但是我要你训练它，在夏天的赛马中获得名次。你能不能好好照料它？”

“这个可以，这个完全可以。我喜欢那匹马。”

“那真是一匹好马。”王斌咂巴咂巴嘴，一副很想念那匹黑马的样子，李颉知道这个世界上，现在王斌最牵挂的就是那一匹马了。

“没有问题的，这个没有问题。”李颉强调了一下。

“此外，还有我的雪茄烟，请你下次来看我的时候，带给我，都带给我。”

王斌被判刑十五年。曹般若十二年。他们开始蹲大狱的时候，李颉终于把王斌的那匹有着阿拉伯血统的马给训练得差不多了。这匹马的性子特别刚烈，它总是不愿意和李颉合作。看来它一直在等待它的骑手，但是那个骑手不会回来了。

李颉也告诉了它这一点，后来那匹马似乎多少听明白了。

李颉带着王斌的马去参加比赛了。赛马在顺义的赛马场，有人暗地里下赌注的。赛马开始了。一开始，李颉骑着的这匹黑马就跑在前面，一开始就是第一。直到十几圈跑下来，仍旧是第一。眼看着到了终点，要冲红线了，李颉觉得胯下的马反而加了力量，似乎要冲出去。它果然冲了出去，很多人赶紧让开，李颉只是觉得眼前的人脸倏然闪现，纷纷消失，他的马疯了，跑向了场子的外面。虽然这匹原来属于王斌的马跑了第一名，但是现在它腾越了起来，跳过了栏杆，一直向外面跑去。

李颉本来想要制止住这匹疯狂的马，但是后来他忽然明白了什么，他索性要马自己奔跑。马在狂奔，在赛马场外面广阔的田野上疾驰。李颉只是听到耳朵边呼呼的风声。不知道跑了多远，后来遇到了一条河，然后，这匹马终于累了，倒了下来，呼哧呼哧地喘着气，然后，它累死了。

李颉知道，马的性格就是这样，有很强的竞争心理。它把自己跑死了。人有时候也这样，人难道不也是这样吗？李颉慢慢地想着，心情很复杂地朝回走，一边观看着远空中一朵奇怪的云。

玛格丽特的气味

玛格丽特带着女儿搬进了这个郊区化的社区是在春天的时候。春天的北京，风沙特别大，经常没有任何预告的，会刮着那种欧洲从来也没有见过的沙尘暴，蒙古高原刮来的沙尘暴。黄色的沙尘暴几乎要吞没了城市中所有的人和房屋，因此，住在使馆区一幢高楼中的她们，会觉得十分憋闷和恐怖。从外交公寓的窗户看出去，北京的高楼已经完全被风沙给覆盖了，似乎在飘飘摇摇，像是月球上一座即将灭亡的城市，这竟然使她在心中产生了恐惧感。

玛格丽特是法国人，在法国一家电讯公司驻北京的代表处工作，前年和丈夫离婚，丈夫后来回法国了，只有她带着女儿在北京。女儿很喜欢北京，汉语说得很好，而且经常作为外国人嘉宾，参加电视上的一些娱乐节目。

女儿阿苏儿已经十六岁了，似乎有了自己的很多秘密，经常喜欢把自己关在屋子里。因此，玛格丽特就觉得外交公寓的房子小多了，加上公司运营的情况不算好，给她的房屋租金补贴下调了，于是她决定搬走。经过熟人的介绍，她租了靠近机场边上这个郊区化社区的一套房子，面积接近二百平方米，但是租金却比原来的便宜一半。

玛格丽特今年三十八岁，但她看上去很年轻，别人说，她看上去和自己的女儿就像是姐妹俩一样。也许这么说有些夸张，因为现在的女孩子发育得太快了，女儿只有十六岁，但是看上去至少要大五岁，乳房比她的都要坚挺，高高地崛起的样子，经常在洗澡之后颤颤巍巍的，像是要从束缚它的背心里和母亲担心的目光中跳出来一样。

春天里，万物吐绿，草长莺飞，这个北京郊区化的社区绿化非常好，合欢树和白蜡树都在迎风招展。她租住的屋子是那种带花园的，有几十平方米的私家绿地，这样的话，她想自己就可以在草坪上举办私人茶会了，可以做很好吃的法国烤饼。但是在北京找不到很好的法国奶酪，要是她自己做的话，又显得很麻烦，所以有些烦恼。当然这些烦恼都是不严重的，最为叫她担心的是，自己的女儿现在正处于青春期，她和她经常为了一些很小的事情吵架，两个人的关系竟然变得多少有些紧张。

"我觉得你应该有个男朋友了，"女儿在一次吵架之后，用眼睛斜着看着她，"要不然你总是盯着我。你为什么不再找一个男朋友？"

"我的事情你不要操心了，再说，北京的法国男人不多的，我又不喜欢英国人和美国人。"玛格丽特有些生气了，"你是不是自己已经有男朋友了？"

"那交个华人男朋友也可以嘛，妈妈，有什么大不了的？不过，你猜对了，我有了一个男朋友。"阿苏儿犹豫了一下说。

女儿的回答使玛格丽特觉得很吃惊，因为这个消息太使她吃惊了，她没有想到女儿已经有了男朋友，不过，她已经十六岁了，早晚要有男朋友的。

“是一个什么样的人？”

“一个中国人，不不，是一个新加坡的华人，一个弹吉他的男孩。他是我们法语学校的同学，比我高一级。”

“那你叫他到家里来玩儿吧。”她说。女儿阿苏儿听到这个消息很高兴:“好哇，我本来担心你会不高兴的。”

“我为什么会不高兴呢？我会高兴的，有人喜欢你，我当然高兴了。”玛格丽特觉得自己真是有些口是心非，但是阿苏儿没有看出来。

“可是我不知道他愿意不愿意来这里，毕竟我们才——”

“让我看看这是一个什么样的男孩子，这样以后的周末，你们一起出去玩儿，我会放心一些。”

“好吧，这个周末，我想他会来的。”阿苏儿咬了一下嘴唇。

果然，周六上午的时候，阳光很好，女儿的男朋友来了，是一个头发很长，个子很高，也很瘦削的男孩子，比女儿要大一点。他是一个华人，在新加坡长大，说一口流利的美式英语。而且他来的时候，背上还背了一个红色的吉他。

玛格丽特为了欢迎女儿的男朋友到来，此前专门做了一些准备，主要是一些吃的，法式的面包和奶酪，还有从红桥市场专门买回来的鳟鱼，用闪亮的箔纸包着，准备为他们做烤鳟鱼的，并且还在花市买了蝴蝶兰，那种花瓣很像是蝴蝶的翅膀的盆栽兰花。餐桌上的桌布也换了新的，房间也打扫了——玛格丽特也不明白为什么女儿的男朋友来家，自己要这么隆重地干这些事情。这些都是女儿在学校上课的时候，她一个人在家里完成的。

所以，阿苏儿回家之后，看到屋子已经变得这么整洁和焕然一新，心情很好：“妈妈，你真是太好了！”

玛格丽特觉得这个男孩子很好，因为他一点也不拘谨，而是很大方的样子。“我叫蔡奇，和阿苏儿在一个学校，我比她高一个年级，但是年龄比她要大两岁。”蔡奇把背上背着的那个吉他放了下来，搁在了阳台上。“这里的空气比城里的好多了。这个社区很漂亮，真的很漂亮。”

“蔡——奇，”玛格丽特发着这个音，觉得很有趣。中国人的名字，就是很难念，舌头总是绞成一团。这一天，蔡奇给母女两个都带来了欢乐，因为蔡奇是一个快活的小伙子，他后来就在后花园里面的草坪上，开始唱歌了，而且还弹着他那把红色的吉他。他的声音有些金属的音质，似乎像是夏日阳光下草地上闪闪发亮的玻璃珠，或者是铁片在屋顶被雨水冲刷，非常独特。总之，这个有活力的小伙子，给这个沉闷的、母女两个经常进行冷战的家，带来了如同圣诞晚会一样的快乐。

玛格丽特的前夫是法国驻中国使馆的一个外交官，早年曾经在台湾待过很多年。就是在那里，认识了当时作为旅游者的玛格丽特，后来，两个人结婚了，然后又一起回到了法国，生下了这个女儿。过了很多年，因为工作的原因，他们又一起来到了中国。但是在中国，他们离婚了。说起来离婚的原因，玛格丽特现在也无法接受，就是丈夫总是抱怨她的身上出现了某种气味，这种气味使他感到难受，导致他经常性地呕吐。

“那是一种什么样的气味？”玛格丽特十分不理解，因为她根本就闻不到这个味道。

“有些像是印度咖喱的味道，你知道，我最讨厌印度咖喱的味道了。”丈夫厌恶地说。

“我的身上有咖喱的味道？”玛格丽特觉得十分不解，她很恼火，自己闻了半天，又叫阿苏儿也来闻这种气味，但是女儿就什么也没有闻到：“妈妈，你的身上只有克里斯汀·迪奥牌香水的气味，没有别的了。”

“就是，我也是什么都闻不到的，什么气味都没有。你父亲的鼻子是一个狗鼻子，或者是猪鼻子。”玛格丽特很生气。

“可是他为什么经常呕吐呢？”女儿也觉得奇怪。

玛格丽特觉得很恼火，怎么别人闻不到，只有自己的丈夫可以闻到这种莫须有的气味呢？她因此和丈夫吵了很多架，但是仍旧无法制止丈夫的呕吐，结果，后来，也就是前年只好离婚了。女儿愿意跟着玛格丽特，而玛格丽特的前夫就去墨西哥当参赞了。

两个女人在一个家庭中间，肯定要把所有的事情搞糟，玛格丽特这样认为，她的女儿也这样认为，因为家中没有男人，是不可想象的。蔡奇说，他的父母都在上海工作：“爸爸其实是苏州一家新加坡公司驻扎在上海联络处的经理。我们新加坡人在苏州和上海建了很多的工厂，那边有十几万新加坡人在工作呢。”

“可是你和中国人长得一样，你们的区别在哪里？”玛格丽特很好奇。

“区别？相同的是我是黄皮肤的汉族人，也叫华人。我们是一个民族的。区别是我们不是一个国家的，我的国家是新加坡，英语是从小就学的，在这个高中，我还学了法语。但是我爷爷的爸爸，也就是我的曾祖父，是一个中国人，到了我爷爷这一辈，就去了新加坡。我爸爸就是出生在新加坡了。我也是。”

“就像是瑞士也有我们法兰西民族的人，也讲法语，但他们是瑞士人，对不对？”玛格丽特说。

“妈咪，你说对了。我们还是听他唱歌吧。”

蔡奇那天在她家玩得很高兴，吃到了玛格丽特做的烤鳟鱼，还有法国点心、奶酪和面包。蔡奇下午快要离开的时候，阿苏儿刚好在厕所里，蔡奇忽然对玛格丽特说：“你身上的气味很好闻。”

玛格丽特吓了一跳：“我身上的气味？什么样的气味——是不是香水的味道？”

蔡奇摇了摇头：“不是，是一种古怪的气味。”

玛格丽特问：“是一种什么样的气味？”

蔡奇说：“是一种很好闻的气味。”正在这个时候，阿苏儿从洗手间出来了，玛格丽特就没有再问他。

后来，几乎每一个周末，蔡奇都要到家里来，玛格丽特也总是做好准备，她很喜欢这个会弹吉他的男孩子，而且她觉得女儿和蔡奇在一起，不会有什么让她无法掌控的事情发生。阿苏儿过去喜欢把自己一个人关在屋子里面的情况也没有了，她们母女之间的关系一下子变好了。

蔡奇晚上有时候来约阿苏儿出去玩儿，玛格丽特也很放心，她也同意他们出去了。现在这些男孩子，已经学会如何讨女孩子的欢心了，在北京，也有着各种各样的场所，可以让他们去玩儿，比如那些溜冰场、西餐厅、迪斯科舞厅。只是她绝对不允许自己的孩子去吃摇头丸，或者干一些荒唐的事情。

“妈妈，你说得荒唐的事情，是一些什么事情？”

玛格丽特想了一下："你自己慢慢地体会吧。"

有一个周末，女儿阿苏儿还没有回来，蔡奇已经先到了。他照样背着他的吉他，来到了她家。玛格丽特正在专心地弄着她的那些粉菠萝，看到蔡奇很高兴。

"阿苏儿再过一个小时就回来了。你们现在相处得怎么样？"

"很好，我们打算暑假的时候，一起去西藏爬爬雪山的。"

"那边的雪山很危险，这个事情你们已经商量好了吗？你的父母亲知道这个事情吗？"

"我和阿苏儿商量好了。我的父母亲不管我的。"

玛格丽特从内心深处不大同意，女儿和这个眼前的男孩子一起去爬什么西藏的雪山。年轻人总是觉得生活在很远的地方，他们不知道，其实现在拥有的、眼前很实在的生活，才是弥足珍贵的。

"我给你唱歌吧。"蔡奇弹起了吉他唱起了歌，他唱的美国西部乡谣很好听，声音仍旧有着金属的色泽和光亮。玛格丽特在剪枝的时候，有时候因为歌声的打动，甚至停下了手中的活儿。蔡奇似乎很喜欢唱给玛格丽特听，这个男孩子身上也有一种奇特的魅力，使玛格丽特感觉到青春真正的色泽。

蔡奇的歌声停下来了，玛格丽特站起来，去给蔡奇倒了一杯果汁："苹果汁，你一定是口渴了，蔡，对不对？"

蔡奇这个时候忽然有些感伤，他向玛格丽特走了过来。在玛格丽特有些惊愕的瞬间，缓缓地扑进了玛格丽特的怀抱，一边贪婪地闻着她身上的气味，就像是一头吃奶的小兽。蔡奇的样子让她浑身发热，她一时不知道如何是好，呆住了。但是过了几分钟，她还是推开了他。

“对不起，你身上的气味，让我想起我的妈妈。实际上，我的爸爸和妈妈离婚了，我和爸爸在一起生活。我妈妈身上的气味，和你身上的气味是一样的。”

玛格丽特看着眼前的这个孩子，显然，他那些男性的特征都是具备的，他有着自己强烈的情欲。不过，如果他把自己当作妈妈般的女人，这种感觉会好一些。

“那你的妈妈在哪里？”

“不知道，也许她也在中国内地，但是她改嫁了，我们没有任何的联系了。”蔡奇的眼睛晶晶亮，她想，这是一个缺乏母爱的孩子，他是不是把我当作了他的母亲？玛格丽特有些拿不定主意。这个时候，女儿阿苏儿回来了，玛格丽特觉得轻松了，否则，她不知道该如何应对这个局面了。

玛格丽特觉得自己对蔡奇也有情欲上的感觉反应。上一次，蔡奇忽然扑进她的怀抱的时候，他像是一个盲目和惊慌的小野兽那样，在她的怀里寻找母性的安慰，玛格丽特觉得自己体内的一些东西也复活了。这种东西是对男人的欲望。但是蔡奇，他才多大呀，他是女儿的男朋友，十八岁，自己怎么能够多想呢？荒唐的事情不能发生在自己的身上。玛格丽特很有些自责，她害怕蔡奇和她会发生一些什么，这是最令她担心的。但是她总是想起他的那双大眼睛，她总是觉得他在她的眼前晃悠。

她肯定蔡奇喜欢上了她，而不是自己的女儿，是在另外的一个星期天。这个星期天阿苏儿去北京电视台参加一个外国人唱京剧的节目去了，阿苏儿的京剧唱得很好，蔡奇是知道阿苏儿不在家的，但他还是来了。

玛格丽特打开了门，看到了蔡奇，她有些慌张了：“阿苏儿去电视台了，你——”

“我不是来找她的，我是来找你的。”蔡奇很镇定。

“找我？”玛格丽特更加地慌张了。

“我写了一首歌，想唱给你听听。”蔡奇闪身进来了，“我喜欢你，玛格丽特，我要唱歌给你听。”他的目光闪闪发亮。

“那好吧，那好吧——”玛格丽特心很乱，她有些不知所措，“那你在哪里唱歌好一些？”

蔡奇笑了一下：“在后花园里面的草地上吧。”蔡奇很大方，他走到了通往后花园的台阶上，坐在了那里，“玛格丽特，你坐在我的身边吧。”

玛格丽特坐在了蔡奇的身边：“你还是可以闻到我身上的味道？”

蔡奇一边调动吉他的弦，一边说：“当然，玛格丽特，我迷恋你身上的气味。”然后他就开始唱了起来。这是一首和母亲有关的歌，但仍旧是美国乡谣风格的歌曲。这首歌有些感伤，也有些令人迷惑。歌词是含混的，也是充满了激情的。玛格丽特有些被调动起情绪了，她本来是坐在他旁边的，但是她坐在了比蔡奇高一个台阶的地方，然后把自己的头搁在了蔡奇的肩膀上。她从内心深处，有些亲近这个充满了活力、还有些忧郁的男孩子。她的脸可以体会到蔡奇的肩膀在唱歌的时候的耸动，那种耸动是有韵律的。远处的天空中，白云朵朵，非常美丽。而眼前的草坪中，一些绿色的蚱蜢在弹跳，蝴蝶从被漆成了绿色的栅栏外面，像是一个不速之客那样飞进来，很快又轻盈地翻越栅栏飞走了，什么都没有留下。这个社区的阳光和绿色是那样的养眼，这个时刻也是那样的美妙，使玛格丽特体会到一种前所未有的惬意，一种肉体的幸福感，一种快感。这种快感和性的快感完全不同，它是那种痒痒的，暖暖的，从身体内部升起来，有些飘然的感觉，但是又倏然间要几近消失。在很多年以前，在她很小的时候，每一次，母亲给她洗完澡，在她的身上拍爽身粉的时候，母亲的手触摸她幼嫩的皮肤，那个时候她也有这种快感，所以这种感觉已经是久违的了。这种感觉是蔡奇的肩膀和他的歌声带给她的。

忽然门响了，玛格丽特一惊，刚才的惬意的快感一下子没有了，她觉得坏了，女儿阿苏儿回来了。她起身的时候，阿苏儿已经到了跟前，看见了玛格丽特和蔡奇坐在一起，表情似乎游移了一下，但是似乎没有太在意："妈妈，蔡，我的京剧获得了一等奖。"然后她晃动着一个红色的证书。

玛格丽特有些惊魂未定，她觉得女儿一定看见了她和蔡奇的亲密举动，脸色涨红地站了起来："是吗？太好了，我一开始就觉得你是会得奖的。"

蔡奇倒很自然："我用吉他给你伴奏，你可以给我们唱一段京剧吗？"

"不行的，"阿苏儿说，"京剧必须要拉一种叫作二胡的乐器，才可以伴奏成功的。你会不会拉二胡？"

"不会，我还没有见过二胡呢。"

阿苏儿拿出来了二胡的图片："就是这个样子的。"蔡奇接了过来，但是目光放在了玛格丽特的身上："这个就是二胡？"

蔡奇后来趁着阿苏儿不在家的时候，又来到了玛格丽特家。一见到玛格丽特，蔡奇就忍不住扑了上来，拼命地吻玛格丽特，玛格丽特有些难以招架，她有些被动，但是她又有些欲拒还迎。那天蔡奇抱着她，像是早就期待的那样，慢慢地向床所在的地方移动，然后把玛格丽特压在了床上。他疯狂地吻着玛格丽特，玛格丽特觉得体内的潮水在奔涌。确实，自从前夫离开了她，她已经有很长的时间没有做爱了。“不行的，蔡，不行的。”她竭力地推开着蔡奇，可是蔡奇仍旧像是一个贪婪的小兽一样，在玛格丽特的身上拱动，即使玛格丽特再抵抗，她仍旧无法阻挡蔡奇的贪婪进攻。最后，玛格丽特只好被动地停了下来，她任由蔡奇剥掉了她的衣服。她开始很难受，但是慢慢地觉得舒服了，这个时候她被性的快感给完全俘虏了。蔡奇呼哧呼哧地喘着气，像是拉动风箱一样，直到一泻而出。然后他彻底松懈了。

玛格丽特也觉得自己浑身没有力气，她无法弄明白自己怎么会和这个乳臭未干的男孩子，和自己女儿的男朋友上了床。但是这个小家伙的决心和力气以及顽固，使她的内心充满了怜悯，这个没有母亲的孩子，他从她这里得到了双重的东西：母爱和性的快感。玛格丽特觉得自己被这个蔡奇拖到了一个无法摆脱的地步。她自己干了荒唐的事情。

当他们都平静下来并且穿上了衣服之后，玛格丽特问他：“我身上的气味，到底是一种什么样的气味？”

蔡奇抚摸着她的头发：“是一种很香甜的气味。你肯定不知道，你身上的气味，是有颜色的，是那种暖洋洋的金黄色。”

“金黄色的暖洋洋的气味？”

“是的，就是那种气味。”

蔡奇得手或者说玛格丽特的阵线被攻破之后，蔡奇在阿苏儿不在家的时候，经常来找玛格丽特幽会。蔡奇一到，玛格丽特就拉上了她专门从法国带回来的碎花窗帘，使屋内的光线暗淡一些，这样就没有人看见他们在家里干什么了。照样是蔡奇从她的身上去嗅闻那种奇特的、只有玛格丽特才有的金黄色的气味，而也许同样是这种气味，导致了玛格丽特的前夫离开了她。她温柔地抚摸着蔡奇的蠕动在她的怀里的头，安慰着这个男孩子，和他一同守候着一个肉体的秘密，同时被强烈的自责所拉扯着。

玛格丽特曾经多次想象女儿阿苏儿发现这个秘密的时候，会是什么样子，但是当这一天来临的时候，仍旧是出乎意料的。有一天阿苏儿回家，正好赶上他们在一起。阿苏儿这下子就起疑心了，为什么大白天的，母亲没有去公司上班，而是拉上了窗帘？她记得很清楚，这个窗帘在早晨的时候，是她自己拉开了的。于是她悄悄地用钥匙打开了门。

眼前的一切使她有些头晕，她看到了玛格丽特和蔡奇在一起亲热的样子。她哭了，然后扑了过来，扑到了蔡奇的跟前，用自己的小拳头使劲地擂动着蔡奇的胸膛："你，你这是在干什么？！你给我滚出去！滚出去！"

蔡奇看了玛格丽特一眼，看到阿苏儿像是发了狂一样地打他，他突然来了一股邪气，他猛地上前，一把就掐住了阿苏儿的脖子，立刻，阿苏儿脸色涨红，她有些喘不过气来。这个时候她目光十分迷离和哀求地看着一边发愣的母亲，玛格丽特犹豫了一下，她拿起来一个巨大的花盆，里面还生长着漂亮的粉菠萝，朝蔡奇的头上砸去。蔡奇哼了一声，倒在地上不动了。阿苏儿也昏了过去。玛格丽特上前查看了一下蔡奇，蔡奇没有任何动静，他好像已经死了。

现在，这个局面是任何人都不想要的。她仔细检查了蔡奇，确实，他已经死了。玛格丽特待了半天。怎么现在成了这样一个局面？她很慌乱。

忽然，一只蜻蜓飞了进来，玛格丽特这个时候来了灵感。现在，已经是黄昏的时候了，她把阿苏儿放到了床上，她还在昏睡中，她把房门从外面锁好，然后，她拿起了那把她经常用来翻动私家花园里面的泥土和花墙的小铁锹，在花园里挖了起来，很快就在一片她种的芦苇旁边挖了一个坑，然后她把蔡奇用一条毛毯裹了起来，背着他的尸体，把他放到了坑里，然后又挖土埋了起来。

玛格丽特干完了这一切，然后回到了房间里，她抱住了女儿："阿苏儿，我们才是最亲密的，谁也不能分开我们，对不对？谁也不能占有我们、夺走我们，对不对？"

"蔡奇呢？他刚才是不是要杀死我？"

"他已经走了。他刚才是要杀死你。谁也不能夺走你，对不对？"

阿苏儿看着自己的母亲，这个时候她显得很憔悴苍白，她待了一会儿，点了一下头。

后来，她家后花园里面的那丛芦苇长得非常茂盛，社区里面有人看上了这芦苇的叶子，要包粽子用，玛格丽特就笑眯眯地给他们采了一些，隔着木头栅栏，把芦苇肥美的叶子递了出去。邻居和过路人一边接过来叶子，一边闻到了什么，皱着眉毛和鼻子问："什么气味？这么臭。"

阿苏儿后来也觉得蔡奇的失踪和母亲有关，也经受了警察的盘问，但是现在她变成了母亲的女儿，再怀疑，她也不想失去母亲。玛格丽特在这年圣诞节前夕，带着阿苏儿回到了法国。后来，新的租住户在翻动草坪的时候，发现了蔡奇的尸骨，但是已经无法找到玛格丽特的踪迹了。就像是一种气味，它消散之后，你还可以再聚拢起来吗？不可能了。

动画片配音演员

我的邻居是一对动画片配音演员，他们现在的年龄已经超过六十岁了，在此之前我并不知道他们是动画片的配音演员。有时候我待在自己静静的书房里，就可以听见隔壁有我特别熟悉的动画片的声音。

这样的声音有时候是美国的经典动画片《米老鼠和唐老鸭》中间的对话，唐老鸭或者米老鼠在狼狈地奔突，有时候就是现在正播放的《银河飞将》中，那些可以由动物飞快地变成机器人的对话。开始我以为隔壁邻居是喜欢动画片并且经常看动画片的人，他们正在观看电视或者光盘上的动画片。但是如果这样的声音有时候一响就是一个上午，中间还有他们对自己的声音的评价，和互相所提的意见，以及重复一些动画片对话，我就明白了，他们是动画片的配音演员。

我们过去一定看过很多国外的译制片和动画片，但是谁见过这些引进的影片背后的配音演员呢？我只是知道有译制片电影厂的存在，但是听说这样的译制片厂几乎都要完蛋了，那么，那些配音演员到哪里去了？

他们住到我的隔壁来了。而且，他们已经退休了，我猜他们现在的配音，是新近接的一些活儿，可能都是退休之后别人找他们来干的事情，因为总有一些轿车停在他们家的楼下，进进出出，但是似乎又不像是来找他们配音的。再说，配音的录制需要很多的设备，在家里只是可以练一练，怎么可以录制配音呢？

这两个配音演员后来我见到他们了。每天的早晨六点钟和晚上六点钟，他们会准时地出来遛狗。因为这是社区规定的遛狗时间，别的时间是不允许住户随便出来遛狗的。

他们一个人牵着一条，这两条狗都是很小的宠物狗，老先生牵着一条斗牛犬，老太太牵着一条吉娃娃。两条小狗彼此之间似乎特别仇视，只要是在外面疯跑，两个狗狗就打得不可开交，它们所到之处，犬吠声响彻周边。

我在超过三十岁之后，仍旧喜欢看动画片，而且会因动画片的很多情节而乐不可支，是不是我永远也长不大了？或者我是一个童心未泯的人，再或者，我只能够从动画片中才可以感受到自己的童真，因为只要是我一出门，就必须要面对外面的成人世界？所以，我知道了隔壁房间住着两个动画片的配音演员，就特别留意他们的生活。

我在这两个配音演员出来遛狗的时候，假装和他们相遇，于是就有了一番对话：

“咱们是邻居，我可以听见你们给动画片配音的声音，你们都是动画片的配音演员吧？”

听到我这么直接的发问，他们一开始就有一些惊慌，还是男士回答了我：“这房子的隔音这么不好？你真的听见我们的声音了？”

我就有一些不好意思："可能是我听错了，那是电视播放的声音吧？"

老太太这个时候笑容可掬地说："对，你听见的就是我们给动画片配音的声音，只是现在那成了我们的业余爱好，因为我们已经退休了，不再给动画片配音了，只是在家里自己给自己找乐子玩儿呢。"

"就是这样的。"老先生赶紧附和，我于是就笑一笑，和他们擦肩而过。

后来经常在社区中碰见，我就知道了他们的情况。他们是浙江宁波人，就是上海一家译制片厂的退休配音演员，因为儿子在北京的一家外企工作，给他们买了这个社区的房子，就把他们接了过来。不过，现在儿子又到美国工作了，家里只有他们两个人。所以他们特别寂寞的时候，就给动画片配音玩儿。

他们还买了一辆电动的自行车，这种电动自行车被他们改造成了后面可以坐一个人，并且有着篷顶的小三轮车。因为附近的超市很小，要买到又好又便宜的菜，需要到两公里以外的一个小镇的农贸市场上去。我就经常看见他们去农贸市场买菜，老先生骑着车子，而后面拉着老太太，等到他们再回来的时候，车子后面除了有老太太，就是他们选的各种蔬菜水果，一副夫妻双双把家还的样子。

我经常和他们聊天，他们都是浙江宁波人，后来去了上海工作，从事动画片的译制已经有好多年了。但是最近一些年译制片厂已经不行了，而他们赶上了退休的年纪，刚好就从厂里退了下来。说到了在北京的生活，他们都是特别的不习惯，最不习惯的除了气候的干燥以外，就是蔬菜的品种特别少，而且质量也不好。

"在上海，那里的菜农早晨五六点钟就起来了，到郊区的蔬菜交易市场去把菜拉到各个蔬菜零售市场。那些蔬菜都是水灵灵的，特别的新鲜，而且很多南方的蔬菜北京是没有的，比如鱼腥草、紫菜薹什么的，即使有质量也不好。我们两个又都喜欢做菜，这里的蔬菜品种太少，总是觉得生活的条件不算好，不如南方的城市生活方便。”

我肯定同意他们的看法，因为我自己也有同感。不过，即使是南方的生活环境再好，我可能也不会到那里去，因为北京是一个干事的地方，即使是这里的条件再差，它仍旧每年要接纳数之不尽的各色人才，他们像是潮水一样涌到了北京。

他们只有一个儿子，儿子是很多年前在北京上学，并且留在了北京工作，后来又到美国留学，毕业以后就在美国硅谷工作，现在已是一家电脑公司的中层主管了。这家公司在北京有业务往来，他也经常回北京，所以就在北京给父母买下了这套房子。一般每季度他都会回北京一趟，这个时候就会听见楼下的两条宠物狗起劲地狂吠一阵，显然它们也特别激动，接着就是我每天都可以听到的动画片的配音声要中断一两天。当这动画片的配音声再次响起来的时候，那就是他们的儿子已经离开了。

在他们兴致特别好的一天，我受他们的邀请，来到他们的家里做客，我给他们带了一瓶干红葡萄酒作为礼物。

在吃饭前的时间里，我通过他们家的陈设，看到了他们生活中的各个侧面以及历史。他们属于那种青梅竹马的夫妻，在宁波郊区的一个江南小镇上长大，后来又一同上小学、中学、大学，在“文革”中又一起被下放到农村，经历了沉痛而又可怕的岁月，在20世纪80年代迎来了他们的黄金岁月，在20世纪90年代急剧变化的社会潮流中渐渐边缘化，成为了退休的老人。

我看到了很多关于动画片的资料，那是他们作为动画片配音演员的财富，最早要追溯到五六十年代。在他们的解说下，我知道了动画片不过是一个品种，此外还有水墨动画片、木偶片、剪纸片、剪影片和折纸片，这些影片的资料、道具和配音在他们的家里都有，可以说给我上了特别生动直接的美术动画片的一课。

而且最有意思的是，在厨房他们一同下厨的时候，给我现场表演了动画片配音。这是动画片《哪吒闹海》的片段，因为他们已经把那些台词都背下来了，所以我在客厅翻阅资料的时候，觉得他们两个人过得真是十分的开心。

我确实地从他们身上感受到了什么是婚姻的和谐，什么是那种相濡以沫的感觉，那是他们一起历经了几十年的风风雨雨之后，磨合出来的一种协调和相依为命。并且，他们共同地沉浸在他们自己的世界里，即使是退休了，仍旧能够一同生活在他们共同的回忆中，生活在他们已经度过的岁月里，而和今天保持着一个退休者的距离。

原来，他们把重温过去的动画片配音，当作了生活的乐趣，这是只有他们自己和他们之间才可以分享的东西，别的人很难闯入进来。

那天的晚饭也特别丰盛，但大都是一些素菜，因为他们都很少吃肉，品种却相当的繁杂，我吃到了特别美妙的南方人的家庭菜肴。

可是就在不久之后，他们的家庭发生了一个突然的变故：他们的儿子，在美国加利福尼亚州的高速公路上出了车祸，当场死亡了。

这对他们老两口来讲，的确是一个晴天霹雳。我是突然就发现，隔壁每天必上演的动画片的声音消失了，代之以死一般的沉默。而且，在他们每天要遛狗的时间，我也没有看见他们，连着几天都是这样。我后来有些担心，给他们挂了一个电话，是老陈接的，他的声音沙哑，他告诉了我这个坏消息。我除了言语上安慰这对失去了独子的老夫妻，还能做什么呢？

他们儿子的骨灰后来从美国带回来了，有一天，早晨跑步的时候，我碰见了他们两个，神情特别肃穆地抱着一个骨灰盒，我觉得那个骨灰盒是那样的小，令人吃惊于能装下一个人的骨灰，可能人的骨灰就是只有这么一点点。

“我们要把孩子一半的骨灰，撒到那边的麦田里去。”他们告诉我。我看着他们走远，在远处，春天的麦田里小麦长得特别的好，一片青葱；而一条发亮的河流，蜿蜒在麦田的旁边。

后来老两口又去了北京西北边的一所大学，在那所大学校园里的一个没有名字的小湖边上的一片有着茂密植物的小丘陵上，撒下了他们儿子的另一半骨灰。那里是儿子的母校，他可能会喜欢在那里长眠，或者消失在植物的根部。

我于是就有好长的时间里听不到他们给动画片配音的声音了，人都是这样，当你已经熟悉了一个事物，可是这个事物有一天却突然从你的生活中消失的时候，你一定是不太适应。比方说我过去租住过北京的几个地方，那几个地方刚好都有铁道经过，我于是渐渐地熟悉了火车经过时的汽笛和车轮与铁轨摩擦的声音，睡得特别的香甜，但是后来搬到了这个安静的社区，我有好长时间都睡不着觉。

我现在就睡不着，我在想，他们老两口失去了唯一的儿子，白发人送黑发人，那是一种什么样的感觉和哀伤？他们可以挺住吗？

过了半个月的时间，我又听到了他们给动画片配音的声音，这次是《三个和尚》和《大闹天宫》，我知道他们现在又缓过来了。

不过，在外面碰见他们的时候，我发现老太太气色很不好，眼圈都是黑色的，显得像是得了一场大病一样。有时候在他们给动画片配音的时候，可以听见老太太的咳嗽的声音，显然她病了，而且病得不轻，因为咳嗽声在欢快童稚的动画片的声音中显得特别刺耳，经常打断他们营造的一个美好欢快的动画世界。

有一天我发现往常经常和丈夫一起出去买菜的老太太，不再和丈夫一起出来了，她的病是不是特别的严重？或者，她就是因为儿子的死而一蹶不振，卧床不起了？

"老太太的身体是不是不好？赶紧送她去医院吧。"我有一天早晨向一个人遛狗的老陈这么说。

"嗨，她就是不愿意去医院，其实她也没有什么特别大的毛病，就是她的嗓子不太好，老是发炎，一出门容易受风寒，所以就不出门了。"老陈和我说话的时候，他的目光好像在躲闪着什么。

我还是可以听到他们给一些动画片配音的声音，在每天特定的时间里，这也是我自己固定的娱乐。只是不久之后，我似乎闻到了一种奇怪的味道，那是一种臭味，类似动物尸体腐烂的臭气。我以为是一直和我较劲的家里的两只特别大的老鼠死了，可是我在屋子里到处都寻找了一遍，还是没有找到老鼠的尸体。后来我发现这种味道是从管道井里过来的，而且就是和隔壁的老两口有关。

连着几天，臭气似乎越来越重，我准备第二天要告诉物业管理公司的。

那天晚上做了一些噩梦,好像我见到了一些尸体,尸体都发出了奇怪的臭气,但我就是逃脱不了臭气的包围。但是当早晨我再醒来的时候，那种味道就消失了，代之出现的是一种水果味道的清洁剂的气味，后来，那种臭气就没有了。

我有一个怀疑，就是那个老太太已经死了。可是，即使是臭气飘散的时候，我仍旧在每天特定的时候，听到隔壁两个人的动画片的配音，他们每天都播放一集，老太太的声音还是存在的，这就很奇妙了。但是，我想起来希区柯克的恐怖电影《精神病患者》中，就有一个和自己死去的妈妈的骨骸一起共眠,并且还会发出母亲的声音的男人。那么,隔壁的配音演员,就是靠声音吃饭的,会不会更是如此？这样恐怖的事情就发生在我的身边？想到了这一点，我真的有些毛骨悚然。

所以，后来我就特别注意他们的行踪，但是我再也没有看到他们老两口一起出行过，就更加坚定了自己的这个想法。

我决定趁他们不注意，偷偷潜入他们的屋子，自己去揭开这个谜底。

但不巧的是，我突然被单位派到了南方出差十天，这个秘密的计划被搁置了。等到我在十天之后又回到了北京,回到了我的社区,就在这天傍晚,隔壁传来了一声特别尖厉和恐怖的号叫。

我一下子就坐了起来，我知道隔壁一定发生了什么，这样的叫声是特别不寻常的。我拉开卧室的窗户，看到一个年轻的女人号叫着从楼道里逃走了，显然，她是从隔壁的配音演员家里逃走的。

接下来，就是保安、社区管理人员以及派出所的警察，纷纷来了，他们带走了老陈和他们家的两条宠物狗，我知道了事情的真相。的确像我猜测的那样，配音演员老陈的老伴郭老太太死了，可是老头儿没有把她的尸体火化，而是自己进行了处理，自己每天仍旧和老伴的尸骨共眠。是傍晚来入户查水表的人，在离开他们屋子的时候，在大房子里一不小心走进了卧室，看到了腐烂之后的尸骨，惊呆了，发出了号叫声之后就逃出了屋子。

我看到老陈被带走的时候，他的表情似乎很坦然，没有什么特别冲动或者变态的反应，他看上去十分正常，或者，因为悲伤过度，其实他早就精神错乱了？

这里面一定有一个奇特的爱情或者变态的爱情故事，或者，他们失去了儿子，老陈又很快失去了自己的老伴，然后精神错乱了？很多人都持这样的看法，的确，公安人员也请了精神病院的大夫对老陈进行了鉴定，鉴定的结果是老陈没有精神病。但是把自己老伴的尸体自行处理，并且和她——它一起共眠，无论如何都是不正常的。

老陈对所有的人所说的话就是："我不愿意和她分开。我那样做就是不愿意和她分开。"他的这个理由不知道成立不成立。

他被各个部门折腾了大半年之后，还在城北的精神病院被观察了几个月，最后仍旧回家了，仍旧在我的隔壁生活。他们的两条宠物狗，也和他一起回来了。

他回来之后，我又开始听到了隔壁房间的定时的动画片配音的声音。而且，我根本就听不出老太太已经去世了，似乎仍旧是他们两个人在一起为动画片配音，可是我知道隔壁只是一个人，只有一个孤独的老陈和他的两条宠物狗。我就经常睡不着，胡乱地想了很多，在猜想老陈到底是一个什么样的人，他和自己的妻子有着什么样的感情，他们又会有什么样的秘密和约定？

可是后来在社区中碰见老陈，和他聊天的时候，我就是发现不了他有什么特别不对劲的地方，他老伴的尸骨在他被带走之后，很快就火化了，骨灰也没有给他，而是放到了公共墓地中。大夫担心老陈是一个恋尸癖，所以不打算给他任何机会。而且我知道社区对他也悄悄地注意着，生怕他又有什么可怕的举动。

“他们不应该带走我的老伴，我只是不愿意和她分开。”老陈这么对我说。

我有些不以为然：“现在你们分开了，这是现实，你不能那样做的。人和人最终都要分开的，即使是再亲密的人。”

“不，我们老两口就是不分开。”老陈向我诡秘地笑了笑，没有再说什么，就匆匆离开了。

我知道老陈后来把两条宠物狗卖了，他是彻底的一个人生活了。但是我碰见他的时候，看到他仍旧很平常，没有什么特别不对劲的地方，只是他当初诡秘的笑，使我心生疑窦。可是我照样可以听到他给动画片配音的声音，而且是两个人似的，我猜他说的和老伴不分开，是不是指的配音这个事情？他当然可以发出模仿老伴配音的声音了，而那声音我也很熟悉。

一年之后，有几天我一直没有听到隔壁的动画片的声音，我觉得出事了，就立即给物业管理打电话，叫他们赶紧到老陈的屋子看一看。他们从阳台上进去，发现老陈已经死了，就死在客厅的地板上，他的怀里还抱着一个塑料女模特，模特的脸是他用老伴的照片做成的。他们确实是一直没有分开。

我女儿的故事

我女儿今年十一岁，最近交了一个男朋友，就在离社区不远的一所私立学校上学，上初中一年级。

这事儿是真的，因为我女儿一向把我看成是她最好的朋友，她就把这件事儿告诉我了。

她说那小子和她同班，但要比她大两岁，她说爸爸你不是比我妈也大两岁吗？“我觉得他特别可爱，就是说，”她眨巴着眼睛，“他特别坏，坏得很有魅力，所以我就特别喜欢他。爸爸你不是老说你小时候也是一个坏小子吗？”

我可能没有意识到我女儿有点恋父情结。我和我老婆离婚好几年了，因为女儿愿意跟我，所以我把她送到社区附近的那所寄宿制私立学校了。但那所学校是一个奇特的地方，什么人都有，我是说这些孩子的父母亲都是一些有点钱的人，但是他们挣钱的方法都是不一样的。

比如我女儿的男朋友，那个满脸雀斑的家伙，他的父亲就是一个卖烧鹅的广东人，为此我女儿还征求我的意见：“他爸是个卖烧鹅的，你说这样的家庭背景行不行？”

其实是不是知识分子还真是无所谓，于是我宽宏大量地说：“他爸是个卖烧鹅的，并不意味着他儿子将来也卖烧鹅呀。”

我这么一说，女儿像吃了定心丸。我一向很溺爱她，如果你是一个离了婚的男人，凑巧你还有一个如花似玉、纯美天真的女儿，那你没法不溺爱她，即使她那么小就交了男朋友也仍然溺爱她。

这事听上去有点儿荒唐，对不对?

但这是现在这个社会的风气，连我也没办法。我听说现在幼儿园都有娃娃恋了，更别说我女儿了，她可是中学生。那所私立学校男女生之间的关系比一般学校的要宽松，其实我知道，女儿所说的男朋友无非就是她对那小子比较有好感罢了，重要的在于引导，那么小一个小公鸡，又能真正成什么事儿?

但我还是禁不住想会会那小子，还有我那个未来的亲家、那个卖烧鹅的广东人。我一般每星期去学校接女儿回家待两天，然后在星期天的傍晚再把她送回到学校去。

“我男朋友真的特别调皮，特别坏。爸爸，他干的那些坏事就像我妈告诉我你小时候干的一样，所以我特别欣赏他。”女儿乐滋滋地对我说，“他还把校长和教导主任都捉弄了。”

我假装十分不满：“你妈就没说过我好话！我小时候不是和她一起长大的，我认识她的时候都二十多岁了。她小时候才是一个野丫头呢。她那时候的外号叫‘小钢炮’。”

“爸，你们离婚是谁把谁甩了？”女儿仰着脸问我。

“谁也没甩谁，你妈那人太闹，而我又喜欢清静，所以我们就分开了。我还是哪天去学校接你时，顺便看一眼你男朋友他爸，我那亲家吧。”我岔开话题。

女儿很高兴，到了周五我去她的学校接她，在校园停车场里已经停了不少来接孩子的汽车了，那些车不乏奔驰、宝马，而车的主人，都像是仆人一样站在汽车旁等孩子们从里面的小门里出来。看着我身边一辆辆车边站着的男女家长，连我都恨不得减少三十岁，再变成小皇帝、小公主重入学校呢。我一眼就看见一个穿着一身白、头戴一顶白礼帽的家伙，站在和我隔一辆车的地方，是个很特殊的家伙。我琢磨我的亲家别是这个家伙，因为我最讨厌穿白色衣服的人了。

我再一眼看见女儿和一大群孩子出来了，而和她手拉手奔跑过来的正是一个坏小子：满脸雀斑，歪戴着一顶印有通用汽车公司标志的棒球帽，一脸不在乎的样子，而且他好像很不情愿我女儿拉着他的手，看到这种情景我还挺恼火的。但是，最要命的是那小子和他爸爸打招呼时，我发现我的亲家就是那个穿一身白的。

“爸爸！”女儿扑了过来，而那小子的父亲则迎向了儿子，仿佛奴仆迎向了皇帝，女儿很快拉着我和她的“未来的公公”见面了。

这个卖烧鹅的从上到下真的是一身白：白礼帽白西装白领带白裤白袜白皮鞋，连他开的那辆车也是白色的桑塔纳 2000。他和我握了握手，我们有一搭没一搭地聊了几句：

“你女儿长得可真漂亮，”他看我的眼神仿佛我不是我女儿的亲爹，“她学习成绩怎么样？”

“好得很，”我骄傲地说，“你儿子呢？”

他立刻像泄了气的皮球，或者像是一只被褪了毛的白鹅：“我儿子好像在全班倒数第一，这很叫我伤脑筋。”

我宽宏大量地说：“让我女儿帮你儿子吧，她不是他女朋友吗？”说完我笑着和女儿上了车。在车里我发现我亲家的两条腿是弯的，在笔直的裤腿里迈动。那样子简直太滑稽了。女儿说：“爸，你觉得他们怎么样？”

“你男朋友真是一个坏小子，而他爸爸穿一身白色衣服我实在不敢恭维，太滑稽、太可笑了！”我大笑着开动汽车驶离了停车场。

不光我女儿交了一个男朋友，我最近也交了一个女朋友。我认识她那天是在首都图书馆里，我有些百无聊赖地查阅历史上有关食人族的记载，结果一抬头就看见了她。

这是一种百分之一百的感觉，她就站在那里，她属于我喜欢的那种偏瘦型身材，一头乌黑漂亮的头发，而且还有一种好姑娘的骄傲劲儿。后来她就站在那里翻书，我就一直盯着她瞧个不停，把食人族早扔到了一边。后来她就从书架后消失了。

这一晚我没有睡好，我像所有惦记心上人的男人一样想着她，于是我第二天又去图书馆了，这回我连书都不翻了，发现她之后我就开始盯着她一动不动。

后来她大概发现我在一直盯着她，就从那一边向我走过来，一直走到我跟前，然后生气地紧紧盯着我的眼睛，一个字一个字地对我说：“要是你再盯着我，那我就这样站到你跟前让你一直盯个够！”于是我一笑，我们就这么开始了。

其实我说的这个和她认识的过程是假的，因为这是好多年前克林顿和希拉里在大学认识的情况，克林顿就是那么在图书馆里盯着希拉里看的。为了让我和女朋友之间的相识显得浪漫一些，我才这么编造，实际上我和她认识再普通不过了。那天我在一家商场门口等人，一个朋友说要给我介绍一个女朋友，是个刚大学毕业的女生，我左等右等没见人来，忽然看见旁边有个女的也在等人，看样子也挺着急的，我就主动和她说话了，而且还邀请她去吃热狗。我们就这么认识了。

她叫杨琳，是一个自由职业者，最近在央视二台上主持一个烹饪的节目，每周露面两次，每一次都烧一个看上去令人馋涎欲滴的菜。我是在认识她之后才开始看她主持的那个节目，在节目中她动作麻利，手脚灵活，不一会儿就烧好了一个菜，的确叫我产生了对美好生活的联想。我们进展得很迅速，她离过婚，我也一样，所以我们没费多少时间就把那事做了。

当然在做那事之前，她给我做了一顿红烧肉，我要说这一天我吃到了两种红烧肉你都不会相信，因为杨琳绝对让我意乱情迷，欲仙欲死了。

但那天我忘记了一件事，就是这一天我应该去接我女儿回来，由于和杨琳的约会，我记成第二天了。结果女儿搭那个卖烧鹅的广东人——她“未来的公公”的车自己回来了。她有钥匙，当她打开门时我突然想起这事儿来了，但已经晚了，于是她睁大眼睛看到了我们狼狈的一幕：杨琳衣冠不整，而我光着上身，的确十分尴尬。杨琳整理好衣服，她也没有料到会这样和我女儿见面，她有点儿手足无措。

“叫阿姨，杨琳阿姨。”我假装若无其事地说。

“阿姨，你好。”女儿的眼神流露出一种捉奸捉双的表情。这个狡猾的小东西。

三个人心照不宣地寒暄了几句，杨琳借故溜走了。那天女儿一下午都没理我。

“爸，你们刚才干什么呢？”晚饭时女儿吃着我给她煮的通心面，沉默了好久问我。

我往通心面里使劲放肉酱：“没干什么，我总得有女朋友吧。你都有男朋友了，对不对？”我心虚地说。

女儿突然杏眼圆睁：“那我们什么也没干啊，我也就穿着泳衣和他在游泳池里游过泳，此外我们也就拉拉手而已。他想亲我我都没让他亲。而你们，把衣服都脱了耍流氓。”

问题严重了，我假装板着脸：“大人就可以双方自愿地一起耍流氓，你们小孩子就不行。你知道吗？”

女儿很害怕我口气严厉地和她说话，她忽然又乖巧地楚楚可怜地问我：“爸，我是属于你的吗？”

听她这么一说，我鼻子一酸，毕竟我是又当娘又当爹，甘苦自知：“那当然，你当然属于我。”

“那你也是属于我的对不对？”女儿动情地问。

“当然，我还会属于谁，乖女儿？”

“这就是了，因此，我不许你属于别人，你不许再和那个叫杨琳的女人来往。不许和她来往。”女儿算是兜了底了。

“可这不矛盾嘛。”我打着圆场，企图挽回局面。

她扑了过来：“你是属于我的。要不然我就和那坏小子离家出走！”她十分认真、凶狠地看着我。

“好、好。”我突然觉得女儿对我也有一种强烈的占有欲。她妒忌我有女朋友了。但是我会嫉妒她有男朋友吗？

实际上我是嫉妒的，我和杨琳的关系被迫转入了地下，而刚好女儿又放暑假了，因此我得天天陪着她。可我想着杨琳，而她也想我，女儿却成了绊脚石。但是我又想女儿不喜欢的人我也不能娶为妻子啊？所以我很苦恼。一天那个坏小子所在的球队要和邻校比赛，女儿就拉我去看了。

在学校体育场的看台上，还坐了不少助威的家长。那个穿一身白的卖烧鹅的“亲家”也在，我不愿意见到他都没办法，谁让我们的孩子同校呢。那个满脸雀斑的坏小子是前锋，球踢得还真不错，每当他带球向前冲的时候，我女儿就在我旁边站起来又蹦又跳地喊加油，让我内心顿时生出一种嫉妒。

我琢磨女大不由爹，这女儿养大了终将是泼出去的水，那个坏小子已进了球，神气活现地向大家招手，而终场哨也响了。我女儿小兔子一样跑到场里，我看见她给坏小子擦汗，还啃了他一口。心如刀绞，是的，我心如刀绞。

我觉得我要处理好三组关系：我和杨琳、我和女儿以及杨琳和我女儿。现在，这三种关系有点儿隔阂了。因为女儿，我一个多月没见杨琳了。看得出这对她有不好的影响，因为她在电视上露面时劲头明显不足了，有一个菜似乎烧煳了；而我和我女儿，情况要更复杂，我有杨琳，她有坏小子，但从内心深处讲，我们又彼此占有，又在排斥着杨琳和坏小子。至于杨琳和我女儿，她们似乎天生就是敌人。因为女人和女人天生就是敌人，生活在这三组关系之中真有点儿手忙脚乱的。

但是我决定首先维护和女儿的关系，我觉得我和女儿的关系是我们所有关系的核心，我不能失去她。何况她正处于接近或者说已经处于危险的青春期，我必须陪她渡过这个可怕的人生险滩，我当年就差一点儿没有渡过那片险滩，成了真正的废人。我尤其注意观察女儿和那个坏小子的关系的发展。那所私立学校的风气并不好，由于家长都有点儿钱，所以孩子们互相攀比的情况特别严重，一到逢年过节就彼此送很贵重的礼物，还送钱。因此这两年我女儿逢年过节过生日，收受的礼品、礼盒已装满了一个柜子，我开玩笑："女儿，你看昨天电视上公审的那个江西贪官，收受的贿赂还没你多呢。要是你当了官，早抓起来了。"

"可我又没办法，大家都互相送，尤其那些男生都爱给我送，我怎么办？"她还振振有词了。

这就是你有一个漂亮女儿的麻烦！

女儿不许我和杨琳来往，又有几个星期没看见她，有一天她给我打来了电话：

"我看我们还是算了吧。"

"为什么？"

"因为你有一个宝贝女儿。"

"可她会长大，嫁别人，就像泼出去的水。"

“那你也得给她找个她喜欢的妈呀，她不喜欢我。”

“不，她喜欢你，她只是嫉妒我们俩亲热过了，她这是嫉妒和占有。”

“但你还不是听她的？”

“我听她什么了？”

“把我先搁在一边。”

“没有，”我撒谎，“我只是近来工作太忙了。”

“我不想再和你联系了。”她口气坚决地说。

“那我们至少保持性伙伴的关系吧，”我突然想要捞到一根救命稻草，“我们每周幽会一次行不行？”

“你这是做梦。”她冷酷地挂断了电话。

如果你碰到了一个百分之一百的女孩，但你旋即又失去了她，这种痛苦和锥心就别提了。失去了杨琳之后，我就陷入了十分可怕的境地。那完全是一种幻灭感。假如你离过婚，你就会有这种深深的失意，这是一种比沮丧、颓废、无聊、沉闷加起来还要沉重的东西。我的一个朋友在他和妻子离婚八年之后，突然上吊自杀了，而他可能长期陷身于这种情绪。这是一种十分灰暗的、对什么都不感兴趣的状态。这种状态是可怕的，加上我又再次失去了对杨琳的那份感觉，我陷入了一种前所未有的黑暗情绪。

但要命的是我的这种情绪，还不能在女儿面前表露出来。因为我太爱她了，而我又是她全部的支撑，我得强颜欢笑才行。所以我平时忙于写作，时时愁云密布，周五去接女儿回家则装作一片阳光灿烂。

“爸，我觉得你笑得有点儿假，你假笑什么？”女儿冷不丁地在车里问我。

“我假笑了吗？我高兴着呢。”

“你皮笑肉不笑，实际上你的脸有一半是僵硬的。”

果然，我一半的脸已经彻底僵硬了，原来我得了面瘫，一半脸可以动，另一半一动不动了，所以我的笑看上去像假笑。

接下来的一个星期我总是去扎针，我觉得我体内好多东西都在崩溃。生活中毁灭你的力量比滋养你的力量要大得多，我想我连我都失去了的话，我还会有我女儿吗？

我把面瘫治好以后仍旧很不快活，我女儿经常偏着脑袋观察我，就像我也经常琢磨她。

“爸，你其实很不开心，你最近烦透了。咱们家的金鱼死了好几条，你都不捞出来。”

“你观察能力还挺强的，能当个作家。”我恭维她。

“是不是我不让你和杨阿姨来往，你其实心里特别不情愿？”

“没有的事儿，她那个人脾气不好，不适合做老婆。”

“可你都和她要流氓了，我看出来你仍想着她。”

“没有，”我嘴硬地说，“你这人有完没完？哎，你和那个雀斑小子怎么样了？”

她忽然一脸愁云："关系不太好。我发现他有点花心。"

我乐了："他怎么个花法？"

"他踢球踢赢了，还有别的女孩给他擦汗，还亲他。"

"这么个花心东西，还要他干什么？"我怒吼道，因为谁都不能欺负和忽视了我的女儿，"女儿，要不要叫人打他一顿？"

"别别，那样会更糟。"

"那我找他谈谈心，叫他离其他小骚人远一点儿？"

女儿沉吟了一会儿："算了吧。他再那样，我就甩了他。我妈不就是这么甩了你吗？"

女儿的话说到了我的痛处。在这方面我的确也有对不起前妻的地方，因为我在参加一个剧组时和一个女演员发生了点儿什么，被我前妻借机蹬了我。在剧组中你没法不和异性干点儿什么，你想想，几十个男女在一个穷山沟里封闭拍戏好几个月，不逢场作戏行吗？更何况演艺人士天生是感情的动物，那我犯点错误也就是难免的了。为此事后我都不原谅我自己，当然老婆也更不能原谅我。我女儿同情我，因为我后来苦口婆心地给她讲了男人是有弱点的，她倒原谅我了，但为此把我看得比我老婆还严。但女儿就是只许州官放火，不许百姓点灯，长此以往，行吗？

我偷偷地给杨琳打了一个电话，但她一听见是我的声音就给挂了，她不能原谅我的软弱，更不能原谅我想请求她只做我的性伙伴的卑劣请求，因为好女孩说到底都是要嫁人，要有个老公的，我的情绪因此一蹶不振了。女儿继续察觉到这一点。有一天她又对我说："爸，你现在越来越颓废了。"

“你也懂颓废这个词？”

“我当然懂。要不，我给你介绍个女朋友？”她看着我，“我们语文老师人就特别好。”

我觉得这又是一个陷阱：“我除了和你生活在一起，别的女的就算了。”

“可我长大了终究要嫁出去的啊。”女儿忧心忡忡地说，“你到时候和我们一起过也行。”

我一想到我老态龙钟地和女儿及那个坏小子一家三口——没小孩倒有个老人一起生活就觉得太荒谬了。“那怎么行，那不行。我还是去敬老院吧。”说完这话我忽然感到十分悲凉。

女儿盯着我：“你还是喜欢杨琳阿姨，对不对？”

我愣了一下，又凄楚地一笑：“人家八成又有男朋友了。你和那坏小子现在怎么样了？”

“我正在考验他。我和我的好朋友正在用美人计考验他。”女儿颇有心计地说。

“了不起，真厉害。”我由衷地赞叹女儿。

又过了一个星期，杨琳突然又给我打了电话。她说她要给我做一顿红烧肉，而且在我惊魂未定还没有摸清情况时她就已上门了，并且一进门就麻利地在厨房里忙上了。那天我又吃上了两种红烧肉。杨琳再一次让我意乱情迷，欲仙欲死了。

在整理衣服时，杨琳对我说：“你知道吧？是你女儿让我来的。她找到了我，对我说：‘我发现我爸和你分手以后他特别痛苦，但他又充好汉，把这种痛苦深深地埋在心里不说出来。实际上他特别想你也特别需要你，所以求你为了我爸而和他在一起吧，因为没有你他会特别不快乐。而我，也会接受你的，因为我近来反复想过，我觉得我爸也应该有他自己的生活。’你看，你女儿多懂事啊，她什么时候这么懂事了？”

我无言以对，心想我女儿是怎么这么懂事了呢？

那个周末我们过得很愉快，这当然不仅仅由于杨琳的烹饪手艺，而在于我们的三种关系都理顺了。高兴之余，我问我的女儿：“你和那个坏小子关系怎么样了？”

“我把他甩了。因为他中了我和朋友的美人计，太花心了，我就把他甩了。”女儿得意地说。

我的心里放松了，至少我可以真的不必有一个穿一身白的广东佬亲家了，而且他还是个卖烧鹅的。

“我现在喜欢上了我座位后面的一个老实疙瘩，他人长得一般，可特别会关心人，了解我的需要，默默地对我特别好。我觉得还是老实疙瘩要可靠一些。”

我和杨琳大笑了起来，我女儿真的成熟多了。

别墅推销员

沈方从皇家大饭店出来时看到了不远处的三环立交桥边的一幢新落成的巨型大厦，这栋大厦由幽蓝色的玻璃幕墙构成，像一件从天而降的不明飞行物一样，反射着神秘、华贵而又冷漠的光芒。但是沈方多少感到好笑的是这栋大厦仍旧戴着一顶绿色的帽子，像很多这座城市中的建筑一样，这种新与旧的不搭配只会叫人发笑。干吗非要戴上一顶绿色的帽子？沈方轻轻地吹着口哨想。因为作为希格推介有限公司的别墅推销员，他刚刚在皇家大饭店又成功地向一位美国华侨推销出去一套别墅，这使他心情愉快。他没有意识到他哼的是一首叫作《大顶子山高又高》的曲子，他打算回家去，因为他已经在一个月中推销掉了十套别墅，这样他可以在下个星期去买一套真正属于自己的房子了，还有比这更能叫人快乐的事情吗？

这时候是下午时光，阳光中透露出一种慵懒的气息叫他打了个哈欠。他朝一辆夏利出租车招了一下手，那辆车立即朝他开了过来。他打算先不回家，而是到凯宾斯基饭店的 Paulaner 啤酒坊喝黑啤酒。因为这家啤酒屋无论从设备到原料到家具，以及墙上的那些装饰画都充满了德国气息与情调。而且关键的是那些在啤酒坊内走动的侍女，也都穿着德国裙子，在你喝酒的时候还有两名德国乐手拉着手风琴和提琴，随便地在客人的桌前演奏。整个啤酒坊为那种金黄色的古典而又辉煌华贵的灯光所笼罩，那种纯粹的欧洲气派简直叫你瞠目结舌，他想。下了车，他走进了 Paulaner 啤酒坊，来到了吧台边的高脚椅上坐下来，那几个耀眼的红铜发酵罐他都能看见。下午这里的人并不多，一切都显得那么安静，当那个扎着蝴蝶结的男“打扎者”微笑着问他喝什么啤酒时，他忽然改变了主意，“来一杯‘浑扎’吧。”他说。

侍者去倒酒了。“浑扎”是那种全酵母型未经完全过滤的浑浊鲜啤酒，在这样的下午时光喝“浑扎”更能提神，他想。他看见有几个穿花格衬衣的欧洲人进来，此外偌大的啤酒坊就再无他人。啤酒坊的墙壁上，挂了很多幅带画框的画，每一幅画和另一幅画之间又挂着一把把吉他。由于隔得太远，他看不清那些画的内容，虽然他很想看清它们。侍者将啤酒端了上来，他呷了一口，那种生动的滋味叫他的大肠都在起舞，沈方非常快活。“这就是我想过的生活”，他想，现在我终于可以过上我想过的生活了。我应该算作一个城市白领了吧？他欣赏着头顶那缓缓降落的灯光想。

当沈方二十五岁结婚的时候，他可没有想到有一天他会当上一个别墅推销员。那时候他在北京一家建材公司工作，刚刚从大学里出来才两年，因此手中没有多少钱。可他倒挺交桃花运，娶了一位人见人爱的老婆。那还是在一次他出差去天津的时候，在火车站他发现了她，她站在那里的样子简直叫他发晕，她像一株小白杨一样亭亭玉立，这促使他朝她走了过去。“请问您，小姐，现在几点了？我想对个表。”他有些拙劣地和她套瓷。她告诉了他时间，态度温和而礼貌，但也有一丝怀疑和拒斥，她那自我保护的目光叫他一阵发窘，他道了一声谢就逃了开去。但他仍旧在远处偷偷眯起眼来欣赏着她，她那苗条的身躯在阳光下像一条美丽的鱼一样叫他头晕目眩。

当他坐在火车的座位上时，一下子愣住了，因为坐在他对面的正是那株耀眼的小白杨。“嗨，你好，你也去天津？”她灿烂地笑着先和他打了个招呼。一阵狂喜涌上了他的心头。

半年以后，这个叫张梅的美丽的北京复兴医院的女护士就嫁给了他。“你真的很会花言巧语，把我给骗到手了。”他和她做爱时她经常这么幽怨而又嗔爱地对他说。我很会花言巧语吗？我是一个靠欺骗过活的穷光蛋？这一刻沈方总是立刻又惶恐起来。

现在，他不停地喝着浑扎，这时有一个像是德国男子的人坐在了离他不远的高脚椅上。他坐下时看见沈方在端详着他，就冲他耸了耸肩，给了他一个德国式的微笑。沈方觉得一个人坐着寂寞，就端起酒杯朝他走了过去。

“您是一位德国先生吧？”

“是的，您好。下午好。”

“我叫沈方，认识你很高兴。”沈方在他的身边坐了下来。“我叫施密特。”那个黄胡子德国人优雅地冲他摊了摊手。他们很快就聊了起来。沈方知道了他是一家德国公司驻北京的高级经理，家住在德国的法兰克福。“你喝的浑扎，就是我们德国南部的特产。”施密特指着他的酒杯说。

“想家乡吗？”沈方问他，“这里德国气息那么浓烈。”

“想，非常。”施密特说。他脸上现出了浓重的德国人才有的忧郁。

家在哪里？沈方忽然又想起了老婆张梅和他们已经四岁的孩子沈青。

在他于五年前娶了张梅之后，他的生活发生了很大变化，生活以其平庸的一面打击和折磨着他。这时候他才发现自己几乎是一无所有，而且关键在于自己是个穷光蛋。一个月几百元人民币在北京高级的购物中心恐怕只能买得起一粒纽扣。而且，他美丽漂亮的老婆，他的小白杨张梅也是时时刻刻给他压力，这种压力像呼吸不到氧气的鱼一样叫他难受。我得有钱！我得有钱！在这个财富重新分配的时代里，我必须挣到属于我自己的那一份！在一次张梅和他的剧烈吵架之后，他咬牙切齿地想。张梅多年以前的美丽的影子像水漂一样已经渐渐远去了。

“你就是物质的化身。”他鼓起了勇气对张梅说，“我现在很自卑，你为什么不帮帮我？”他几乎要哭了。

“我怎么帮你？我都嫁给了你，我把什么都给了你还没有帮你吗？你真的很无能。和你在一起，我连一条澳大利亚纯羊毛围巾都不敢买，你还像个男人吗？”张梅像一只发怒的母豹一样冲他吼道。看着她那张由于生气而几乎扭曲了的脸，他忽然从内心中涌起了一股想强奸她的愿望，就像以往有些夜晚那样。但今天他在精神上已经阳痿了，他像一只兔子一样逃了出去，然后在四个月以前，他辞去了工作，在希格推介有限公司当上了别墅推销员。当他和一大堆二十出头的雄心勃勃的年轻大学生一起站在总经理面前听训话时，他觉得自己真像一匹老马。可我必须坚持和年轻的马驹们赛一回，他愤怒地想，咱们来赛上一回！

希格推介有限公司是一家专门推介北京拥有乡村高尔夫俱乐部和四种款式、九十九幢别墅的中介公司，公司的办公室在京广中心大厦的十九层，希格推介公司的王总经理比沈方都小一岁，这使得沈方在内心之中羡慕不已。“老兄，要是你能推销掉十栋别墅，你就可以在郊区城市花园为自己买一套房子了，一套属于你自己的房子。手续我都可以替你去办。努力吧老兄，这是一个努力提高自己的生活质量和阶层的时代。”总经理说，“我们都应奋力前行。”

现在，喝完了自己那一杯“浑扎”，他感到有些醉意。施密特已经喝光了第二扎，他们聊得非常快活。他们聊完了中国古代房中术的非科学性，沈方把领带扯松，“施密特老兄，我得，我得回家告诉我太太，因为我可以买自己的房子，房子了。再见老兄。”他摇摇晃晃地站起来。大厅里已经来了很多人，那两个德国乐手已经开始唱歌了。施密特和他握了握手，大声地说：“沈，祝你好运！”

“也，也祝你好运。”沈方打了个酒嗝，绕开一个端着四扎啤酒的侍女，向门口走去。他感到自己浑身发热，这时候他有一种迫切的愿望想见到太太张梅，告诉她他们可以拥有一套自己的房子了。真正属于自己的房子了，这就是我今年三十岁所得到的报偿，他想，我不比其他的任何一个人差，我也会有个好家了。我有了自己的房子了！他真想大吼上一声，但他怕自己会被认为是疯子，就什么也没说出口。他突然又感到有些遗憾，难道房子就是我生活的目的？我为什么如此高兴？

来到了三环路的大街上，四周立即开阔了起来。不远处的昆仑饭店像个巨型碉堡一样横在眼前，他感到快活极了，去昆仑购物中心为太太买了一束满天星。这一束小花花去了他不少钱，但他仍旧感到高兴。因为张梅喜欢这种花。他像捏着个宝贝儿似的拿着那束花，在街边忽然有一个女人妖冶地冲他笑了笑：“那花是送给我的吗？”沈方直盯着她看，她快步贴近了他，“带我随便去哪个地方玩玩吧，我很寂寞。”

“不，不行。”沈方诡秘地说，“不行。”

“为什么？”那个女郎噘着殷红的嘴唇问他。“因为，因为你的乳房太小啦，我喜欢大乳房姑娘。”他哈哈笑了起来，快步地躲开了。他好像听见她在骂他，但他不想再去理会，他吃惊现在这些女人怎么这么胆大，在下午都能在大街上找人搭讪？他想起了在燕莎购物中心门口目光闪闪烁烁的漂亮女人们，她们都在寻找什么？有钱的男人吗？这时他想起了一个朋友不久以前才从南方回来对他说的话：“你猜南方有些妓女往阴道里填些什么？她们把浴液填进去，让你嫖她时以为她高潮迭起分泌物非常多呢。这可简直是在奸尸一样。你说这些女人都怎么了？这个时代怎么了？我再也不去和妓女干那事儿了。”

这个时代怎么了？他想，但这不关我的事，问题是我将有一套自己的房子了。那些女人往自己的下体里填再多的浴液与我有什么相干？他感到恶心极了。节制是必要的，他想，家庭更为必要。这时他忽然庆幸自己有一个不错的妻子，因为五年来她从来没有想过要离开他，即使她如何与他吵架，她也没有说要离开他的话，在这一点上他对她是充满信任的，因为他们还有一个共同的孩子，他们是在生活着。还有比过平实的生活在今天更叫人称道和感到满意的吗？在今天他终于解决了自己生命中的一件大事，拥有了自己的房子，他现在有一种迫切的心情想赶快把这个消息告诉妻子。她会有什么样的表情？

他忽然想起来在上个月，他向一位在俄罗斯发了大财的华人推销别墅的场景。那是在亚运村的五洲大酒店的大堂酒吧里，他们要了一壶红茶，当时出于礼貌的考虑，他也带上了太太张梅。因为他觉得这样会给那个要购买别墅的人一种信任感——他并不完全是一个生意人，而是一个热爱家庭生活的男人。

“那么让我们先看看你的房子吧。你有几种样式？”那个穿背带裤的青年人优雅地说。他的脸刮得非常干净，身上香水味儿不浓不淡，脸像古罗马人一样显得非常刚毅和充满生气。就是这样的男人，也许才敢和俄罗斯黑手党做生意，他想。沈方在此之前听说这个人和俄罗斯黑手党交往密切，曾向拉丁美洲的小国卖过军火。但这不关我的事，问题是我只是一个别墅推销员，他想。“我们一共有四种款型、九十九栋别墅，其中有一小部分是伊甸园高尔夫俱乐部的会员别墅，因而显得更为高级，我今天向你推介的就是这种会员别墅。会员别墅区为全封闭，高保安社区环境，二十四小时警卫，提供四星级宾馆家居服务，一般每幢别墅的建筑面积是三百三十平方米左右。”沈方看了张梅一眼，张梅立即给他们打开了一个文件夹，“这是每种别墅每一层的详细资料。”

那个叫罗朗的别墅潜在购买者仔细地看着材料，看得出他想拥有一套。沈方非常熟悉有钱人的目光，那是一种一旦想拥有某种东西就会立即闪闪发亮的目光。这可太好了，他想，“我们推介的别墅区提供四星级的宾馆家居服务，因此内部装修全都按四星级宾馆标准设计施工，并由社区会馆提供购物、邮局、商务中心、风味餐饮、酒吧等综合服务，经政府批准特别会员享有别墅的永久产权。我们的高尔夫球场占地一百七十公顷，有三十六条打道，离乡村赛马场和亚细亚水上运动中心都很近。而且，您也清楚，罗先生，这实际上是一种投资，我们的高尔夫球证可以自由转让、赠予、继承，兼具股票和房地产两重投资属性，而且，这种附带别墅的特别会员证一共只有二十张。在三年内绝对升值。”

罗朗合上了文件夹，他沉吟了一会儿，把目光放在了张梅的脸上。“你的太太很漂亮，沈先生。你们结婚很久了吗？”他放下手中的欧罗巴牌大雪茄。

“五年，罗先生。”张梅非常得体地微笑着对罗朗说。

“你们真是珠联璧合。好吧，我打算买上一幢你说的这种会员别墅。有没有大一点儿的别墅呢？”

“有一幢。建筑面积六百六十平方米，共分三层，附带很大的英式游泳池、单独车位和私家花园，这是唯一的一幢。罗先生，这是全部的材料。”沈方又递给了他一份材料，罗朗只是大致翻了翻图片，就说：“好吧，我就要这一幢，明天我就想去看看房子，可以吗？”

“当然可以。我很欣赏你的果断。”沈方说。

“那么，我想请你们一起去吃一顿饭，去顺峰餐厅怎么样？那里的螃蟹不错。因为你们是一对迷人的夫妇。你真的非常漂亮，沈太太。”罗朗又对张梅说。

“谢谢，只是晚上我们还有些私事，只好改天了。罗先生，改天可以吗？”张梅忽然婉拒了他的邀请，连沈方都感到了意外。

罗朗看了他们一下：“好吧，改天吧。不过，请稍等一下。”他站起身，向客房前台走去。大约十分钟后，他回来了，手中拿着整整的一大把玫瑰花，一共三十三朵玫瑰。“送给沈太太，因为她非常美丽，正因为你有这样的一位太太，我才决定买下你所推销的这种别墅。我信任你。”罗朗把花递给了张梅，张梅俏丽的脸上现出了惊讶和亮丽的表情。“谢谢你，罗先生。”沈方说。他也感到非常的高兴，这不仅仅是因为他推销出去了一幢最大的别墅，还因为他有一位令富豪们称道的太太。他当真是心花怒放了。谁还比我拥有的更多？

他们一起朝外面走去，立刻有两辆凯迪拉克 EL-DORADO 型汽车驶上了停车坪，罗朗钻进了前面的一辆：“再见，沈先生和沈太太。明天我们就去签字。”两辆闪着夜晚灿烂的光芒的汽车无声地滑入了黑夜，尾灯拖曳成了长长的红线，不见了。

在回家的路上，张梅问他：“他买这种最大的带高尔夫球证的别墅得花多少钱？”

“大约六十八万美元吧。”

“他真有钱。只是我不喜欢这玫瑰花，我只喜欢满天星，我讨厌玫瑰花，而且我也不喜欢他看我的眼神。那种眼神像鲇鱼一样叫人讨厌。你不这样觉得吗？他还说我漂亮。哼，你能猜出来他玩过多少女人吗？他一定是一个色鬼。我敢肯定。”

“可他说过我们是一对迷人的夫妇。我一点儿也不讨厌他。”沈方眯起眼睛看着远方说。他们俩坐在出租车的后座上，张梅手中那由三十三朵玫瑰构成的花束像三十三个女人妖冶的嘴唇一样在轻轻颤动。

想到这儿，沈方觉得非常开心，坐在回家的出租车上，他忽然决定下去走走，因为这里离他们临时的家已经不远了。他叫司机停下来，付了车费，就一个人沿着大道向前走。他在建材公司待了四年多，公司也没分给他一套房子。自从他辞职后到希格公司当上别墅推销员，公司在这一片城郊的别墅区的东面，为他暂时借了一套一室一厅，他和张梅，还有他们的女儿沈青，一家三口就生活在那里。

他打算步行走回家去，他走在别墅区的小路上，仍旧哼着那首歌，那首《大顶子山高又高》。这时候风打在他的脸上，他觉得非常温和。他可以看清楚道路两边的别墅，它们一幢又一幢，彼此相连着悄无声息地连绵着向前方铺展而去。这里住的一定都是富人，他想，但奇怪的是为什么四周那么安静？为什么没有一个人？也许有一天我也会拥有这么一幢别墅的，但现在不行。他看着那些仿佛一座座死寂的陵墓一样的别墅，心绪复杂。他非常熟悉这些别墅，它们一定都有独立的小型空调，每栋都有两部IDD电话，每个房间都设有电话出线口，集中供暖，常年二十四小时提供热水，所有的给水设施是内藏式，用不锈钢或铜管构成，那些私家花园四边都加有围栅，有铺设好的草地，共用卫星接收天线，房间地面全部由高级木质地板铺成，在卫生间还预留了桑拿浴室空间。这就是每一栋别墅的构成，他想，这就是豪华生活的部件构成。

这时他忽然萌生了一个想法：他打算走进每一栋别墅的院子看一看。这些别墅刚刚竣工，但却没有一个人。他感到奇怪，他走了进去，看见前面那巨大的露天游泳池碧波轻轻荡漾。他一边朝游泳池走去，一边脱着自己的衣服。他把那一束满天星花叼在嘴上，他把衣服脱光了，放在了泳池边，就下了水，那水很凉，因为现在还是春天，但他并不觉得冷，相反他觉得非常快活。他让水淹没了自己，只露出一个脑袋，然后轻轻地划动双臂。那束满天星离水很近，但他就是不让水打湿它。他叼着它，像心中怀着某种信念一样向前游去。那是一种对美好生活的信念吗？他从这头游到了游泳池的那一头，然后上来，再拿着衣服，走出了一栋别墅的院子。

他又走进了另一栋别墅的院子，风打在他身上很凉，但他却一直在唱着歌，他又下了一个游泳池，嘴里仍然叼着那一束满天星，他似乎对不让水打湿它蛮有把握。他就又游过了一个游泳池。他就这样在空寂的一家又一家别墅的游泳池里游着，直到离他家那栋简易楼越来越近了。有一会儿他还在一幢别墅边的小型高尔夫球练习场玩了几手，四周静得仿佛他是所有这些别墅的主人，但他是吗？他用力挥动高尔夫球杆，那圆球飞了出去，那些自动喂球器、目标板、发球座以及人造草皮都叫他赏心悦目。当他穿好了衣服，从一栋别墅的院子里走出来时，他发现他至少从三十栋带游泳池的别墅那边一座座地游了过来。

那束满天星花散发的清香令他感到迷醉。张梅一定会喜欢的。他回头望去，那一栋栋别墅依旧空寂安静，像一座座神秘的古堡一样注视着他。他忽然有些疑惑起来，感到了一丝后怕，他想起了他读到的一则消息，说在美国有一个日本人因为不懂一个美国别墅房主的语言而误闯进了那家的草坪，结果被那个人用枪打死了。要是我在游泳池里正游着泳，房主向我开上一枪我会死在游泳池里吗？这样张梅就再也见不到这束满天星花了。可那些别墅为什么还没有人入住呢？是因为没有很好的别墅推销员吗？

可我却终于到家了，他这时简直要跳了起来。他在猜想把可以买房的消息告诉张梅她会有什么样的表情。她会扑进他怀里吻他吗？她会流出激动的泪水吗？他走上了那栋简易楼，他把自己的衣服整理好，他拿好了那一束打算献给妻子的花，那束像小星星一样跃动的花。他郑重地咳嗽了一声，然后他敲了敲门。

但是门开了，门并没有关着。他又推了一下，走进去。妻子和孩子都不在家。他走进去，发现一切都没有变化，只是空气之中有一种陌生的气味叫他感到不妙。那是生活本身变化的气息。他找遍了每一个房间，一切都照原样，只是妻子和孩子却消失了。他的脸色已变得煞白，他找遍了每一个屋子，直到他确信他的生活中的确可能发生了某种变化。他来到了阳台上，他向远方眺望，那里是一栋又一栋的别墅向前方延伸，一种空寂和可疑的空气悬浮于其上。那么张梅她到哪里去了呢？被匪徒劫走了吗？由于有事临时出门了吗？为什么她不锁上家门呢？或者，她打算离开我？也许一切已经改变？她可能住进了罗朗那栋最大的别墅，成为那栋别墅的一个主人了吗？生活中有些什么东西叫我措手不及？她会到了哪里？他的思绪很乱，想遍了所有可能发生的事情，但有一点他已经确信，他的生活已经发生了变化，有一种东西是他无法抗拒的。它已经悄然来临。

蛙人与飞行员

因为社区靠近航空港，所以陈明洋就买下了顶层带平台的那套房子，为的是可以经常坐在露台上一边喝茶，一边看几公里外的机场上空飞机起落的情景。那一刻之前好像没有任何征兆，从地平线上突然缓缓地升起了一架飞机，它掠过早晨的太阳的一刹那会带来一团黑影，就像是瞬间的太阳黑子，这一刻让他沉醉。作为飞机驾驶员，他喜欢看到飞机起飞，那一刻是飞机驾驶员精力最充沛也最集中的时刻，就像他每一次驾驶飞机起飞时，缓缓推动操纵杆，飞机像一团浓重的云脱离地面的时候，他都会感到陶醉。

几年前他在军中服役的时候开的是战斗机。如果说战斗机像是跑车，那么航空客机则完全像是空调大巴了。行里人都知道，当过空军飞行员和由航空学院毕业的学院派飞行员，在驾驶客机的时候风格迥然不同。最不一样的地方是在降落的时候，当过空军的驾驶员会快速而连续地让飞机像下台阶一样迅速下降几千米，而地方学院派驾驶员则把飞机开成平缓收线的风筝。因此旅客一定不会喜欢空军驾驶员的做派，那种失重的感觉就像是从悬崖上掉下来，挂在了一棵树上，还没抓稳，又继续下坠。

所以他驾驶飞机时特别注意下降时不能像开战斗机时那么猛，以免让旅客在瞬间失重时心里慌乱。因为在空中人们的内心是十分敏感和脆弱的，而驾驶着这具“飞行的棺材”的他掌握着机上所有人的性命。他和所有驾驶师都知道，几乎百分之九十的航空事故都是在起飞和降落时发生的，因此那一刻要格外小心。

所以，当他一身便装坐在自家的露台上，看几公里外的航空港每隔几分钟就会有一架飞机起飞，判断飞行员的性格与技术水平就成了他的业余爱好。

他今年二十九岁，体魄强健，精力过人，但他还是单身一人，母亲再三催促他应该成家了，但他说还没有找到一个合适的。

除了他期待的那个女人，实际上他一见钟情的东西是大地。那还是在几年前他独立驾驶“歼 8 ”二型系列的战斗机飞入高空的时候，视野就全变了。人类的生活环境在他的眼前变成了微缩景观，大地之美只有在天上才可以完全领略，就像地球之美，只有到达月球的宇航员才能发现一样。

因此他想找到他当初一眼看见大地时的那种感觉的女人。实际上有不少空姐喜欢他，但是他觉得没有从她们中间发现可以降落的大地，因为她们也总是在半空之中。

可那天他去海底世界看热带鱼的时候，他看见了那个女蛙人，一切就都变化了。

那是一个雨天，细雨霏霏中弥漫着一种伤感，他一个人去海洋馆看热带鱼。因为是个雨天，海洋馆里没有多少人，或者说热带鱼比看它们的人要多多了。去海洋馆是陈明洋的一个爱好。他一直梦想能做一名海军，因此，亲近海洋一直是他最喜欢的事，包括每年的夏天带薪休假日中，他都要去青岛或海南岛的度假村洗海澡。他每飞到一个城市，如果有足够的时间，他都会去当地的海洋馆观看那些热带鱼。那些色彩斑斓的热带鱼在他的眼前构成了一个无比奇幻的世界，使他体会到和飞机飞入天空时的陶醉一样的潜入大海的奇幻世界的沉迷。然后，他在海洋馆和一个女蛙人相遇了。

这完全是不经意的，他一抬头，看见巨大的水箱中有一头小型白鲨正游过观赏窗，而且，他还看见有几条很小的白鲨幼鱼，攀附在这条白鲨身上，晃晃悠悠地被带着走。令他眼花缭乱的海鱼蜂拥而去，又蜂拥而至，从海水深处游来了一个女蛙人，她是来给鱼喂食的。她穿着一件深蓝色潜水服，戴着镶黄边的潜水镜，头发也包在了潜水帽里。她的身材很好，就像一条鱼，包裹着她的潜水服描画出她流线型的身材。她手中拿着一些小鱼，然后把它们一条条在水中抛开，一些食肉的海鱼就开始疯抢，甚至有两只海龟也来凑趣。

只有很少几个人在看她表演，因为这是一个下雨天，来海洋馆的人很少，不会有太多的人观看蛙人表演。可蛙人实际上也没有表演，她不过是例行喂鱼的职责。她的身体和那条小白鲨差不多长，但她的身体更柔和、也更灵动。然后，她趴在观赏窗上，隔着玻璃，看见了正在注视她的他。这一次的对视大约有一分钟。他觉得自己的心跳突然加速了。

“过去我在表演时，根本看不见有多少人在看我。但那天，我看到了你的影子，健硕而又高大，正愣愣地看着我。”他们认识之后，这个叫曾妮的蛙人对他说。

“我看见你的第一眼，就爱上你了。可能是我太喜欢海洋了，你在水中游泳的样子，就像一条美丽的鱼。那条小白鲨为什么不咬人？”

“它的嘴太小，还吞不下我，我们的关系不错，我总是给它喂最好的鱼。不过，如果它长大了的话，也有可能把我当食物吃掉的。”

“你要当一辈子蛙人？”陈明洋问她。

她表情忧郁：“我不可能当一辈子蛙人。以后，我会在海洋馆里训练海豚。给我讲讲你的飞机吧。”她欣赏地看着他。

于是他就给她讲自己在天空中的感觉，他对大地的全新感受。爱情的来临就像他降落在了跑道上一样，而他根本没有想到自己会爱上一个蛙人。

“这种感觉很重要，那就是我喜欢她并且愿意总是和她在一起。我可能是被一种美的幻觉所俘虏了。你根本就想不出来，我被她身上那惊人的美所吸引的强烈感觉。她只有十九岁，而我比她大十岁，我像和一个很小的妹妹，一个小美神在一起。我们度过了一些非常愉快的日子。在爱中的确太美好了，尤其是相互爱着的时候。我想我们的两次高峰体验简直美极了，一次是为了测试千年虫，我把她带到了一架测试飞机上，让她体会大地和天空。我送了一盘尼泊尔的神秘音乐让她听，让她自己细致地体会飞行之妙。而她自己还带了一本圣·埃克絮佩里的小说《人类的大地》在看。她后来说这是完全不同于她过去坐飞机有过的奇妙感受，是一次灵魂的、想象的、音乐的、身体的、爱的飞行。而另一次，则是她给我穿上潜水服，我和她一起潜入海洋馆的大海深处，那种美妙感受简直无法言说。我感到一瞬间我像初始的人类一样在海中浮游，而我和她，像是最亲密的一对海洋动物，和水箱中的海洋生物都是兄弟姐妹……”

陈明洋是一个感情细腻、想象力丰富的人，因为他和曾妮的爱情一开始就建立在想象之上的，这种爱情要是通向婚姻，却还要走漫长的路。后来，他发现曾妮似乎有一个秘密，而这个秘密她并不想让他知道。几个月的热恋过去之后，飞行员陈明洋开始怀疑曾妮了，因为曾妮有些时候会在工作时离开海洋馆。他跟踪了她一次，发现她在照顾一个老人。

“那个老人半边身子瘫痪了，我一开始并不知道他是她的父亲。那个老人脾气非常暴躁，对她又打又骂，我不知道这是为什么。我很生气，你想想看，我心目中的小美神一转脸变成了一个半瘫老人打骂的对象，我会是一种什么滋味？我想不明白。过了几天，我问她，那个老人，那个打骂你的老人是谁？曾妮听我这么说，一下子愣住了。她明白我跟踪了她，她非常生气，她冷冷地说，你不信任我，你跟踪了我！那个人是我的父亲……然后，她不理我了，我们的关系陷入了低潮。”

他后来一直去找她，而她也总在回避他，对自己有这样一个父亲，她一开始就想瞒住他，不想对他说。现在，他已经知道了，她内心深处十分矛盾。他在海洋馆堵住她，问她为什么不理他了。

“我本来想告诉你我有这样一个父亲，我想等时机成熟的时候再对你说，但是你已经知道了，你是自己知道的，你不尊重我，自己去找答案，去跟踪我，这伤害了我。”

“我怕你被别的男孩给抢跑了。”他大声说。

“那不可能。谁都知道我有一个瘫痪在床、需要照顾的父亲，他们会远离我。”

“我不会，我绝对不会。如果我们结婚了，他同样也是我的父亲。”

“我们还是分手吧。”她果断地说，然后转身要走。

“你等等！我决不和你分手！”他想了想，纵身一跃，跃入了巨大的海水池。他想让她吃惊，就来了这么一手。在池子中他一下子潜了下去，很多热带鱼以为有人来给他们喂食，都向他聚拢过来，它们一下子围住他，像众多的蜜蜂围住一棵树。它们让他眼花缭乱，他有些慌，连忙向上游去。但是那条小白鲨也游了过来，而且在他的腰上撞了一下。这使他钝钝地有些痛，他像一团水母一样向水底沉去，心想也许从此他就会真的像水母一样在水中游泳了。这时，他的小蛙人曾妮从水面潜入水族池，把他拖了上来。她发觉他没有事，只是大口地吐了一些人造海水，她一言不发就走了。海洋馆负责人告诉他，他不会再作为曾妮的男友而被允许进入海洋馆内部了。

“那天我跃进水里的感觉十分奇妙。我当然不是想变成一条鱼，我是说我进入了一个空间，

这个空间过去是鱼的空间，它是流动的，水的，但是我进入了。我睁开眼睛看见这个空间的一切，霎时我看到了鱼类的全部的生活，它们围着我，它们都在说话，它们的语言像一张网。我刚刚要听懂它们的语言的时候，就被曾妮拉上岸了，我失去了一个和它们交流的机会，也许是一个唯一的机会。”在他的顶层露台上，我一边喝着咖啡，一边听他讲。不远处的首都国际机场上空，又一架飞机像一团凝重的云飞起来了。

“你要是真的和它们交流成功了，你自己也就淹死了。”我嘲笑他，但是和一个内心丰富的街坊交谈，尤其是和一个生活状态与我们这些整天在大地的夹缝中生存的不一样的人聊天，我会有很多新感觉。我们坐在露台上，看见下午暖洋洋的日光当中，社区人都在外面散步，聊天，遛狗，我在想，陈明洋又是怎么和曾妮重归于好了呢？

他后来依旧去找曾妮，每一次有飞行任务之前，他都会给她打电话，

开玩笑说希望这不是最后一次通电话，作永久的诀别。这使她很紧张。他去找她的时候，慢慢观察出来，她的父亲有间歇性精神病，尤其是当他暴怒的时候往往是精神病发作了。曾妮拒绝了他几个月后，又接受了他，她哭了："你为什么老来找我，你为什么老来找我呢？"

"因为你是我要找的可以降落的大地。"

"我不是大地，我不过是一个有个得精神病的父亲的女孩罢了。你要接受我就得接受我的父亲啊。"

"我当然会接受，我已经接受了。"他热烈地望着她。

"你真的会接受吗？"她捶打着他，不知是激动还是烦恼地哭泣着。

"假如你有一个得精神病的岳父，那滋味可真够你受的。而曾妮的父亲的病是时好时坏，有时候他还认得我，有时候病发作了的话，他就会把我看作是一个坏人，然后恐惧地大叫。这时候他觉得我是来杀他的，而曾妮则被他幻化为他妻子，他就要打骂她。我没想到曾妮照顾父亲的心那么细，她照顾他真是无微不至。而当大夫说她父亲可能也就能活一两年时，她哭得十分伤心。但是死亡对她父亲来说倒是一种解脱。看到曾妮伤心欲绝地照顾她父亲，我看到了一个人爱另一个人的全部表现。爱，的确是无条件的给予。"

我们仍旧在他家的露台上一边聊天一边喝咖啡。"那时候，你一定从对她的美的想象中完全跌落到现实中了吧？"

"是啊，当我隔着海洋馆的观赏窗对她一见钟情的时候，我只是看到了她身上的外在的美。当我知道她还有一个半瘫在床、又得了精神病的父亲的时候，我和她的关系中的现实一面裸露了出来。这就是生活很残酷的一面，即使是再美丽的东西，都会有它的缺失。”

我看着在这个社区中出入的人：“你看他们，他们可以说是中国人中的中产阶级或比中产阶级还要高一些的阶层了，他们每一家人的生活，不同样各有各的问题？谁又是生活得没有问题、没有缺憾和极其幸福的呢？”

又一架飞机降落了，像一只缓缓被收线的风筝。他看着那架飞机消失在地平线上。“后来，我治好了她父亲的精神病。但是不久，他就去世了。”

“你是一个飞机驾驶员？”曾妮的父亲看着他，“开什么样的飞机？”

“过去开战斗机，现在开大型客机，像波音 747、757。”他发现他现在神志是清楚的。

“噢，”老人若有所思，“我很想到天上看一看，也不知能看见什么？我瘫痪都好多好多年了。我只能坐在椅子上，让人推着走。”

“你想坐飞机看一看？”

“啊。我也不知道我能看见什么。你可能还不知道，我过去是考古队员，我会从高处观察可能出现的历史遗迹，像陵墓、古城、古战场。你就看不出来了。”

“是啊，我在空中看不出来这些。”

“她母亲很早就病死了，我就这么一个孩子。我同意你们的事，我希望你待她好。”老人因为半瘫，半边眼睛、嘴角闭合不严，不停地流着眼泪和口水。

“我会待她好的。我会的，请你放心。”他对老人说，一边紧紧地抓住了曾妮的手。过了一会儿，他们来到客厅，曾妮说：“我爸爸想坐飞机。咱们有办法让他坐一次飞机吗？”

他想了想，“我想会有办法的。我有一个办法来圆他这个梦想。”

这年夏天北京北郊的树林虫害十分严重，需要撒一次农药，陈明洋主动联系，瞒着航空公司去洒农药。当然他主要是为了把曾妮的父亲带到天上去，让他去看看大地和大地上可能出现的遗址。他们把他固定在机舱里，他让曾妮坐在他后面的座位上，飞机起飞了。

一开始什么事也没有发生，他们可以听见老人在舷窗边的惊叹，后来，他发病了。

“脸！我看见了一张脸！大地上有一张巨大的脸！”老人惊恐地叫了起来。曾妮解开安全带，回到内舱她父亲身边，竭力让他安静下来。但是这很难，老人吃惊极了。因为他看到了各种各样的脸在大地上涌现和重合，而且，这些脸还做着各种各样的表情。老人吼叫着，挣扎着，他殴打曾妮，他说要跳下去，他痛哭流涕，他要死要活，他要和那些脸会面，他要跃身而下。后来，他昏过去了。

飞机拖着农药的白色飘带在飞行。这是小型的农用飞机，他驾驶起来就像在骑一辆自行车。

当他把飞机停稳之后，曾妮告诉他，老人睡着了。

“后来他醒过来后，他就再也没有犯间歇性精神病了。到他半年以后去世，他都没有再犯过一次病。他很少说话，后来见到我，只是温和地对我笑一笑，看我的眼神十分清亮。我看得出，那次的飞行成为他永久的记忆之一。我不知道他是不是真的看见了大地上的那些脸，那些在他的幻觉中出现的脸。但他因为这一次飞行而获得了安详，他扼杀了他体内的另一个自己，那个使他间歇性发疯的自己，现在，他可以安心地生活了。半年以后，他平静地去世了。曾妮和我都知道，因为那次飞行，老人摆脱了他内心深处的恐惧，甚至是对死亡的恐惧。这使他得以真正地面对死亡。”陈明洋对我说。在他家的露台上，我们可以看见更多的飞机在起降，它们挟带着巨大的轰鸣，离开大地或者被大地收回。

“曾妮的父亲去世以后，她就不再做海洋馆的蛙人了。因为她说她每一次下潜，都会觉得气短，即使是有氧气瓶，她也觉得闷。后来她做了海豚训练师。又过了一年，我们结婚了。”

他说完，看着我。

“是啊，我知道你们结婚了，”我笑着说，“一个蛙人和一个飞机驾驶员的爱情与婚姻，你想告诉我什么呢？”

陈明洋把目光移向首都机场那边：“我想告诉你我对一个人的认识，对曾妮的认识，是由表及里，由第一次见到她像一个小美神一样的蛙人，到她为有一个患精神病的父亲伤心欲绝，我试着一步步走近她，走进她内心。她其实是一个非常平常的女人，但是，就像一粒沙子实际上就是整个宇宙，曾妮对于我，的确成了唯一的亲人。我们结婚以后，日子过得很平淡，但这正是我们想要的。我们从渴望神奇的相遇，走过了现实的折磨，理解了承担生活的意义和真谛。就像飞机总要落到大地上，我们相互找到了大地。”

飞行员陈明洋有时候像个哲学家。但这一回，我有些听懂他在说些什么了。其实任何一个人，讲述他的生活都是极不可靠和不可信的。我企图窥探他们的生活，但我却收效甚微，因为生活幕布下的尘土所覆盖的秘密，谁也无从察觉。我们在露台上看见社区班车开回来了，曾妮在人们中间，她回来了，看上去她很普通，但她和陈明洋都是对方生活中的核心。

我告辞了。我觉得我了解他们这一对儿了，在门口，我和曾妮打了一个招呼。我真的了解他们了吗?

飞行的处女

他第一次看见她是在公共汽车上，他看见她佩戴了一枚红色胸牌，这枚戴在她左胸上的圆形小徽章上写着“fly virgin”，意思是“飞行的处女”，等到他把目光再移到她脸上的时候，他的眼前不禁一亮。

她真的就像是一个“Virgin”，一个明亮、美丽的处女，她有着黑亮的大眼睛、很长的睫毛、坚毅的前额、小巧的嘴唇和柔和的脸庞。他先是看到了她的大半个侧影，然后他借车身晃动之机又把她看全了，这时他觉得自己已经喜欢上这个扎着长长的马尾辫、佩戴“飞行的处女”徽章的女孩子了。

那时候他还是大学心理学系的副教授，还没有在这个社区买下房子，也还没有和这个叫杜燕的女孩子结婚，也就还没有在社区里认识我。不过，这一切从马非在公共汽车上第一次见到杜燕，事情就开始这么顺序发展下来了。

“我当时看到她的时候，心想我一定会发狂地爱上她。不为别的，就为她的圣洁的气质。我一开始看见她的时候，我觉得她不光是飞行的处女，她就是一个天使。没有谁不为她的美丽动心，我更是如此了。于是在她下车的时候，我就也跟了下去。”

马非升任他所就职的大学心理学系的正教授是后来的事，而他后来名气越来越大，不仅经常举办心理学巡回讲座，在电台、电视台开办心理咨询节目，而且还办有一个私人心理咨询诊所。这几个方面的工作使他财源不断，所以，当他和杜燕的关系到了非结婚不可的程度时，他就在这个社区买下了一套房子，然后他们结了婚。

但是三年以后，他和她就有了一个悲惨的结局，这是当初谁也没有料到的事。连我听说了这件事都感到很吃惊。

还是得从他在公共汽车上首次遇到了杜燕讲起，他仅仅看到了她的大半个侧面，就为她的美丽惊呆了。

后来我在社区里也见过杜燕，我承认，那时候和他结婚时间不长的杜燕的美丽仍旧把我也惊呆了。

他跟她下了车：“我当时感到浑身发热，我想对她说话，我想认识她，可我就是开不了口，于是我就只好跟着她。我都不知道走了多远的路，她来到了一家体育用品商店，这时她回头看见我正在看她，就冲我粲然一笑。我想我当时一下子就昏了头。”

他的心当时怦怦乱跳，语无伦次地说：“我想认识你，我叫马非，在一所大学任教……可能我太冒失了……”

她咯咯笑了起来：“我总觉得有什么人在跟着我，看来就是你呀。我叫杜燕，现在在北京舞蹈学院学习。我是吉林歌舞团的。”

“原来她是一个舞蹈演员，怪不得我会为她所吸引。你想想看，有几个男人不会为女舞蹈演员动心？”

他那天和她一起走进了那家体育用品商店，她到那里是为了买一种特制的护膝和护肘，那是一种很薄的、透明的进口制品。她找到了，而他已抢先为她付了账。

她生气了，她当时一点儿也不喜欢他的那种越俎代庖的劲头，她还和他不熟悉呢。她还是把钱给了他：“你要是不收下钱，我就把它扔了，自己再去买一套！”

他这才明白她那是当真的，就只好收下了钱。她又笑了。

“我从来也没有见过这么纯洁、明亮的笑，单纯、善良，仿佛没有受过任何污染的笑容，我又一次昏了头。”他后来对我说。

能让一个心理学家在一天之内两次昏了头的女人，肯定不是一般的女人。

“漂亮女人有很多，可是称得上是圣洁的女人则微乎其微。我过去对舞蹈演员没有什么太好的印象，认为她们只有肢体没有大脑，而且在生活中物欲很强烈。但是，杜燕就像一块还没有雕琢好的璞玉。这样的女孩真是太难得了。”

我暗地里嘲笑他，他不过和大多数男人一样，都希望别人老婆是个可随意勾搭的荡妇，而自己的老婆则是个没人碰过的处女。但我也知道，在舞蹈演员里要找一个十分纯洁的女孩，现在并不容易。这一点，真是他的运气了。

一个才华横溢的心理学教授和一个美丽纯洁的舞蹈演员的结合，无非是新时代上演的又一出“郎才女貌”的戏罢了。

对于他们个人来说，可能并不是这样。按照他们两个人的叙述，我肯定他们彼此都十分爱对方，在感情方面，双方都有呼应，于是他们之间爱的火焰熊熊燃烧。

她本来是从吉林来北京舞蹈学院进修的，而且，她是吉林省歌舞团的台柱子，已经连续五年参加中央电视台春节联欢晚会的舞蹈表演了。进修一年期满以后，他就给她在附近的一所航空学校找了一个对空中小姐们进行形体训练的工作，把她留了下来。然后，他们就结婚了。

“你和她结婚的时候，她还是处女吗？”后来那个事件发生以后，我问他。

“当然是。不过，结婚那天不是，在此之前，我们已做过爱了。她的确是处女。其实这并不重要，重要的在于当我爱上了她的时候，她这一点会加深我对她的爱，使我觉得更应该好好地爱她。”

杜燕看上去像一只快活的小鸟，在社区的游泳池、网球场、中心喷泉广场、超市、酒吧和西餐厅里，后来我常看见她和马非在一起。他们总是在一起，如影相随，而她更像是小鸟依人一样挽着他的胳膊。看见了我，杜燕会调皮地用手做一个猫抓动作，和我打招呼，十分动人。

我想他们彼此之间一定非常和谐，就像所有生活得幸福的夫妻一样。但是，就像所有的夫妻都有他们的问题一样，这一对，马非和杜燕，他们之间存在的问题是什么？我像嗜痂之癖一样想着这个问题。

实际上他们之间的争吵已经发生过一次了。那一次马非外出到四川去讲学，那是一个周末，杜燕有点儿想家，她有两年时间没有见到自己的父母了，而马非又不在身边，所以她的心情十分郁闷。这天，她有一个男同事要请她看电影。是晚上十一点开始的夜场，《泰坦尼克号》的首映式。她给他打了一个电话。

“我今天的心情有点儿烦，有个男同事要请我去看一场电影，我该不该去？”

“去吧，你可以散散心嘛。”他十分爽快地答应了。

“可我怕他有那种意思，而且那是晚上十一点开始的夜场电影，有三个半小时。”

“唔……”他有些迟疑，“还是你自己决定吧。你想去就去，不想去就不去。我没有别的意见。”他觉得她如果和一个男人去看夜场电影，是不会特别令他踏实。但他爱她，她的任何要求他都不会拒绝，所以，他仍旧没有反对。

“看一看吧，我也觉得时间并不是特别好，主要是太晚了。到时候再说吧。”

这天晚上十点多钟，他的漫游寻呼机上打出了一行字，这是她留言给他的。她说，我还是决定去看电影，散散心……

其实当他答应杜燕去看这场电影的时候，内心已是七上八下、忐忑不安了。他根本就无法容忍他爱的女人、他的妻子和任何一个异性共同看一场夜场电影，他内心深处是期待她不要去的。因此，收到了寻呼机上的留言，他开始变得怒不可遏了。

他没有睡觉，等到午夜两点三十分左右，他估摸着她从电影院里出来了，立即呼她，让她给他打电话。就在电影院的门口，她给他打了电话，还没等她说话，他就说："我非常生气！我其实根本就不想让你去看这场电影，而且，这还是一场讲生死恋的爱情电影！你怎么这么耐不住寂寞，你怎么能这么做！我告诉你，我非常生气……"他立即挂断了电话，胸中怒火万丈。

"她立即意识到自己错了，"他后来回忆这件事时对我说，"她第二天给我打了一个电话，说她买了飞机票，要马上飞到我身边来，和我吵架。她果然飞来了。一见面，一切都好了，我们甜蜜得如同初恋的情人。第三天，我们从四川一起飞回了北京。"

但是这件事在他内心深处引发了一个过去他从来也没有想过的问题，就是他开始怀疑她了。为什么自己深爱的妻子，会在心情不好的情况下，接受一个显然企图把她弄到手的人的追求性建议，去看《泰坦尼克号》？这是妻子的感情不稳定的表现，还是人性中的普遍的弱点？他就从那一天开始了对杜燕的怀疑。他依旧像过去一样爱她，但是他却觉得已经降低了一些温度。虽然他们看上去仍旧很好，可他内心深处因为看电影事件而蒙上了一层阴影。他预感这个像美丽的小鸟一样的女人，有一天会像不贞的鸟儿一样飞离他的。这种预感是如此强烈，以至于到了折磨他的神经的地步了。

"我开始很在意是谁在喜欢她。这时我才发现我的脾气很急躁，我准备好了像决斗者那样，好好地揍一顿纠缠她的人。我确实不能忍受另一个男人挑战我的自尊。我查清楚了，那是一个空港工业区 A 区——离咱们这个社区不远——中的一家中日合资企业的一个中方雇员，他姓穆——我承认我查她的寻呼台了，那小子每天都在呼她。我一方面知道有人缠着她；另一方面，我在悄悄地观察着她的反应，我发现，她那一段时间似乎也十分浮躁。我从来没有看到她心情那么糟糕过。于是，我就问她是怎么回事。”他后来对我说。

“你怎么啦？我发觉你最近似乎有些心神不宁的。发生了什么事？”

“没有什么，只是觉得心情不好。”

“为什么会心情不好？在单位工作不顺心？”

“不是。”

“那是为什么？”

“我不知道。也许我应该换个环境了，或者，我想出国了，去美国的航空学校学习。”她说。

“你听她当时这么对我说的，我们可是在一种婚姻的关系里的啊，她过去一直像一只小鸟一样依附着我，什么时候她的脑袋里萌生了出国的念头？我感到很奇怪，一定是有人，很可能是那个姓穆的小伙子让她产生了这个念头。我不动声色，什么也没说，准备听其言，观其行了。”他后来对我说。

“不信任导致了你们关系的崩溃。”我信心十足地下着断语。

“我的确是不信任她了。于是我就假装出差，可实际上我没有出差。这又是一个周末，我准备看一看她会怎么样。我这时觉得她的性格太软弱了。女人的性格过于软弱，而人又有些姿色，那是架不住男人的死缠烂打的，情况往往是这样。果然，那天那个姓穆的又呼了她。而且，他打车来到了社区，就在我家门口等她出来。我躲在你家阁楼上看着他们一同离去，你能想象出我当时是一种什么样的心情吗？”

“怪不得那天你脸色铁青，非要上我的楼上书房，假装说是为了看我的藏书，原来是为了监视你老婆！”我恍然大悟。

“对，我那天是为了监视她。我立即出去，借了你的车去跟踪他们。”

“对，”我想起来了，“那天你像强盗一样，从我手中抢了车钥匙就跑。”

“我远远的跟在他们的车后，不让他们察觉到我。他们来到了一家餐厅吃饭。这一顿饭他们从七点吃到了十点。其间我一直坐在车里，透过车窗和餐厅的窗户可以清楚的看见他们在一起有说有笑。那是一家西餐厅，所以他们吃完了饭，又喝了一杯咖啡。看样子那个小伙子在竭力做她的工作，并向她表达自己的感情，而她则摇头，并且在说服他。我十分激动，也十分气恼，嫉妒这时已使我变成了另外一个人。我看了看时间，在车内用手机呼了她，我看见她在看寻呼机。然后，他们起身离开了餐厅。”

他告诉我，他一直跟着他们，看着他们在他家门口告别，那小子还企图拥抱她，但她在一刹那间推开了他。那天晚上，他把车还给我时，说和老婆吵架了，要在我这里过夜。于是，我就让他睡在我的书房里了。

“我第二天回去，告诉她我出差提前回来了。我已经压抑不住内心的怒火，我觉得自己很冲动。我告诉她，我早就知道有人在追求她，这个人姓穆，而且，我实际上并没有出差——我忍不住又说了实话，我在监视她，我看见她和他在餐厅吃饭，她竟然背着我和其他人约会，我当时已经接近暴怒了，我请她立即收拾好她的东西，离开这里。”

她说：“我和他是去解决问题去了，我已经给他说得很明白了。你怎么能不信任我呢？你还查我的台、跟踪我？！天哪！”她也生气了，收拾好她的东西，离开了他们的家。

“我不知道她去了哪里。第二天我开始有些后悔，我觉得我太急躁了，像个初恋的中学生。我不该让她离开我们的家，这一点很重要。要知道，她可是从长春来的，我知道她在这座城市里没有更多的亲人，她会跑到哪里去呢？我非常着急，每天都试着和她联系。一周以后，我和她联系上了，我哀求她回来，我告诉她我非常爱她，一切都是我的错，我请她原谅我。她回来了。”

“她回来了？”我问他。

“回来了，但显然她变得憔悴了。她扑到我的怀里哭了。她说我让她离开这里的当天，她就去和那个姓穆的过夜。她说她对不起我，她说还是离婚，让她走吧。我觉得即使那样，也同样是我的错，我就坚决地把她留了下来，我说我能谅解她，我们之间会重新开始的。我的确也是这么想的。”他说。

“你是心理学教授，你当然懂得人的心理了，你当时真的又接受了她？要是我，我无法接受我的妻子在没和我分手的情况下和别人发生关系。”我十分肯定地说。

“我接受了。因为我是始作俑者，是我逼她那样做的，女人有天生的弱点，她那样做也是为了报复我的爱。我只要她回来就行了。后来，我们又和好了。”

“是真的和好，没有一点儿缝隙？”我目光炯炯地问他。

“我们的感觉都有点儿怪。当一对夫妻的生活有了裂纹的时候，即使你拼命掩饰它，它也会在那里存在。后来，我就总是回避这件事，我们都变得小心翼翼，竭力维护着我们的婚姻。直到发生了那件事，当然，那是我们那次吵架一年之后的事了。”他说。

那件事彻底地改变了他们之间的关系。有一天晚上，杜燕在回家的路上，遭到了一个蒙面男人的强奸。他把她拖到 107 国道边上的一个苹果树林里，打昏了她，并且强奸了她。后来是路过的司机发现了她，把她送回了家中。很快，这个消息传遍了社区。事情虽然没有发生在保安良好的社区，但是社区也加强了警戒。我立即给马非打了电话，安慰他，在电话中，他沉吟了一会儿说：“不要紧，我是心理学专家，我知道该怎么应付这件事。我会好好安慰她，抚平她内心的伤口的。”

我觉得他们很不幸，也很糟糕。被人强奸，对于任何一个女人来说都是一场严重的心理危机。像“飞行的处女”一样圣洁的杜燕，会安然度过这一场心理危机吗？

接下来的两三个月中显得风平浪静，而且歹徒也抓到了，是朝阳区的一个农民。我有时候在社区中也可以看到他们，马非和杜燕在散步，看上去杜燕很安详，只是她不像过去那么活泼了。然后有一天，我就听说杜燕疯了。

是一个清洁工发现她疯了。当时马非不在家，女清洁工正在用清水擦洗楼道，突然，杜燕飞一样跑出了家门：“有人要杀我！有人要杀我了！救救我！救救我！”她一边喊着，一边向楼下跑。她身上都是血，手中还拿着一把菜刀，把女清洁工吓坏了。

后来我才知道，是她自己砍了自己，她精神失常了，开始自虐。就在前不久，马非在一所大学进行心理学演讲时，当着几千人的面，讲了他妻子被人强奸以后他的心理反应，以及他的心理矫正和调节。他告诉大家他是如何坦然面对这一心理难题的。一时间，给他家打电话安慰和鼓励杜燕的人特别多，当杜燕得知他在外面公开讲了这件事后不久，就疯了。

她很快就被送进了疯人院。有一天，我陪马非去看了她一次。马非的表情凝重。在疯人院，昔日的“飞行的处女”杜燕，已变成了一个半痴半傻的憔悴女人。她认识我们，但她已完全地生活在了幻觉中。大夫告诉我们，平时她一个人待着的时候，就会不停地在纸上、沙地上、墙上写一句英文“fly virgin”，她每天都在写这句话，不知道这是为什么。

出了精神病院，在车上我们都心情沉重。马非一言不发，等车到了社区，我要离开他回家的时候，他突然在车内抱住了我，不知羞耻地哭了起来：“这都怪我，都怪我……是我毁了她。一点点地毁了她，是我让她成了现在这个样子，我原本是那么爱她，可我却把她变成了这个样子，我真的很痛心……到底是怎么回事？我还是个心理学的专家，可我连自己的心理毛病都治不好，我还算是什么心理学专家……我恨我自己，我该怎么办？你说，为什么我的生活变成了这个样子，变得这么糟糕……我有什么病？我有什么病？！你告诉我我有什么病——”我无言以对，轻轻地拍打着他的后背。我也不知道生活中谁毁灭了谁，我只是感到很悲哀。

在听他像一个女人那样的哭诉中，我的脑海中不断地浮现着杜燕的形象，从她一开始佩戴“fly virgin”徽章的天真纯洁，到在精神病院时她蓬头垢面地在墙上写“fly virgin”的疯狂，我真的不敢相信是这个在我的肩头哭泣的男人，这个心理学教授彻底地改变了一个女人的形象。

音乐狗

作曲家黄声远有一条懂音乐的狗，但是最近他把它吃了，而且是烤熟了吃的；就像新疆烤全羊一样把狗整只串起来烤，他是一边号啕大哭一边吃的。这事儿说起来令人难以置信，但他的确吃掉了他心爱的狗，这又是怎么回事呢？

他在这个社区买下房子的时候，正是他以“三喜”的笔名作词作曲并名声大振的时候，因此他手里有不少钱。很多人，尤其是音乐圈的人，都不知道“三喜”就是黄声远，我一开始也不知道，我只是在一些大腕导演的演职员表上、大歌星的MTV宣介画上看到“三喜”。当一些人把“三喜”和黄声远画上等号时，的确要让人大吃一惊了。

我在社区里散步的时候就会经过黄声远的家，他一直是一个人过，传说他有一个妻子，是一个花腔女高音歌唱家，常年在欧美巡演，基本上没有在国内待过，因为对一个唱歌剧的女高音来说，在今天的欧美才会有她的更多听众和演出机会。当然，她偶尔是会回来的，我在夜晚文思枯竭、散步经由他们家时，就会突如其来地听到他们做爱的声响，那声音是如此激情澎湃；他就像在疯狂地弹着钢琴，而她则像是在唱另一出歌剧。于是我就小声干咳两声，赶紧顺绿茵小道溜走了。

黄声远外表看上去就像是一个作曲家，他身材修长，有一双白皙而又修长的手，说话速度并不快，神情有些腼腆。他有一条不大不小十分聪明的狗，在清晨他会带着它一起跑步，那条狗就是一条懂音乐的狗，音乐狗。这狗已经跟了他十年了，耳濡目染，当然也能听懂音乐了。有一次下午我碰到他，被他邀请到他的房间里喝茶，那条音乐狗就给我表演了它的绝技：它一双后腿站在椅子上，然后它用两条前腿弹奏钢琴，能够弹出一曲中速的“祝你生日快乐”来。这对一条狗来说的确是不简单的事，人们常说狗是人类的朋友，但它能弄明白人类的精神技术之一的音乐，也是让人吃惊的事。

“它也有它自己的喜好，比如它喜欢听莫扎特，但是它一听到巴赫和瓦格纳，就会烦躁不安，以至于后来就狂吠起来了。它的鉴赏力相当高，它跟了我十年，已经耳熟能详地听出贝多芬、海顿、勃拉姆斯、亨德尔、舒曼、柴可夫斯基、门德尔松、德沃夏克、马勒、李斯特、普罗科菲耶夫、肖斯塔科维高、施特劳斯、柏辽兹等近百个西方音乐大师们的作品，而且能够和我一样欣赏这些音乐家的长处，评判这些音乐家的短处。比如它对巴托克的一些不和谐音特别敏感，会以打喷嚏来表示烦恼，而听到音调悦耳、旋律优美的柴可夫斯基的音乐时，它会在地毯上转圈子。”黄声远看着他心爱的音乐狗弹钢琴时骄傲地对我说。

音乐狗看上去是一条很一般的狗，黑褐色的皮毛，看人的目光倒很友善。“为什么狗能懂音乐？”我问作曲家。

“狗也有七情六欲啊，所以它当然能听得懂充满了感情的音乐。”

“那还是因为你调教得好，要是我养一条狗，那它肯定除了会咬人，不会干别的。”我们哈哈笑了起来。

但是谁都知道作曲家在中国所得的报酬并不高，与他们付出的劳动与智慧简直不成正比，就像黄声远，他买这套一百七十平方米的带有一个半地下的地下室的房子要花八十万元钱，显然这笔钱他是不能从做交响乐和歌剧方面的工作挣够。几年前有一次我碰见他，他一反平日的腼腆，大发雷霆了。因为首都音乐厅策划了一台屈原作品演唱会，他为《离骚》写了一首没有一句歌词的曲子，索要报酬八千元——原因是有人写一首叫《我的心像雨又像雾》的流行歌曲就得了八千元报酬，但是音乐厅策划人直接告诉他：“严肃音乐的市场要靠自己慢慢来打开，你的《离骚》市场价就值八百元。”

于是他就只拿到了八百元，为此他十分气愤。我想这几年每一个严肃音乐家都遇到过类似的情况，他们中能闯荡的早已到欧美去了，并用多年时间和自己的才情打下了一片天地，而留在国内的除了猫在乐团里和音乐学院里教书，没有太大的用武之地。而黄声远当年也号称音乐学院“五大才子”之一，其余四大才子都出国混了，在国际上也混得人五人六，只有他在交响乐团青灯黄影，在写一些基本上无法排演——因为乐团没有钱——的交响乐和其他高雅严肃音乐，平日里家庭开支的大头，都要靠他的在欧美大陆唱歌的妻子寄回来的钱，我猜这一点一直很让他苦恼。

因此有一天，他下决心用“三喜”的笔名写起了通俗音乐，因为他为此付出的劳动只相当于写严肃音乐的十分之一，但得到的报酬却是其十倍。这是何乐而不为的事啊。这是另一个朋友给我讲的这些。有一天，一个从四川来北京打天下的年轻女歌手托人找到了他，想让他作词作曲写一首主打歌，她可以付费一万元，他灵机一动，只用了一个上午，就写出了后来红遍大江南北的《红颜》，从此以后一下子就收不住手了，活儿也越做越多、越做越大。比如每年的春节联欢晚会上总会有歌星演唱他写的歌，大牌导演也找他合作过，我在他家门口的停车位上常碰见来找他的一批我认识的第六代导演，来请他写电影主题歌。此外，他还写过公益广告歌曲、企业主题歌、学校校歌、运动会开幕歌、电视剧主题歌、广告词和其他五花八门，但报酬很高的通俗作品，成了一个炙手可热的人物，而他写这些过去在他看来都是垃圾的东西时所用的笔名就是“三喜”。这个充满了喜庆气息的笔名让他招财进宝，很快，他就在这个社区买下了一套房子，然后，我们成了邻居。

我想即使他成了一个著名的通俗音乐的走红写手，在他的内心深处仍旧有着某种冲突，至少是两个名字如黄声远和“三喜”之间的冲突，但我从他的表面很难看出这一点。他家里经常是高朋满座，娱乐圈的大腕我经常在他家碰到，他们都有求于“三喜”，从而使他们更成功。但是在那样的场合中，我发现了一个有趣的现象：来客们和主人人人神采飞扬，谈笑风生，而他家的那条音乐狗则显得十分落寞，有些郁郁寡欢地待在一边，不时发出低声的呜咽，有时候则识趣地趴在屋角的放盆景的大方凳下面，时而百无聊赖地睁开一只眼看一看，时而又闭上眼睛养神。

我猜它可能不喜欢这些访客，不光是不喜欢他们身上的各种香水味儿，还不喜欢他们带来的某种感觉和气氛。因为这是一条通灵性的音乐狗，它当然很高雅，品位不低，因此它知道他们要它的主人做什么，所以它才如此无精打采。

我猜想过去作曲家黄声远和他的这条音乐狗之间已经形成了一种生活默契和习惯，他的伴侣甚至算得上是这条狗而不是他的女高音歌唱家妻子，它绝对是他最忠实的倾听者和相伴者。

当后来黄声远开始写那些大受欢迎的通俗音乐后，对它的耳朵会是一种什么样的考验？看着它落寞的样子，我似乎有了一点答案。

我甚至可能低估了这条狗的品位，因为后来发生的事证明了这条音乐狗试图要改变黄声远的生活，它想让他再回到他们过去的生活当中去，那是一个真正充满了音乐的生活，有点儿封闭，但却是一个丰富的天籁天堂。可黄声远已经在另一条道上走了很远了，这条音乐狗能把他拉回来吗？

黄声远告诉我，后来他用“三喜”的笔名写通俗音乐的时候，他的音乐狗就开始有些萎靡不振了，即使因收入大增，他给它买的狗粮档次大为提高，几乎全是从日本和法国进口的精致狗粮，它也无动于衷，一点也没有表示出高兴的意思来。看来对它来说，精神生活已经是最重要的，要比物质生活的享受重要得多。这对一条狗来说，它的境界是不是显得太高了些？“不是，”黄声远后来辩解说，“每当我一边弹钢琴一边作通俗音乐的时候，它的表情就显得相当痛苦，再也没有了我给它听音乐大师的作品时的兴奋和沉醉。狗的表情同样是非常丰富的，尤其是我的这条音乐狗，它的表情也相当丰富。也就是说，它听我写严肃音乐和通俗音乐时会有相当不同的表示，我搬到这个社区以后，它就越变越凶了。后来还咬了几个人，包括电视剧《风花雪月》的那个制片人，于是有一天我狠狠地揍了它一顿。”

“你把你心爱的音乐狗打了一顿？”

“对，我就像打一个人一样用拳头打它的脸，我一拳拳打在它的脸上，它只是呜咽着，嘴流出了血。从那以后它就再没去咬人了。但它显得很悲伤，它看我的眼神有一点儿悲悯，真的，它看我的眼神仿佛我已经彻底地堕落了。”

“一条狗能用内容这么丰富的眼神看人？”我不太相信但饶有兴趣地

问他。

“就是这样，我的这条狗是我最知心的朋友，它对我来说已不只是一条狗了。”

“那它是什么？”

“是人，是我的兄弟。”

“你这样说太夸张了，”我盯着他看，“它后来让你‘自暴自弃’了？”

“不，有一天，当我带着它去听了一场音乐会之后，它又发生了变化，它再次试图改变我。”

那是他带着它去听一场他的校友谭盾回国在北京演出的音乐会，他像过去听音乐会一样也为它买了一张票，为此他不得不向检票的中山音乐堂的工作人员解释了好久，他们才同意让它进去了。每次他带它去听一场严肃的音乐会时他都会给它再弄一张票。这是谭盾的一部代表作，里面有很多不规则的东西，还夹杂着很多湘楚文化的怪声，在整个演出过程中，他的这条音乐狗显得特别激动，仿佛它从来没有听过这么令人激动的音乐。它后腿蹲着，前腿直立着，双眼充满着一种渴盼，时而低声咆哮，时而小声呜咽，时而微摇着脑袋，那是它听懂了音乐后所做的各种反应。“如果谭盾在场，他一定会因为一个不同于人类的异类能听懂他的音乐而感到兴奋的，”他后来告诉我，“它那天回来以后极其愉悦，一晚上都没有睡好，第二天早晨我带它出去，它都不想去，而是跳到我的钢琴跟前，自己弹了一段‘波莱罗舞曲’，表示我应该坐下来作好曲子了。”

“谭盾的东西并不好懂啊，它真的听懂了而不认为他的东西太怪，太后现代？”

“我猜它可能听出了谭盾音乐中继承的西方大师们的东西，以及他在音乐的老根上又独创的东西。它一定听明白了，至少它比我都显得兴奋，显然，它希望我成为谭盾。”

“它真是那么想的吗？”

“是的，我和它一起生活十年了，我了解它的想法。我想我本来就是另一个谭盾的，但生活使我不得不低头。我现在自己买了房子，我的生活条件已大为改观了，我应该由‘三喜’变成黄声远了。”

的确，从那一段时间开始，“三喜”似乎突然从通俗娱乐界消失了，而这都是他的那条音乐狗起的作用，黄声远正在变成黄声远，他又开始创作大型交响乐和歌剧作品了。那一段时间我在社区里碰见他和他的音乐狗，我觉得他和它的表情都很愉悦。显然当他又变成了黄声远而不是“三喜”的时候，他们之间的关系相当和谐。我于是真的相信这样一条有灵性的、同时又懂音乐的狗可以改变它的主人的说法了。

而在这个浮躁和商业化的时代里，一个人可以埋头创作阳春白雪而与时代不发生紧密关系吗？

这个矛盾在黄声远的身上似乎表现得特别突出。当他又想变回黄声远的时候，他真的能抵制住很多诱惑吗？这就不得而知了。总之有一段时间我很少见到他，我猜想他正在埋头创作他的鸿篇巨制。他一直给我说他想写一部叫作《元素》的交响乐，他想向人类赖以生存的几大元素献礼，他是不是正在创作那部曲子呢？

在一个浮躁和缺乏倾听的时代里，黄声远至少有一条狗知音，我想这应该是他感到庆幸的事。因为即使是夫妻，互相之间理解也变得十分困难了，何况一条狗。是那条狗让他离开了“三喜”生涯，使他重新又捡拾起了做一个杰出作曲家的梦想，我觉得他可以说比较幸运了。但是娱乐界是一个城头变幻大王旗的圈子，由于黄声远的退出，就有很多更新的写手充当了黄声远原来的位置，而且写得比他还更受欢迎。那是一个叫“小鱼”的家伙，他写的歌让成千上万的追星族们疯狂，一眨眼没有一个人去唱黄声远写的歌了。黄声远只消失了一年，就已经没有多少人来找他了，原来我常看见的在他家门口上演的“三顾茅庐”和车水马龙、高朋满座、谈笑风生的场面没有了，很快他那里已经完全可以称得上是“门前冷落鞍马稀”了。这些家伙如今都跑到哪里去了呢？

“这些家伙如今都跑到哪里去了呢？”我在他闭门写作很久以后，有一天碰到他时，他也问我这个问题。

“他们都去找‘小鱼’了，现在‘小鱼’时代已经开启了。”我想刺激他一下。

“我已经是‘老作曲家’了？”他有些不耐烦，眼睛里闪过一丝紧张，“这个叫‘小鱼’的，他有多红火？他是干什么的？”

“你过去有多红有多高的身价，他现在就有多红有多高的身价。他过去是个写诗的，又识些谱子，趁你退出了这一行，他就一下子填补了空当。”

“时代变化这么快？”他更有些疑惑了。

我也有同感，因为我今年才三十出头，但是近来我接触了不少刚从大学毕业的一批二十出头的小伙子们，他们一上手就弄上了互联网，有的还是中途休学来干这一行的，一眨眼只几个月的工夫，已经摇身一变成了CEO(首席执行官)，个个都有了百万以上的身家。对这些人来说挣钱就像是玩儿一样，这真的让我有一种失落感。人人都说第三次发财的机会来了，只要你赶上了这一拨，你就会成弄潮儿，而这一拨发财浪潮不需要权力支撑，不需要倒腾批文，也不需要从银行中黑钱，只要你有知识，尤其有互联网知识，你就可以摇身一变成为富人。我何尝没有失落感呢？

一个清华刚毕业的小子指着我一个朋友的房子——他是从银行贷了四十万元才买下来的——说："明年我就可以买下这一套房子了，还能再买一辆车。你说新下线的帕萨特好，还是广州本田雅阁好？"

听他这口气仿佛他从来都没为挣钱流过汗，也没有为此丧失过自尊。但黄声远为了挣钱都变成了"三喜"，等他挣了钱之后又想变回黄声远时，时代已经甩开了他，就像没人再去看一场早已放过的电影一样。

我那天问黄声远："你的交响乐《元素》写得怎么样？"

"我已经接近尾声了。这可能是一部伟大的作品，我的狗也这么认为。"谈到这部作品，他十分自信地说。我知道黄声远写完他的《元素》之后，他就开始筹备演出他的这部耗费了他一年多心血的大作品。经过紧张的排练，在保利剧场，他的这出叫《元素》的交响乐终于上演了。

演出那天我去了，我就坐在他的旁边，而他别一边的座位上，坐着的则是他那条音乐狗。它像往常一样，后腿蹲着，两条前腿竖着，聚精会神而且还有些紧张地看着演出。我猜想它和他一样，心情都非常忐忑，害怕自己的这部作品失败，因为这是黄声远为了寻找自我所做的最大一次努力了。

这部叫作《元素》的交响乐是一部什么样的作品呢？我似乎也说不清楚，也许它是一部解构主义、后现代主义、拼贴主义、意象主义……的作品？

反正我没有听明白，我不知道他要表达什么，或者他仅仅想告诉我们他在描绘水、土、风、火四大元素？在他那极不规则但十分奇特的乐曲声中，我听到了一个精神内部分裂的人企图整合自己的努力，但从观众的反应上看，他失败了。

他的确失败了，有一些人在交响曲还没有演奏完就已经离场，虽然这么做极不礼貌，但他们也许真的不能忍受黄声远的音乐。我在一旁为他感到难过和担心，而当很多人纷纷离席而去的时候，连他的音乐狗都看不下去了。它上前试图阻拦那些要离开的人，它大声地吠叫着，结果这一下反而使局面大乱，有人以为这条狗要狂咬他们，虽然它只是想徒劳地拦住他们，但他们早已吓得魂飞天外，夺路而逃，场面一时大乱，演出停止了。

那真是混乱的一刻，我都不知道当时是怎么在瞬间发生的，后来只剩下了空空的幕布和他，还有比他更沮丧的他的那条狗，它悲哀地呼哧呼哧喘着气，耷拉着舌头在闷热的空荡荡的剧场里跑来跑去，不明白为什么观众一下子就会消失了。

我在很远的地方注视着他和他的音乐狗，这是他一生中最失败的一刻，他坐在那里没有说话。难道这个浮躁的时代人们不愿意去听《元素》之歌吗？

黄声远从那以后似乎沉闷了一段时间，在社区里我又碰不到他了。但是能常看见他的那条狗，它经常鼻青脸肿的，有时候它的腿还有点儿瘸，它总是独自在社区绿地上郁郁寡欢地溜达着，再也没有过去迈着莫扎特的一些曲子的节奏步子了，它小心翼翼地嗅闻着别的狗留下的尿臊标记，显得心事重重。它和黄声远的关系又进入低潮了吗？

然后就是有一天我在社区门口碰见他，他告诉我他已经把那条音乐狗烤了吃了，他说这些的时候眼睛里精光大盛，十分狰狞：“味道真的很不错，就像我听巴赫的音乐一样。现在我准备再度进军通俗歌坛了，我给自己起了一个笔名叫‘大鱼’，‘大鱼’是一定要吃掉‘小鱼’的，就像我吃掉了我的狗，你说呢？”说完，他小声地笑着走开了。

那一刻我突然意识到他是一个精神分裂者，一个不折不扣的疯子！

我看见她了

他看见她了，每天有很多时候他都能看见她。虽然两幢小楼之间有一棵绿叶婆娑的柳树，他仍能够看见她。她是一个性格活泼的姑娘，他可以看见她在听音乐，而且还随着音乐跳舞，随便地在客厅的地毯上转来转去。

有时候她坐在沙发上看电视，不知道是电视上的什么节目把她逗乐了，她抱着一个褐色的玩具熊，笑得倒在沙发上起不来，他就能看见她修长的一双美腿，心就怦怦乱跳。

她一个人住着那套房子，那是一套B型的复式小楼。而他的则是C型，C型的顶层复式阁楼要大得多，还有一个储藏室，他就在储藏室里放了好多酒。他还带着一个十三岁的儿子，这个儿子喜欢偷喝他藏着的葡萄酒，尤其是那些意大利干红葡萄酒，瓶底还带些葡萄的陈年旧渣，儿子最喜欢偷喝他的这种酒了。

但要是儿子不光偷喝他的酒，还和他一样偷看对面的那个二十来岁的姑娘，那麻烦可就大了。

儿子住在楼上，他住在楼下。最近半年多儿子似乎经常把自己关在楼上，他不知道儿子在干些什么。阁楼原本是他的书房和收藏室。儿子又把他的电脑、音响和电视、VCD机全都搬了上去，所以，整天听见儿子的电脑、电视和音响在响。有时候他把它们全都打开，甚至VCD都在工作，那么吵闹，他又一个人躺在躺椅上看一本《世界探险史》。是儿子的大脑中有五个部分可以一起工作吗？

他一个人带着儿子已经生活四年了，主要是他妻子非要出国，即使是儿子当时已经八岁了她也要走。当他明白她并不以这个家庭为重，甚至也不在乎儿子的存在时，他明白他必须和她离婚了。

离婚以后，她如愿以偿地出了国。先去了阿根廷，但她写来的信中说她一点儿也不喜欢那儿，那里的人分绅士和野蛮人，天气总是湿漉漉的，她老是起麻疹。后来她又去了新西兰，见了些毛利人；然后又去了澳大利亚，和一个澳大利亚研究毒蛇的专家同居了一段时间；又去了加拿大，在加拿大，她开始学法语，最近的来信说她又要去巴黎了。

他是和她结婚好长时间以后，才发现和她不是一类人。她总在生活中寻找不如意的地方，总觉得生活在别的地方会更好；而他却喜欢安安静静。他弄不明白当时自己怎么晕了头，会和她结婚。这是他一生犯过的最大的错误，而且，他和她还有了一个孩子，可孩子是无辜的，他不算是错误。

最近他仍旧收到她从国外写来的信。他纳闷四年间她不停地给他写信是为什么，因为他们早已经离婚了呀！而且，他觉得在心理上和感情上她离他已经非常遥远了，甚至都变成了一个陌生人，他对她在信中讲的一切并不关心。最近一次他问过儿子：“你对你妈写来的信的内容感兴趣吗？”

儿子淡然地回答：“我一点儿也不感兴趣。她只是在信中说她自己。

她其实早已忘了我们啦。”

于是他再接到她的信的时候，连看也不看，就把它们撕碎扔了。一个生活跟你已不相干的女人给你讲她的同样跟你不相干的生活，你有什么理由非要阅读？

但他觉得儿子跟他越来越相干，因为儿子各个方面都越来越像他了。四年来儿子和他相依为命，关系好得没法说。但最近，他发现儿子有点儿变化了。

他猜他正在进入青春期。每一个男人都会牢记他的青春期，他记得自己的喉结的突起、乳头下有硬块和小腹下第一次长有黄毛的事情。那时候，这些变化在他的心理上引起了极大的恐慌，他当时不知道自己的身上在发生着什么，那年他十四岁，他清楚地记得那是 1976 年，那一年里中国死了几个伟人，还发生了唐山大地震，又死了几十万普通人。但是，这些外部的大事只是在大人的脸上表现出了惊恐，他们都不知道这一年他为自己身体上的生理巨变而胆战心惊。

而儿子已进入这一阶段了，他现在又在想什么？平时他把阁楼门关起来在干什么？在手淫吗？看黄色毛片？读禁书？偷着喝酒？他为自己的担心而更加忧虑了，但这都没有他想到儿子也许在偷看对面楼上的那个姑娘而更令他惊心的了。

他忍不住总是要去偷看那个姑娘。她搬来的时间不长，可能是个租住户，她是和一个男人来的，后来，就剩她一个人住在那儿了。

妻子出国以后他就没有再结婚，他交过几个女友，但都十分短暂，可能是他没有看上她们，所以他老是提不起兴趣给她们打电话。可当她搬到他对面楼上住时，他却总想看她。这又是为什么？

那个二十来岁的姑娘不知道是干什么的，很多时间她都待在家里。平时她开一辆小奥拓，而他坐班车，所以从来没有近距离见过她。这更使他加深了偷看她的欲望。通常，吃过晚饭以后，儿子上了他的阁楼，楼下三室两厅的领地就全是他的了。他就会把大屏幕电视打开，让它发出声音来稳住楼上的儿子，而他则溜到卧室，不开灯，这样就可以看见她了。

他可以看见她做饭、看电视、做瑜伽功、健身、洗澡、发呆和打电话。她身材很好，他在以后的日子里才逐渐发现的，因为有好长一段时间，他发现自己失去了对女人的好奇心和兴趣，感到打不起精神和她们接触。可她让他又焕发了这种兴趣，让他对她的生活产生了偷看的欲望。

有一天，一个男人在她的房间里出现了。这是一个穿着花格子衬衣的男人，很年轻，不到三十岁的模样。他和她在房间里热烈地拥抱、接吻，这令他感到了嫉妒。实际上这不应该是他的情绪，可他产生了嫉妒之心，过了一会儿，他发现花格子衬衣男人和姑娘激烈地争吵了起来。他听不清他们在吵什么，但是看上去他们都很愤怒。而且，过了一会儿他们厮打了起来，男人揪住了女人的头发把她的头向沙发靠背处撞。而他则揪起了自己的头发，在看他们打架，恨不得立即过去帮帮她。后来那个男人又松开了女人的头发，他揪住女人头发的手又变成了一双抚摸的手，女孩不哭了，两个人竟十分令他吃惊地再次拥抱接吻，最后，不可思议的事情发生了：他们开始互相飞快地脱衣服，两个人彼此帮忙，然后倒在沙发上热烈地做爱了。他们的动作使他想起了他和他前妻的生活，和他们生活中隐秘的部分。这时，他忽然想起了儿子，他决定到阁楼上看看他在干什么。他就悄悄地回到客厅，上了楼梯，然后敲了敲阁楼的门。他听到里面一阵慌乱的声音，然后门开了。

他走了进去，盯着儿子看。十三岁的儿子的嘴唇上面已有了一层小黄毛。儿子的表情有些不自然。有一张方凳在窗户下面。

“你在干什么？”他问他。

“我在设计软件程序，我没干别的。”

“你把方凳放在这儿干什么？”他又问他，然后借故踩上了方凳，向外望去。从这里可以看到刚才那一对儿正在干什么，现在，他们仍在那里活动着。

“天黑了，我看见星星了，你看它们有多美。”他斜着眼看了一眼儿子，儿子似乎不为所动，他一定觉得很坦然。“你早点儿休息吧。”他跳下来，顺势把方凳拿开了。

这证实了他儿子也在偷看对面楼上的那个姑娘。洗衣服的时候，他发现了儿子短裤上的精斑。小家伙开始遗精了，不知道是不是他手淫的结果。他想起多年以前他在这个年龄，第一次遗精，是梦见自己骑一匹白马在田野上飞驰而过。他一边洗着这些衣服，一边在想，如何和儿子沟通呢？当儿子越来越像一个大人并具有独立人格的时候，他该如何面对他呢？儿子偷看对面楼上的女人是因为他到了青春期，对女人充满了好奇心。可他偷看对面楼上的女人，他已经过了青春期，这又是为什么？

吃早饭的时候，儿子喝光了牛奶，漫不经心地对他说：“爸，你再找个女的结婚吧。”

“为什么？难道你想要个后妈？”

“不是，”儿子一撇嘴，“家里也该有个女人了。你看你，每一回衣服都洗不干净。女人才能把衣服洗干净。”

“就为了这个？这倒简单了，我会请个小时工来家里洗衣做饭的。”

“不是，爸，你也该有个女人照顾了。”儿子笑嘻嘻地说，“看上谁了没有？”

“我看上对面楼上那个女的了，你觉得怎么样？”他半开玩笑地问。

“她有男朋友,”儿子皱了皱眉头,“你会费很大劲,而且都不见得得手。找个爱你的做老婆吧。”

听儿子的口气，他俨然是一个大人了。开始遗精，生殖器一翘一翘地就算是个大人并且可以教训老爹应该娶个后妈了吗？“你别管我的事，你可不许在学校找女朋友。”他严肃地说。

“我有女朋友，”儿子瞅着他，“她追我追了一年，我不得不答应她。爸，你可得加把劲啊。”儿子笑哈哈地起身拿起书包就跑了。

他觉得很恼火，当儿子不再用儿童的眼光，而是用一个成年人的眼光来看他时，就明显地看到了他生活中的缺失。这个缺失就是他应该有个女人了。他一个人在家的时候，发现儿子把他妈妈的照片用相框装好，挂在了墙上。

“你把你妈的照片挂在墙上干什么？”晚饭时他一边吃着土豆泥一边问儿子。

“她是我妈啊。我现在不是没妈嘛，所以我就挂她的照片。人人都有妈，对不对。”儿子轻描淡写。

“你真想有个妈？”他试探着问儿子。

“开玩笑，有一个妈都够咱们爷儿俩受得了，再来一个，谁能吃得消？”

“我不喜欢你油嘴滑舌的。我不喜欢你这样和我说话。”

“我一直这样说，你怎么最近老挑我的刺？看我不顺眼？”儿子有点儿咄咄逼人。

“我倒觉得你最近变了，变得很诡秘，还有点儿玩世不恭。”

“没有，爸，”儿子很认真地对他说，“我觉得你确实应该再娶一个女人了。你也不可能和我妈复婚的，她一出国，人就彻底变疯了。”

他仍旧经常偷看对面楼上的那个姑娘，他发现，上次来的那个男人再也没有来。他觉得自己真的有点儿喜欢上这个翘屁股女孩了，也许自己应该追一追。管她有没有男朋友，天上的野鸽子，谁抓住是谁的，只要我喜欢，我就应该试一试。中午饭的时候，他对儿子说了自己的想法：“我要追楼对面的那个姑娘了。”

“追吧，”儿子很赞同，“管她有没有男朋友呢。”

“但是她老让我想起你妈妈，你妈妈的身材和她有点儿像。这让我有些‘一朝被蛇咬，十年怕井绳’的感觉。”

“嗯，她是有一点儿像，身材像，可脸长得不像。我有时候在阳台上可以看见她在炒菜。”

“可我好久都没追过女孩了，我追你妈那会儿都是十几年前的事了。我不知道怎么下手才算好——”

“嗨，想办法先跟她认识，然后就把她请到家里来。这样，你们就可以开始了嘛。”

他并没有和她认识，而是继续偷看她。没有妻子，家中也没有其他女人，他必须要和儿子的青春期以及他没有母爱的现实战斗。这是一种十分奇怪的状态，父与子有时候都偷看对面楼上一个年轻女人的生活，彼此心照不宣，但是他渴望一个女人和儿子渴望母性之爱的心理原因便昭然若揭。每一次和儿子谈起这个话题，他都有些尴尬，而儿子也在表面上漫不经心和满不在乎的语气下，隐含着对母爱的渴望。可对面那个姑娘，难道就是他们父子俩渴望的合适对象吗？

他又看见那个年轻男人来找她了。他躲在卧室里，看见那个年轻男人穿一件黑色的T恤衫，显得肌肉特别发达。他在她的房间里，一开始只是坐在那里，听她说话，而她在房间里走来走去，情绪很激动。停了一会儿，那个男人站了起来，一把揪住了她，扇了她一个耳光。

这耳光像打在了他自己的脸上。作为一个偷窥者，他已经正在由局外人变成一个局内人。当眼看着一次暴力活动即将进行，在自己黑暗的卧室里，他坐不住了。他打开门，飞也似的跑下楼。在临出门时留在他脑子里的最后印象，是那个穿黑色T恤衫的男子已把她按倒在沙发上，紧紧地掐住她的脖子，快要把她掐死了。

他很快地来到了她家的房门口，听不见里面的声音，但他按响了门铃。门开了，是气喘吁吁的那个男子。

“我看见你在打一个女人，这样不对，请你住手。我是你们对面的邻居。”

那个男子古怪地看了他一眼，笑了笑：“可我的屋子里没有女人。你看错了。”

“我看见她了。我看见你正在打她,你快把她给掐死了。”他很肯定地说。

“你真的看见她了？”黑色 T 恤男子逼问了他一句。

“我真的看见她了。”

“平时你总能看见她？”

“有时候不，有时候是这样。因为我就住在对面。”

“你看错了,我的屋子里没有女人。你进来看一看,这里真的没有女人。”

他走了进去。客厅里就像他看见的客厅，十分真实，但是沙发上没有那个翘屁股女孩，没有人。他站在靠近阳台的位置，向自己家方向望去，他可以看见儿子正毫无表情地在阁楼的窗子里望着他。可这客厅里没有刚才他们看见的那个女人，也看不到搏斗的痕迹。

“我说的没错吧，这里就我一个人。”那个男子笑了笑，“只有我一个人在看电视。”

“抱歉了。”他感到很尴尬，他是怀着一腔公牛般的热血冲上来的，可这里并没有他期待的一块红布。“再见。”他转身走了。

第二天吃早饭的时候，他和儿子一开始都没有说话，过了好一阵儿，儿子说：“爸，你昨天真的看见她了？”

“那当然。你没看见她？你不也偷看她吗？”

儿子的脸红了：“可我昨天没有看。我只看见了你在那儿，我以为你去追求她了。”

“你为什么要偷看她？你说，你要干什么？”他感到怒火正在聚集，他冲儿子大声嚷嚷。他猜测自己会爆发出巨大的脾气，会打儿子一顿。

“因为……她有点儿像我妈妈，我忍不住就会看她几眼，就是因为她有点儿像我妈妈……”

儿子的眼角沾着泪水，他的内心忽然一酸，他想，也许儿子太需要一个妈妈了。

连着两天，他都没有再看到她，从他的卧室里，他看见她的房间里在夜晚也亮着灯，但是却没有一个人。他真的看见她了？

第三天的傍晚，他一个人在房间里，然后门被敲响了，她站在门外。

他吃了一惊，因为她看上去很疲惫，也很憔悴。“我可以进来吗？”她问他。

他有些慌乱。“当然。”他让开来，请她进来。他们在客厅里坐下，他给她倒了一杯橘子汁。

“谢谢你前天很关心地看我。那个人是我丈夫，不过我们离婚了。那天我们吵了起来，他差点儿把我打死了。”

“可我并没有看见你。我在你的客厅里什么也没看见，不过我在我的房间里看见那个男人正在打你。”

“他是我过去的丈夫。他总来骚扰我。他觉得我伤害了他，因为是我提出的离婚，是我要离开他。”她的脸上似乎还有小的伤痕。

“动手打人的男人，实际上是虚弱的。”

“他前天把我打昏了，把我塞进了柜橱，所以，你看不见我。”

“原来是这样。”

“有时候，很多时候我知道你在看我。”

他脸红了：“可能是吧。”他低下了头。

“我想你是一个不错的人。可我明天晚上就走了，我要出国了。所以，我来向你致谢和告别。”

他本能地问：“去哪儿？”

“先去阿根廷。以后我也不知道我会去哪儿，我就想换个环境。我不想在国内待着了，我想逃开这儿的一切。”

“哦，”他说，“如果我看见你前夫揍你，我会揍他一顿的。但是我没有看见你。”

她温柔而疲倦地望着他：“谢谢你。我知道你是一个好人。我在柜橱里躺了两天。我就是来向你道别。再见，祝你好运气，而且，你是该为你儿子找个妈了。”她站起来，微笑着向门外走去。“他还没回来？”

“他还没放学回来。也祝你好运。”他冲她下楼的身影说，“一路平安。”

第二天傍晚，天已经黑了。他走上儿子的阁楼，发现儿子正站在方凳上朝外望。他也搬了一个凳子站在上面：“你看什么呢？”

“我看见她了。”

“昨天她来过咱家了。她要出国了。”

“你看，她正在收拾东西。她要出国的话，就不能当我后妈了。”

“是这样。她也是一个离婚的女人。”

他们父子俩站在方凳上，看着她收拾行囊，这一刻他们觉得父子俩十分亲密，这可能是世界上关系最近的亲人了。她收拾好了一切，然后离开了房间，出门前关了灯，他们看见那里突然之间已是漆黑一片。

网上的食人鱼和吐火女怪

在网上聊天室里他的名字是“食人鱼”，他并不喜欢食人鱼，甚至有些讨厌它。食人鱼长得圆圆扁扁愣头愣脑的，体量并不大，但却十分擅长发动群体攻击，转瞬间就能将落水的大型动物包括人吃剩成一副骨架。

因为在网上你起的名字必须要有特点，如果显得凶悍一些，就不会有太多的人向你发起挑战。但实际上在网上你起什么名字都没用，总会有人想法和你不一致，并且在聊天时一点情面都不给你留。那个叫“吐火女怪”的就是，假如她真是个女的，那她那天在网上骂“独孤求败”时可真够厉害的。

网络虚拟得要命，它像一个不断拓展的黑洞一样令人害怕，而且网上有很多陷阱，比如黑客、病毒和潜在的凶犯。但即便如此，每天到了傍晚他都会到网上泡一泡，这个时间正是社区里不少人遛狗的时间。

他最讨厌这个社区养狗的人了，不管他们养的是大狗还是毛茸茸的小狗，只要见了他们，他就躲到一边去了。而更可恨的是有些人会松开皮套，让像小牛一样的大狗在社区绿地边的小道上跑来跑去，要是被它们咬一口，那可够受的。因此在社区人遛狗的时间里，他就以上网来躲避那些大狗小狗们。

上网聊天的人大都根本看不见对方，也不想看到对方，因此他居然产生了和“吐火女怪”见面的想法，就有些不对劲儿了。

他是在一个网站的聊天室里碰到的“吐火女怪”。这名字怪吓人的，跟他的“食人鱼”一样，都属于给人警觉的，不像什么“宁财神”或是“安妮宝贝”那么喜庆和温柔，他们起这种名字天生就是不想让别人喜欢的。

他第一次在网上碰到“吐火女怪”的时候，聊天室里聊的话题是有关易装癖的。这是一个时髦的话题。有一个叫“独孤求败”的家伙正在大谈他如何扮成了女人，还在酒吧里吸引了不少男人的事。这时，“吐火女怪”说话了：

那你从小就一定喜欢被装扮成女孩，对不对（吐火女怪）？

没错，小时候我妈就把我打扮成小姑娘，我都没穿过男式开裆裤，但我穿过裙子（独孤求败）。

也就是说，你从来没有在别人面前亮过你的”小鸡鸡“（吐火女怪）？

这并不重要，我并不想当女人，我只是善于扮成女人罢了（独孤求败）。

那就太可惜了，你连和其他男孩一起比赛谁尿得高都没体验过，却以扮成女孩为荣，你一定是一个心理有毛病的人，可能你就是一个性变态（吐火女怪）！

我才不是性变态呢（独孤求败）。

那你肯定是一个面色苍白、阴茎短小、只知道手淫而不知道何谓女人，上大学时偷女生乳罩藏在自己胸前的人，对不对（吐火女怪）？

你是男孩还是女孩？有你这样脏话连篇的女孩吗（独孤求败）？

我是“吐火女怪”啊，小心我烧死你（吐火女怪）。

你们俩不要进行这种人身攻击了，很多人在看你们聊天呢（宝贝安黎）。

他懂什么叫易装癖啊，他就是一个心理变态的家伙，咱们把他从这个聊天室里赶出去，再来好好谈一谈易装癖（吐火女怪）。

你怎么知道我阴茎短小……（独孤求败）

因为你一直是一个废男人，你必败无疑，没有任何自信，所以你才叫独孤求败（吐火女怪）。

我好男不和女斗……（独孤求败）

我可敢站着撒尿，你敢蹲着撒尿吗，“小姑娘”独孤求败（吐火女怪）？

看到这儿他笑了起来，如果这个“吐火女怪”真是个女的，她也够泼辣的了。一个敢自称站着撒尿的女孩，能把尿撒到马桶里去吗？他大笑起来，眼看着独孤求败在聊天室里大败而去，剩下了“吐火女怪”成了主角，开始认真探讨“易装癖文化”了。她谈得不错，显然她对这个问题还有些研究，所以当他这条“食人鱼”也加入进去聊开了这个话题之后，“吐火女怪”对他也有了很深的印象；因此后来有一天他在网上把她专门约到一个小聊天室里，关上门聊起来了。

你真的是一个女孩子吗（食人鱼）？

那当然（吐火女怪）。

按照网上习惯的说法，没人知道你是不是一条狗（食人鱼）。

我也许算是一条漂亮的小母狗呢（吐火女怪）？

但起“吐火女怪”这个名字的女孩，长得一定很丑（食人鱼）。

恰恰相反，我长得漂亮极了（吐火女怪）。

我想见见你（食人鱼）。

还是在网上聊一聊比较好，比如，今天我们可以聊聊同性恋问题（吐火女怪）。

我们聊聊爱情吧，异性之间的爱情（食人鱼）。

我给你讲一个有趣的事，我所在的社区里有一个画家，他最近开了一个铁匠铺，去打铁的人……（吐火女怪）

喂喂,你和我住在一个社区！我就去打过铁,那个人叫刘三田(食人鱼)。

哎呀，我不和你聊了，我有一种危险的感觉（吐火女怪）。

她打出这一行字，就退了出去，不和他聊了。现在，他明白她和他都住在一个社区中，相距不过几百米远。而且也许他还见过她，在社区班车上他常常能碰到漂亮女孩，那么从现在起，她们中的一个可能就是“吐火女怪”了。

他后来经常上网，企图再次发现“吐火女怪”，但她再也没出现过。因此在班车上看到比较漂亮的女孩，他就猜想她是“吐火女怪”，而且还大喊一声："吐火女怪！"弄得班车上的人都看他，他也没见谁的反应像"吐火女怪"。他在班车上喊了几次以后，物业管理公司的人找他谈了，说有业主投诉他在班车上大喊大叫，骚扰了他人的安宁，他只好不那么做了。但谁是"吐火女怪"呢？

新建的社区俱乐部开业了，这是一个带游泳池、大型超市、美容院和网球场、酒吧、健身房、社区诊所和小书店的社区会所，一共三层。他很喜欢那个游泳池，所以经常去。一天，当他去那儿的时候，蓝色游泳池里已经有不少人了。其中大部分是女孩子，有几个都很漂亮。

他在游泳池中游了一个来回，然后坐在池边盯着水看，这时他的大脑一片空白，然后他下意识地说了一句："吐火女怪！"

一个没有戴泳帽的女孩子转身看着他，他一下子明白他在这里碰上她了，碰上网上那个"吐火女怪"了。

"你就是那个'吐火女怪'，对吧？"他微笑着说。

"是啊。"她甩了甩头发上的水。她长得是很漂亮。"你是'独孤求败'？"

我才不是那个可怜的家伙呢，他想。他又笑了，"我是食人鱼。"

他没想到会在这样的场合和"吐火女怪"见面，她大约有二十五岁左右，身材很苗条，像那种典型的舞蹈演员身材，她的胸部翘翘的，就像是梨树上结的饱满的梨。那天他们在社区游泳池中游了好久，除了"易装癖"，他们还谈了不少别的话题，他觉得他有点儿爱上她了。

这的确是可能的，从网上认识一个人，然后在网下和她增加交流。他知道她是一个室内设计师，毕业于中央工艺美术学院，现在那所学校已变成清华大学美术学院了。而他，是一个花卉中心的园艺师，因此，从他见到了她之后，她就注定要被他送的鲜花所包围。他开始追求她了。在她家的阳台上，我们可以看到各种各样的花卉争妍斗奇，它们都是园艺师精心挑选的，他想用花来包围和打动一个女人，他正在这么做。

有时候他们仍旧一起去游泳池游泳。在现实生活中，他觉得她是一个十分文静的女孩，而他也很平和，几乎与“食人鱼”和“吐火女怪”毫无关系。那是他们在网上的心照不宣的经历，他们再也没有提起，而他们后来也很少再进那些聊天室了。

然后有一天他就向她求爱了，这一回他送了她一盒开出了米粒儿一样素白的风信子花，这花所散发出的淡淡的香气十分好闻。但是她没有答应他。

“为什么你不能答应我？”他的眼睛里掠过了一团痛苦的火。

“因为，因为我的心里还装了另外一个人。”

这是令他十分痛苦的回答，而他似乎也有这种预感，然后，她给他讲述了她的故事。

和所有相爱的人一样，她和男朋友很早以前就认识了，那时候她在大学里的舞蹈队跳舞，他也是，毕业以后他去了南京，而她则待在了北京。有一天他给她打电话说：“你自己好好过，找一个男朋友吧。”她明白他已经有了女朋友，而这时就是她上网变成“吐火女怪”的时候。所以在网上她的脾气特别大，因为她有一种被抛弃的感觉。她最想不通的是，为什么他们六七年的感情，就不能够持续下去呢？她在北京一直等着他，因为他曾经答应再回来，回到北京，但他又不回来了。直到不久以前，也就是“食人鱼”热烈地追了她好几个月，而她几乎快要招架不住的时候，他给她打来了一个电话。这时候他在上海，他说他还会回到北京的，让她再等他一年。

“于是我答应了他。我对他有了这个承诺，我要等他一年。”她看着食人鱼，坚定地对他说。

他沉默了一会儿：“你这是初恋情结在作怪，你和他成不了。”

“那我也要看一看结果，我就要赌到底，看看谁能把爱坚持到底，而谁是一个叛逃者，情感的叛逃者。”她说。

“可我们在一起也很好啊。”他急得有些面红耳赤，“我们相识这几个月来，我们在一起那么好，那么好，连你都说，我是你见到的最温存的男人。”

她温柔而略带歉意地抚摸着他的手背：“是的，在生活中你是我见到过的最温存的男人，你对我真的很好。但是我不能忘记他，我和他有很多共同回忆的东西，我丢不掉这些，所以，他说要我再等他一年，我就等他一年。”

他看着她，看出了她的决心。这年月这种女孩子已经很少见了。他有些钦佩她，但又有很强的失落，这是一种十分复杂的心情。他想了想，柔和地抱住了她：“那我也等你，如果一年以后你们成不了，你就和我在一起，好不好？”

她有些忧虑地看着他：“不要刻意地等我，你如果碰到合适的，请一定把握住，答应我。”

他看着她没有说话。

几个月以来的内心的火焰突然被一阵大雨浇灭了。不，还没有完全灭，他觉得在他的内心之中还留存有火种。爱当然不能转瞬即逝，否则，那还是真爱吗？于是他决定等她一年。生活中总有一些荒谬的力量引导我们盲目地生活着。他压抑住对她的爱，去热带鱼市场买回来一缸食人鱼。

他在观赏这些食人鱼的时候，会下意识地把手伸进鱼缸，然后鱼缸之中立刻喧闹了起来，食人鱼们一起向他的手进攻，它们的嘴就像是铁叉和钢锯，让他一阵钻心的疼痛，他一惊，立刻又把手收回来，难道这就是他和“吐火女怪”的情感体会吗？

汪玲突然给他打了一个电话，她现在在一家餐厅当领班，和男友再一次分手了。汪玲在几年前曾和他同居了半年多，她是一个漂浮在北京的女孩，没有任何工作能力，受聘于任何一家单位，干不到三个月就会离开那里。但是她喜欢花，她经常到花卉中心来买花，在那里认识了孤独的他——食人鱼，他的名字叫樊荣，还有一点儿忧郁。她觉得他像是太阳，照亮了她的生活。她发疯似的喜欢上了他，然后有一天她就搬到他那里去住了，她喜欢他的居室里也全都是花。

任何两个人要是真的生活在一起，那么他们将承受一个人生活时根本不用考虑的东西，而他就要接受汪玲的全部。那时候他刚刚从园艺学院毕业，还没有任何可以称道的生活基础，只有一间十平方米的宿舍，而他和她就生活在里面。两个彼此需要对方来解除孤独的男女同居在一起了。他并不爱她，而她则很深地爱着他，他忘不了的是她很疼爱和细致地给他擦背的情形。但是生活中沉重的部分让他们根本无力去承受，他让她去读了旁听生，从而甩掉了她。

这之后，汪玲仍旧像一朵云飘来飘去，她觉得他是她生命中的痛点，她是没办法忘记他的，她把他看成是她生活中唯一的阳光。在北京这么一个大都市中，她内心中依赖的唯一一个人就是他。

但她越这样，他就逃离她越远。因为他觉得自己必须有事业，而不是和她一起沉到生活的灰烬中去。几年下来，他有了自己的花木公司，买下了社区中一套顶层的复式公寓，也买下了一辆车。尽管他非常讨厌社区中有人养那些大狗小狗，他还是喜欢社区的中产阶层氛围，他通过几年的努力已让自己上升到了小富人的有车有房阶级，因此和汪玲在一起的日子对他来说已像一个遥远的梦了。

汪玲现在在一家日式自助火锅店当领班，她打电话给他是因为她身体不好，血小板太低，不久前发作了一次，差一点儿死了。

"我浑身都是出血点，太可怕了。血也从我的牙缝里往外渗，一刻都不停。那时候躺在医院的床上，我就想，要是我死了，再见你一面就心安了。"

她的话让他感到酸楚，因为他们现在已完全不是一个阶层的人了。她和他的联系在他的记忆中就是多年以前她细致而又疼爱地给他擦背，这是他体会最深的爱的动作和记忆了。

"我又能为你做些什么？"

"你什么都不用为我做，我只要你做我的倾听者。听到你的声音，我就感到很幸福也很安全。我在这家餐厅打工，为的是几个月以后我能买一架摄像机。"

"你为什么要买摄像机？"

"我想过几个月回一次家，用摄像机把家乡的亲人与景物都拍下来，而我妈妈的病很重，可能不久于人世了。然后，我再也不会回去了。"

他差一点儿说他完全可以送她一架摄像机，但是他没有说出口。她并不需要他的怜悯，如果这怜悯不是爱的话。

“我和男朋友又分手了，因为他们都不如你，不如你带给我的感觉那么刻骨铭心。生活中，尤其是情感上，为什么会有那么多的碎片？一点儿也不完整，我得不到一份完整的爱。我过去寄希望于你，但我失败了。我不说这些了，听到了你的声音，我就可以支撑自己好多天了，再见！”汪玲挂断了电话。

当他听到电话里“咔嗒”一声响的时候，的确感到生活中的情感碎片像纸片一样飞了起来，可情况就是这样的，汪玲爱他，他爱“吐火女怪”，而“吐火女怪”又爱着她大学时代的男友。这样一种关系让他感到了灰心。但是所有的人，这个链条上的人又能回身拥抱身后的人，比如，他拥抱汪玲，“吐火女怪”又拥抱他吗？

他的确又等了她一年，在这一年期间他真的没有爱上别人，而一直惦记着“吐火女怪”，也许因为一开始就没有得到她，所以他才会那么在乎她。作为一个园艺师、花木公司的经理，他是最能体会一年中四季交替的变化的，他摆弄的那些花花草草如何在四个季节中重现出不同的面貌。这一年当中他仍旧常约“吐火女怪”出去玩儿，听她讲她的各种室内设计，包括一个设计了供男女进行性交易的结构复杂、有很多暗室的桑拿城。他就是被她吸引了，他摆脱不了她。“吐火女怪”像一开始吸引了他那样，从网络到现实，他一刻也没有停止想念她，但是，她就是不能答应他，因为她对自己的男友承诺了。

如同任何果树都要结果一样，他和她的关系也将在某一天有一个结果。那是盛夏季节之中无比燥热的一天，他同时得到了两个结果：上午他从《北京青年报》上得知有一个叫汪玲的女孩精神失常，扑向了迎面开来的地铁，在地铁站当场死了。那张报纸上刊发的大幅照片证明了死者就是他认识的汪玲，他的心情糟糕透了。在这天晚上社区又举行了一个“业主消夏文艺联欢晚会”，“吐火女怪”上场了，她给大家表演的是不停地从口中喷出火舌。他在台下看着她，感觉到这是异样的一天，尽管在这一天他见到了社区里几乎一半的人，他也并不兴奋，他的心情十分焦虑紧张。而“吐火女怪”表演完了喷火之后，就离开了晚会现场，他到处找也没有找到她，因为这一天是她约定等另一个人一年的最后一天，在这一天汪玲死了。而“吐火女怪”变成了一个真的吐火女怪，他在想她到底喝了多少煤油，才能吐出一口又一口的火龙？这天晚上他给她打了无数次电话，而她的房间那边没有一点回应。他猜想她终于和男友和好如初了，这个想象让他心痛不已，他一晚上也没有睡好觉。到了第二天，他知道了结局，“吐火女怪”已经在昨天吞安眠药自杀了。

消息是社区保安传出来的。他上午出门的时候，看见有一辆救护车已经开走，而保安谈论的细节让他几乎要昏倒了。他强撑着又回到家里，明白昨天他生命中的两个女人都死了。他后来把脸埋入了鱼缸，鱼缸中的食人鱼立即欢快地腾跃着，它们像铁叉和钢锯一样冲击着他的脸，他在那剧烈的痛楚当中想不明白的问题仍旧是为什么人人都得不到他们的所爱，他们都像他这样被食人鱼咬了一样受着煎熬。

他的脸是否成了一副白骨？或者他本人也变成了一条食人鱼，滑入了他的鱼缸？这些事情谁都不会知道了。

谁打完了所有的高尔夫球

她最近一次去监狱看她男朋友的时候仍旧是兴高采烈的，不像他刚被关进监狱时她好长时间都是哭哭啼啼的，而我在超市买精装食品和豪华杂志时还常看见她的脸上挂着泪痕。

在社区班车上我问她，你为什么最近变得快活了？她的回答令我十分吃惊："因为他被关进监狱了。"难道男朋友被关进监狱，女人会因此而更高兴吗？

显然不是，因为她随后说："他现在对我比过去好多了，他喜欢我去看他，而且要和我说很多话，过去他没有多少话和我讲。现在，他比过去需要我多了。不然，我们可能已经分手了。"

她肯定是十分爱他的，这一点我从她的脸上可以看得出来。女人爱上了一个男人，她的表情会张开，就像一朵随时可以打开的花。但是，即使是男朋友被关进了监狱，她仍然爱着他，甚至比过去更爱他了，这一点让我有点儿琢磨不透。她是那种身材修长的姑娘，细细的，头发和腿都很长。

脸并不大，但脸庞很柔和。她在一家房地产公司做销售经理，她穿牛仔裤配上休闲服或者穿两件套的西服套裙，都显得十分好看。我不认识她的时候，每一次在班车上看见她，都觉得颇为赏心悦目。一直到有一天我替朋友打听一个房地产项目，去她所在的亚运村售楼处时碰到了她，和这个叫高岚的姑娘就算认识了。

她的男朋友看上去比她大十岁左右，三十出头，高大威猛而又精明强干。他干的是古董收藏和买卖的活儿。在这个社区中，他购买了两套各一百五十平方米的底层带草坪的房子。后来认识了他们俩，我被邀请看过他们的房子，那两套加起来有三百平方米的房子的客厅因为打通了的原因，有八十平方米之巨，这真的是十分罕见的私人住宅的客厅了。

在这个客厅中，摆放着各种各样的红木家具、古董、瓷器和一些我根本辨不清楚真假的文物。实际上他的整套房子都是由这些看上去年代久远的东西填满的，他们主卧室中的那张大床，据他说是明代的，我想那床真的很结实，即使是他健壮高大而她像一条颀长的海鱼一起在床上折腾，那床可能连吱声都不吱一下，因为我那天参观的时候下意识地推了一下那床，它真的是纹丝不动，就像明代漫长而又压抑和沉重的历史一样。

这个叫彭大年的古董收藏家兼经销商是近十年才发起来的，他过去当过兵，退伍后在一家旧货市场做管理人员，但从此踏上了另一条道道，慢慢地他成了一个古董业界的新大亨。这其中的过程我并不知情，总之他成了一个成功者，然后，不久前他以买卖国家珍贵文物罪被判入狱四年。

那天警车来到社区的时候正是上午，我刚刚写完了一个短篇，打算去社区俱乐部游泳，就看见了停在他家门口的警车。警车一共两辆，一辆轿车，一辆带铁栅栏的面包车。两辆车的红蓝色警灯都在无声地闪着亮。没有看见人，连司机也不见，过了一会儿，他们簇拥着彭大年出来了。

我对那天记忆犹新的是彭大年走在警察们中间，他的身材和形象更像是警长而不是罪犯。他也没被戴上手铐，他微笑着和身边的警察说话，而警察也在微笑地听着，显然他刚给他们上了一堂文物鉴赏课。那样子真的不像是警察来带走他，倒像是他带领大家出发去执行别的抓捕任务。而且，他还看见了我，和我礼貌而又含蓄地打了个招呼之后，他钻进了那辆窗户带铁栅栏的面包车。

她是傍晚回到社区后知道了这个消息的，我给她打电话劝她回父母身边待一段时间，在电话中我听到她在哭，她说我怎么可以在父母面前哭呢？“他给我留了一个字条，叫我把他没有办完的事情都办好，还叫我看好家里的一切，我怎么会离开这里呢？”

那天对于她一定是一个十分糟糕的夜晚，因为他既然被带走了，那他就不会很轻易地回来，这对她来说是一个问题：他们的感情关系向何处去？我想她的心一定很乱。她还理不清这其中的丝丝缕缕，但她仍旧判断出她应该执行他的“纸令”：把家看好，把他没办完的事情办好。

“他过去当过兵，所以他和我在一起的时候真的算是不苟言笑，在生活上他仍旧像是一个军人，难得对我很温存。可自从他被关进监狱之后，他变了，和我说很多话，在我探望他时一直很温柔地注视着我，你猜他在我第一次去看他时，和我都说了些什么？”

“我不知道。他都说了些什么？”在班车上，我问她。我又怎么知道他说了些什么？

“他和我谈起他入狱之前一场没有打完的高尔夫球，因为那天球场上空突然下起了雷阵雨，而且，他们还亲眼看见一串球状闪电把一棵粗壮的白杨树给击倒了。所以他们不得不停止打球，离开了大雨滂沱的球场。他给我谈的就是如何打高尔夫球，他十分热爱打高尔夫球。在探视他的一个小时时间里,他和我谈了所有有关高尔夫球的知识,还有他自己打球的体会,他谈得很细致、很动情。”

我有些没弄明白：“可这与你们俩的生活又有什么关系？”

她激动地看着我：“你还没弄明白，我是第一次听他如此动情地谈一件事，谈一个东西。过去我一直弄不明白我到底喜欢他哪一点，我就是喜欢他身上的某一点。现在我搞清楚了，那就是他从内心深处讲是一个十分深情的人，他爱他能够关注的事物，他爱生活。”看我仍不太明白的样子，她把话挑明了，“他那么动情和细致地谈到打高尔夫球，实际上他是在表达对我的爱，我知道他想说他像体会打球一样，细致而又动情地体会着对我的感情。”

这真是一个聪明的女孩子啊，我恍然大悟，对窗外掠过的郊区亮丽的风景视而不见，我在想，什么时候起，连售楼小姐也变得情商这么高，这么丰富了？从什么时候起，女孩子们从物质女孩的群体中逐个分化成了丰富和敏感的个体了呢？

“那天从监狱回来时我就在想，他肯定比细致地体会打高尔夫球还要细腻地体会着我们的爱情。”她饱含泪花地对我说。我也被一个爱着和被深情地爱着的人的情感打动得眼睛潮湿了。

因为都是社区邻居，又因为都在广义的文化圈，我从内心深处和彭大年也有一种亲切感。不久之后，我和高岚一起去监狱探视了一次彭大年。

他所在的监狱也在市郊，那里是一个小型农场。第一次走进监狱，我多少有些紧张。这座关押服刑期短的罪犯的监狱更像是一座小花园，我后来才知道这是一座模范监狱，经常接待外国参观者，因此绿化得非常好。到处都是草坪和鲜花，还有一个中心喷泉，几乎看不到犯人，只是很远的地方有几十个囚犯身穿青蓝色囚服在排队打水，他们遥远地不动声色地看着我和高岚走进探视室。

探视室像一间很大的教室，分好几个区，有的中间隔着玻璃，有的则可以面对面交谈。我们走进去的时候，已经有十几组人在那里交谈了。都是罪犯和他们的亲人。而我一眼就看见身穿囚衣的彭大年，剃了光头，正坐在那里等着我们。不远处站着狱警，漠然而又警觉地四下看着。

他微笑着向我们打了个招呼，他还是那么像拍卖会上志在必得的样子，似乎并不觉得自己真的身陷囹圄了。看到我来，他很高兴，第一句话竟是问我的："下回请你找一套博尔赫斯的文集交由她带给我，我在电视上看见你和博尔赫斯的遗孀交谈了。"

我想起来不久以前博尔赫斯的遗孀来北京的事，我是去参加了那个文集发布酒会，除去一睹玛丽亚•玉儿的真容，我不过是想得到一套书。

"你喜欢博尔赫斯？"我很吃惊。

他点头承认，然后，突然和我大谈起博尔赫斯来了。那天我记得他着重谈了《圆形废墟》，讲的是一个人在一个圆形废墟上做梦的故事，后来这个做梦的人发现自己也不过是别人梦中的一个产物、一个影子而已。我觉得彭大年在暗示，他想告诉我他现在虽然在监狱里，但他其实就像《圆形废墟》中的那个人物一样，不过是另一个人，比如他女朋友高岚梦中的产物，或是一个影子罢了。

想到这一点，我觉得我的智商和高岚的情商一定一样高。但是，不管彭大年是谁梦中的影子，他确定无疑是在监狱里。那天我为了给高岚留出一些时间，就先走了。

就是在那天晚上，高岚给我打了一个电话："你走了以后，他和我谈的仍是高尔夫球。他叫我尽快学好高尔夫球，我想让你陪我练练球。就在新源里的高尔夫球练习场。这你一定要帮我啊。你说他让我学练高尔夫球又有什么用呢？"

我答应了她，部分的原因是我也很想学习打高尔夫球。我和高岚后来来到了新源里的一个高尔夫球练习场，开始练球了。

这家高尔夫球练习场旁边是一个集贸市场，附近住了不少朝鲜族人，十分热闹，而练习场是小得不能再小了，只有室内排球场那么大。每个人身后都有一个装满了高尔夫球的筐子，你不用向后看，只要一伸手就可以拿上一个，然后把它放在击球柄上，将高尔夫球杆向脑袋后面扬起，然后用力挥动猛击那枚小小的高尔夫球，那个小球就飞向了不远处的防护网，并弹落在地上。在高尔夫球练习场打球是十分枯燥的事情，因为你要千篇一律地挥动球杆，打那些似乎永远也打不完的高尔夫球。

"这比推销一套房子要难多了。"在练球的间隙，高岚满头大汗地这么对我说，"可他让我练，我就一定要练好。我爱他！我现在是他的手和腿，我就要把他交代的事情都办好。"

我用力地挥动球杆，击飞了一枚高尔夫球。"你想过你们的未来没有？"我问她。

"未来？我当然会等他出狱，然后和他结婚。"高岚坚定地说。

“可你说他在监狱中对你比在外面还要好，你还是让他在里面多待几年吧。”我开玩笑说。

“不，他很快就会出来了，他在里面待不了四年，也许两年多就出来了。他一定会争取到减刑的。”

高岚练习高尔夫球很快就派上了用场，不久之后，她就在彭大年的指令下，组织了一次高尔夫球比赛。那天一共有七八个人打球，地点是在顺义的国际高尔夫球俱乐部。靠着彭大年的纸条，这一场由平时每场五万元降到了一万元。那天我没有去，因为我知道她请的都是一些古董商和外国商社驻京机构的代表，是一些重要的他们的“圈里人”，我是不便参加的，尽管高岚热情地邀请我去，我还是决定不去了。其实我完全可以装成一个高尔夫球童，帮他们推车和拾球，但我实际上年龄太大了，一眼就会被认出来的。我渐渐明白了，彭大年把高岚作为他失去自由之后在监狱外的胳膊和腿，来帮他完成他根本无法继续完成的事。彭大年是个即使在监狱里，也要让自己的事业继续推进的人，高岚，这时候就成了他最好的帮手。

于是我获得了一个全新观察人性的角度与机会。对高岚来说，她爱他，因此她甘愿为他做任何事情，当他关进监狱之后，按她的说法，他们之间日渐趋冷的情感又重点燃起了激情，至少对于她来讲是这样，这时候，她觉得自己比过去更为他所需要，她沉浸在一种爱的激情或者是爱的想象中。他指挥她收购他想要的东西，帮助她了解文物知识，让她逐渐地学会他过去的生活方式，并且让她变成了他的代言人，进入到了他过去的关系网和人际圈中，而这一切，都是从她去学打高尔夫球开始的。而她因为爱他，才去做了这一切，但是，如果她知道他是在利用她的爱来做这一切时，她又会做何感想？她会怎么样？

又有一次，我是一个人去探望他的，我们漫无边际地闲扯，我知道他因表现好，已经被减掉一年刑期了。我们谈到了爱，我认为中国的中产阶层没有爱。我发现这个话题对于他来讲似乎十分敏感。

“当然有爱，我和高岚，我们没有爱吗？”

“中产阶层除了自己的家人和孩子，他们很少爱及他人。他们是谨小慎微的保守的一群人。就像越穷的人，捐的钱也越多一样。”

“我最近又在读博尔赫斯，他的一首叫《老虎的金黄》的诗中，说到了一只在栅栏里来回走动的老虎。”他岔开话题说。

“你的意思是你就是那只老虎？可你显然在笼子外也有帮手啊。”我的玩笑话让他很不自在，他知道了我对他和高岚的看法，他盯着我说：“你可能觉得我在利用高岚。实际上不是这样。你知道，因为入狱的原因，我没有打完一场高尔夫球。这使我很恼火，我当然不想被罚出场，我要继续打完这场球。我让高岚帮我打，这当然不会有问题。”

“可你利用了她对你的激情与爱，她对你就像一根高尔夫球杆，对不对？”连我都惊讶我能说出这样的话来。

“不是这样的，你不能这么说我。你并不了解我们的关系。”他显得很生气，然后，他眯起眼睛看着我，“你爱上了高岚，哈，对不对，是这样吧？”

我愣了一下，我爱上了高岚吗？

我后来一个人去新源里的高尔夫球练习场打球的时候也在想着这个问题，我爱上了高岚吗？我想我会得出答案，就是我并没有爱上她，但我为什么会对她和彭大年的关系如此关注呢？我很专注地打那些球，可我的思路却总是要回到那个问题上去，这使得我的球打得心不在焉。但我仍旧打完了所有的高尔夫球，这时候如果有人问我是谁打完了筐子里的高尔夫球，我就会告诉他是我打的，是我打完了这些高尔夫球。我明白我有些心神不宁是有原因的，因为我已经预感到了高岚会发生一些什么。从她开始学打高尔夫球那天起，她就在她的爱的激情驱使下，成为彭大年的工具。这是他们的爱的关系，实际上所有的恋人都是一样的，只要你心甘情愿，愿意为你的恋人做任何事，那么这一切都是无可厚非的。我只是不希望看到我预感的想象会变成现实而已。

时间在飞逝而过，对于博尔赫斯来讲，时间是他的小说的主人公，而不是那些人物。他毕生面对的主题就是时间。这一段时间中，我亲眼看见了社区一天天完善起来，一些人搬来了，一些人又走了，像东北人王元朗。有时候我仍旧可以碰见一些熟人，比如黄声远，但据传他已得了精神病了。可为什么没有来人把他关进医院呢？

而高岚和彭大年的关系依然十分牢固，这是我真没想到的事。高岚的确非常爱他，一开始她去看他还是社区中的一个话题，因为大家都认为他们的关系长不了，没有任何一个成年女人在今天可以熬得住好几年不碰男人的真血真肉的。可奇怪的是，高岚并没有和任何人有一腿，即使一度传说她和我会有一腿，但她也有意识地避开了，后来我们之间的交往并不多。她照例在召集一些彭大年的“圈内人”去打高尔夫球的时候，也打电话给我，邀请我去，但我仍旧不会去的。要是我想打高尔夫球的话，我自己一个人会去新源里的高尔夫球练习场的，在那里，我会一个人把我身后所有的高尔夫球都打完，我不一定非要真的到高尔夫球场上去打一场，那是一场要五万元钱的运动啊！如果我没掏钱，我会很内疚，也就不会去了，因为我还不属于可以随便打高尔夫球的阶层，而彭大年，则已经是那个阶层中的人了。

后来，高岚果然出事了，警察是去高尔夫球场带走的她，和彭大年同样的罪名。我是后来才听人说起当时的情景的，说是有几个著名的古董收藏家和外商，十分惊愕地看着她被带走了，他们不知道发生了什么事，但也许他们心里很清楚。我预感的事情终于发生了。因为一开始我见彭大年时，我就知道有一天，他会让高岚有这样的命运。高岚后来因倒卖文物被判了三年，这是很轻的徒刑。有很多人帮她活动，她没有被判得更重些。

两个月后，彭大年被提前释放了。他特地邀我一起去北郊的清河劳改农场看高岚。那是一个十分阴冷的日子，已经是深秋了。农场四周大片大片的芦苇都黄了，风吹动它们发出的声音悲哀而又凄凉。

和高岚的见面于我并不是一件轻松的事情，现在，她和彭大年刚好换了个儿，她看到我们很高兴，尤其是彭大年，他似乎显得十分内疚。而高岚却说："我会很快因表现好而提前出来的，你一定要等我出来，如果你和别的女人结了婚，"高岚这时候突然变得恶狠狠的了，"我就会杀了你！"

近几年我有时候会看到因为债务原因，有法院的人来社区里封了某个业主的房子，作为抵押待拍卖的财产，除此之外，社区中很少有人与警察发生关系，而像彭大年和高岚这样轮番入狱的一对儿，实在是十分罕见，我不得不感叹命运的无常。而彭大年出狱之后，事业似乎越做越大，而他也常去劳改农场看高岚，我觉得他们的关系比过去显得更好了。这真的是十分奇怪的一对儿，我觉得他们之间一定有什么约定似的，注定要把彼此的命运纠缠在一起，根本无法拆开他们。

有一天彭大年邀我和他一起去顺义国际高尔夫球场打球，我这是第一次上场打满二十一洞的高尔夫，所以特别兴奋，但由于我太激动，反而打得糟透了，倒是彭大年打得好极了。后来，我们来到了一条小河边，他忽然仰天长叹一声说：“其实我过去真的一点儿也不爱高岚，从来没爱过她。我就是利用她在外面帮我做事。但是，那天她说如果我爱上了别的女人，她就杀了我时，我知道那时我已经无可救药地爱上了她。这是我内心之中第一次涌动出比爱高尔夫球更强烈的感情。”

他总在和他的马说话

一个人和另一个人有感情，总要有很多话互相讲。一个人和一个动物有感情，人会讲话，可动物不会，他也会有许多话讲吗？

温铁军就有许多话要对他的马讲，尽管他的马不会说话，高兴或愤怒的时候会嘶鸣，可他似乎总在和他的马说话。我有好多次看见他，他总是在和他的马说话。就好像他的马可以听懂他讲的话似的。

我第一次看见温铁军时吓了一跳，当时他骑着一匹高头大马，从社区大门口晃晃悠悠地走了进来，脸上还画了一些油彩，还有一头在风中披散的长发，十分坚毅勇武，就像是一个印第安人来到了社区。我认出来他是“婴儿”乐队的主唱兼贝斯手温铁军，他的艺名叫白豹。

温铁军的乐队已经走红了十年，也是一个老牌的摇滚乐队了。后来乐队走了下坡路，虽然没有解散，但已是江河日下了，于是温铁军就在社区中买了一套房子，又在离社区不远的地方搞了一个马场。他从内蒙古和河北买了十几匹马，就从摇滚歌星变成了驯马者。

那天我在社区门口碰见他，实际上他是去社区俱乐部表演马术的。在社区俱乐部门外的露天小广场上，社区的管理者正在进行一次叫“尊利大使”的行动，即社区的管理者向社区的业主们宣讲业主应有的权利和应尽的义务。其间穿插了一个著名电视节目主持人——他也是社区住户之一——的签名售书活动，再有就是白豹（温铁军）的马术表演了。

他的打扮实在像个印第安人，而他的马术也相当精。那天他的表演棒极了，我觉得他的马就像是他的自行车一样，他把它玩儿得很溜。那马仿佛是一匹木马，而他在上面翻腾不已——我就是这种感觉。大家疯狂鼓掌，后来他觉得不过瘾，又拿着电贝斯给大家唱了几首老歌，把活动推向了高潮。

后来我常去他的马场，他的马场离社区不远，在一面小湖边上，那里正被开辟成一个郊区公园。这个公园很大，而公园的一角就是温铁军的马场，平时除了写歌，他就在他的马场养马驯马。

“我从小就喜欢马，不唱歌了我当然要养马玩儿，”我去马场找他时他对我说，“我的马就是我的兄弟，我的儿女。”

他这么说可能有些夸张了，因为他有一个老婆，这个老婆还给他生了一对双胞胎儿子。我原来以为摇滚歌星一生都是叛逆人物，他们不喜欢家庭，不会有孩子，只喜欢女人而不要妻子。因此，当温铁军不唱歌了之后变成一个温和的父亲，还有一个温柔的老婆，他过上了“二百平方米几匹马，老婆孩子热炕头”的平凡生活时，也让我吃了一惊。看来这个世界上没有永远叛逆的人，到一定年龄，无论男女，都会按着一个既定的方向履行人生的使命，谁也不会真正超凡脱俗。就连妓女，很多也是想挣几年青春钱，然后开个小店或是找个老实人过一辈子，谁能叛逆到底？

“马自从被人类驯服以后，就是人类的好朋友，它们有和人类相通的品性。”每次我带着几个朋友去他的马场玩儿，他都要给我讲讲马经，如何驯马、相马、和马交流。但，温铁军养马只是养马，他不搞赛马和赌马活动，他养那些马就像养一些宠物，只不过他养的宠物比许多人养的小狗小猫要大，所需要的空间也大很多而已。他只是养着马玩玩儿。可后来，他把他的马都杀死了，还把它们制成了好多种装置作品，这就十分令我吃惊了。我听说作曲家黄声远吃掉了他的狗的故事时以为那是必然的，可当温铁军把他的马都杀了，这一次我真的是目瞪口呆。

这一切源于他有一个精神病母亲。温铁军的父亲几年前去世了，所以他把他母亲接到北京来住了。这是在他已经有了老婆和一对双胞胎儿子之后，也就是一年多以前，他才把母亲接过来的。但是，自从他父亲在老家去世以后，他母亲的神志就渐渐地有些不清楚了。她总是喜欢坐在他家阳台上，向远处看。这都是温铁军告诉我的，说他母亲经常看到各种幻象，比如，她经常看到 20 世纪 40 年代末自己的丈夫骑马第一次和她相遇的情景。那实际上是温铁军在骑马穿过社区。

她看到儿子后就说："我看到你爸爸了。他们叫他温排长，他来了，骑着马，就在后院重新给他的马钉马掌呢。"

温铁军就对母亲说："妈妈，你看见的是幻觉。我爸爸已经去世了。你看见了 1948 年的他，而现在是 1999 年啦。"

"不可能，"她固执己见，"我就是看见他了。"

"可这明明是幻觉嘛！我父亲当然已经去世了。"温铁军有些生气了，"妈，你有毛病了，你承认不承认？"

她不说话了，似乎有些醒悟，觉得自己看到的的确是个幻影。而这时，温铁军和妻子都十分惊异地瞪眼看着她。

这是我向温铁军学骑马时他告诉我的。“我是发现我妈妈有这种幻觉之后，才觉得她的精神是处在一种多层分裂状态。可能她过去也是这样，我父亲去世之前有一次她给我打电话，说她看见了很多人骑着战马，举着战刀向村子里杀过来。那仍旧是 1948 年的印象，可见我妈妈年老了以后，过去的幻象就开始出来折磨她了。”

我对精神病人一点儿也不了解，我只记得小时候大院有一个精神病人，他总是在寻找自己的脚印，刚向前走了一段，他就又回头沿着实际上已经看不见的脚印往回走，走着走着就自己转晕了。精神病人的世界是一个十分独特的世界，大多数正常人已经被社会伦理道德、法律法规和文化本身完全规范成了没有太多个性的人，精神病人的精神则是完全解放的。所以，温铁军和我遛马时给我讲他母亲，我总是很愿意听。

他的十几匹马都被他养得膘肥体壮，一有空他就要去遛它们，和它们说话。当然，他对每一匹马说的话都是不一样的，我在远处听不见，我只看见他的嘴巴在动，而那马听他说了一阵子之后，就奔跑得十分有力了。

“和马要经常交流。我的马已经能听懂我说的话了。它们很愿意我和它们讲话。”他对我说。

的确是这样，他和他的马说话的时候，马们虽然不讲话，但一个个都时而嘶鸣、时而扬起前半身用两只前蹄在空中乱刨几下，显示了他的话对它们的心灵刺激。

“马也是有心的。马和人心有灵犀一点通，它们什么都懂。”

对他的这种说法，我是不太相信的，马充其量也不过是动物，动物与人的交流再充分，也没有人与人之间的交流充分。

“所以，当我母亲搬过来住以后，我就试着多和她交流交流。她把我养这么大特别不容易。”

“你妈妈喜欢你的马吗？”

“她至少不讨厌马，因为我爸爸在新中国成立前和她初次相识的时候就是一个骑兵。但是，她到我的马场时，我的马都怕她。”

“怎么个怕法？”

“它们一阵嘶鸣之后就四下散开，逃之夭夭，好像我母亲是一个怪物。我很奇怪，我的马怕我母亲，她可是一个十分慈祥的老太太啊。”

“女人年老了都有些半神半巫。你妈妈可能就是这样，马有第六感觉，它们看见了你母亲身上的巫气，所以有些怕她。”

“有些道理。我的马总是躲着我母亲，那个时候我也没有办法。”

“你应该帮助你母亲分清幻觉和现实，让她明白这完全是不一样的。”

“我在努力试着这样做。”

温铁军的母亲的最新幻觉是他养的那些马，每一匹马上都骑了一个人。她后来去他的马场时不再去靠近马，而是趴在栏杆上看。

“每一匹马上都有一个人，他们都是士兵，都是你爸爸当年的战友。他们看见了我，还向我打招呼。你看不见他们？”

“我看不见。根本就没有人，妈妈，你看见的是幻觉，你仔细看一看，马上一个人也没有。”

“又是幻觉幻觉！你的意思是我得了精神病，能看到你们都看不到的东西？”她很生气。“是啊，妈，你就是整天都能够看见那些幻象。”

“那你把我送进精神病院好了。”老太太更生气了。

“妈，我要帮你分清幻觉和现实。我不会把你送进精神病院的。”

温铁军帮他母亲分清幻象和现实的努力开始了，但这似乎很困难，因为他的母亲一天天显得更加严重了。

“我的好多老伙伴都来看我了，你们快把门打开，快一点儿。”她有一天从阳台上跑到屋里对温铁军夫妇说。他们把门打开了，什么人也没有。

“他们从阳台正向上爬呢。他们来看我了，来看我了。”老太太又在阳台上说，还向其他人根本看不见的人——她的那些老伙伴打招呼，说话。

“你母亲的精神病越来越严重了，我看还是把她送进精神病院吧。”

“不行，送进精神病院她的病只会越来越重。她只是看见幻觉，又不伤人，没什么事的，也许过几年就好了。”

“可我怕对儿子不好，昨天我一进家门，儿子就对我说，奶奶和爷爷在说话呢，爷爷来了。你说你妈这样对小孩影响可大了。”

“可能我母亲真的可以看见鬼魂。凡是死去的人，她都可以看见。我也有点儿不知道该怎么办了。”

“凡是她认识的鬼魂，她才能看见。我看，还是把你妈送到医院去吧。她的病只有医生能治，而你是治不好的。”

的确如此，温铁军帮助他母亲区分幻觉和现实的努力基本上是失败的，他母亲十分固执，她认为自己就是看见了他们，看见了各种各样的人。他们每天都来造访她，以不同的形式、不同的时间。有时候他们会沿着不远处社区之内的连体别墅的顶层爬过来，有时候则一起坐在班车顶上，和从城里回来的白领一起抵达社区。

“我都快疯了，我真的都快让你妈给弄疯了。她真的是一个疯子，我不能再和她一起生活了。”温铁军的妻子十分焦躁地说。

温铁军把他母亲送进了精神病院，可第二天他妈就企图上吊自杀，还是上吊用的皮带质量不好，自己断了，才救了她一命。于是他赶紧又把母亲接了回来。

我在马场一边学骑马，一边听温铁军讲他的母亲，真的不敢相信大名鼎鼎的摇滚歌星白豹遇到了生活问题也是一筹莫展。即使是再叛逆的人，也将遇到亲人的病痛与生死，也有自己生活的烦忧。一个人在多大程度上可以解放自己？

在他把自己的母亲接回来之后，他和妻子的关系便渐渐变得不好了。因为她不能接受她，可能大多数女人都不能接受自己的婆婆是一个精神病患者，因此，温铁军再次把他母亲接回来以后，他和妻子便爆发了矛盾。

“我先搬出去住。我不想让我的儿子受你的疯妈妈的影响。”

“她没疯，她只是产生了幻觉。”

“她就是个疯子。”

“你要搬走，那你就再别回来了。”

“你的意思是想和我离婚？”

“我没那么说。但你走了就别回来了。”

于是他妻子走了之后就真的没有回来，他们分居了半年之后，他和她离了婚。这对他有些打击，因为妻子争到了一对双胞胎儿子的抚养权，他不能经常看到儿子了。这使他在马场待的时间比过去长多了。他和他的马说的话更多了。

有一天我和他站在他的马场边上，他忽然说：“我看见那些马的背上有人了。他们都是 20 世纪 40 年代末的军人打扮，斜背着枪，有的还挎着马刀。”

我缓缓地把头转向他：“我什么也没有看见，你……莫非也看到了幻象？”

他笑了一下：“我只是看到了我的想象。我母亲则是真的看到了那些幻象，一个人到了一定的年纪，就开始生活在过去了。我试图和我母亲沟通，结果，你看，我就看到了我自己的想象。我想象那些马背上有人，它们的背上果然有了人。”

我也想那些马的背上有人，可我什么也没有看见。马仍旧是马，马背上没有人。

温铁军的妻子离开了他，因为他母亲的幻觉和幻象，有一天他母亲说，她已经看见了一个男人在和他妻子交往。

“她和我离婚了，她想和谁交往是她的自由。”

“都是怪我，是因为我总是看到老朋友，她不理解，才和你分开的吧？”

“由她去吧。”

“你总是不相信我看到的人，对不对？”他母亲看着他。

“我真的不相信，妈妈，我看不见他们，只有偶尔几次，我想象他们在那里，我才好像看见了他们。我总是希望你把幻觉和现实分开。”

“我就生活在现实中，儿子。”他的母亲仍旧十分固执。

在他妻子离开之后，母亲的幻觉似乎越来越多，也越来越重了。她甚至真的没有生活在现实之中，即使是在家中，她也活在1951年、1972年或是1986年的某一个瞬间。他母亲就像是一个可以随时出入时间河流的人，在不同的时间段中和当时的情景相遇。目睹母亲的这种已完全生活在过去当中的情况发生，温铁军感到很震惊。他只是对母亲十分敬重，每天看她和不同的人打招呼、说话，他们聊得很好，他像看戏一样观看了母亲一生中的许多片段。然后有一天，他母亲安详地躺在一把椅子上，去世了。

他的妻子因为他母亲而离开了他，而他的母亲现在也离开了他，连同那些他看不见的幻象。还有一个坏消息传来，说是市政府已征用了他的马场所在的公园，决定把它完全建成绿地和森林防护地区，以抵御沙尘暴，他的租约要废止了，他的马场怎么办？

“你的马场怎么办？”

“它会很快不存在的。”

“马呢？”

“卖掉吧。留下几匹好的，我要做几件装置艺术作品，去参加巴西圣保罗艺术双年展。然后，我可能要留在那里了。”

“你要留在巴西？！”我感到很吃惊，“你还有两个儿子呢。”

“我母亲去世了，这使我又想过另一种生活了，而巴西是我的神往之地。我去过一次，我喜欢那里的女人。她们平时穿裤子我看都不用系皮带——腰非常细，可到了臀部，一下子就变大了，线条简直太夸张了。我喜欢巴西女人，我会和一个巴西女人生活在一起的。”

“是啊，巴西女人是黑人、印第安人、白人、葡萄牙人混血好多代这才形成的，巴西女人——”我十分羡慕他。

但是要他拆掉他的马场，卖掉他心爱的马，这是令他难过的事。他最终很快地卖掉了一匹，然后，他用剩下的几匹他最喜欢的马，做了几件令人震惊的作品。

我也没想到他会这样做他的装置作品。这个作品他一共用了整整四匹马，四匹他平时最心爱的马。在做那个装置作品之前，他的心情特别复杂，和我说了许多话，后来突然哭了起来。

“嗨，”我说，“你为什么要哭呢，摇滚歌手？”

“我要把那四匹最好的马杀了，才能做成我的装置作品。”

“不杀它们不行吗？”

“必须得杀。”

“那就没办法了。反正你也没马场了，你就杀吧。”

“我杀，我会杀的。”他哭得泣不成声。他要杀他的兄弟和孩子了，他当然会哭得泣不成声。

他的有关马的装置作品是极其令人震惊的，那几天，他和他的马说了很多话。我很关心他的这些作品，就常去看他，在一个摄影大棚当中，他租用了那里，准备做他的作品了。

但是临到杀马的时候，我的心还是被揪紧了，我受不了马临死时的嘶鸣。它们也一定知道了自己的命运，所以它们也会流泪。我离开了那里很远还可以听见里面的马在嘶鸣。

几天后，他做成了他的作品，叫我还有其他的很多艺术家去看。我们都给镇住了。他的确用四匹马，整整四匹马做成了他的作品。

——一件是用切割机把一匹马一片片剖开，每片有二点三厘米厚，然后把它们拉开，这样一匹马的身长比原来扩大了三倍，变成了像是某种恐龙一样的东西，在巨大的玻璃缸中站着。

——另一件是整匹死马被吊在了半空。它悲哀地垂着头。它已经死了。

——第三件作品是将整匹马一劈两半，然后把它们展开在玻璃缸中。

——第四件作品是用黄铜把整匹马包裹了起来，身上钉满铜钉，它的身后还拉着一辆战车，战车是仿秦始皇兵马俑的。

他就是这样把他心爱的马做成了装置作品。他不再和它们说话，因为他把它们都杀了。

后来温铁军把他的作品运到了巴西，获得了那次巴西圣保罗艺术双年展的大奖。但是我并不喜欢他的这些充满了血腥和暴力的作品。他没有再回来，倒是他前妻和他的双胞胎儿子又搬回社区住了，因为他把房子留给他们了。他肯定会找一个巴西女人，那种身子像窄口花瓶、不用系腰带的热情似火的巴西女人。

他的马场很快被改造成绿地和树林。我偶尔去那里，恍惚间看见一些背着20世纪40年代末的长枪、身穿那时的军装、挎着马刀的人在那里游荡，他们可能在找他们的坐骑。我再定睛一看，他们又都消失了。

童军的野营

我在社区中第一次看见童军操练的时候，觉得这一帮小家伙特别可爱：无论男孩女孩，他们都穿着草绿色的迷你小军装，还戴着贝雷帽。这都是社区的孩子们，社区管理人为了营造社区文化，专门组建了这么一支童军队伍。但就是这个队伍，在不久前的一次野营中出事了。

那同样也是社区管理者组织的活动之一，说是为了锻炼孩子们的意志和身体，他们把社区童军拉到野外——具体说是北郊靠近河北的一片大山之中，进行一次野营。

他们出发的时候我碰巧看到了，很多家长把他们的心头肉依依不舍地送上一辆军车，这些家长都是极端宠爱他们的孩子的，所以，把孩子们——他们有二十多个，交给社区请的一位野战军特种部队的教官，既有些担心又十分自豪。我从家长的脸上可以看出这种表情。那天就是那个教官来把孩子们带走的，他身材高大宽阔，留很短的头发，脸上因为长痤疮而留下了很多疤痕，但这也不能掩饰他的英武之气。他一身特种兵的装扮，在这个秋天天气仍旧稍显燥热的日子里，穿着一双很大的战地靴，十分威风。

我想由他带着孩子们去进行一次野营，那绝对可以让这个由富人组成的社区中的平时有些娇生惯养的孩子们受到一次极好的锻炼，还有什么不放心的?

社区的小童军们穿上模拟军装十分神气，他们的年龄是六岁到十二岁不等，这些男童军女童军们个个都兴高采烈的，他们不知道等待他们的命运将会是什么——几天以后，他们中的两个将变成两具小小的尸体，被人运了回来。

这是后话，当时我也没有料到会是这样一个结局。你想想看，一个特种部队的排长带着一些孩子，应该不会有任何问题吧?所有的家长都这么认为，但是他们错了，这一回他们错了，而且有的家长铁定会一辈子伤心到底，因为他们的孩子再也见不到他们了。

这次野营大概需要三天，这是我从社区通讯上看到的。社区通讯每月会不定期发给社区业主好几次，上面刊登的都是社区的消息。为了这次野营，社区管理者早就开始筹划，一个多月以前就让家长报名并准备。我从社区通讯中看到社区一共有四十几个小童军，平时每周童军都要在由部队退役的士兵担任的社区保安指导下进行训练，训练场地在社区的网球场和健身室里。而野营可不是闹着玩儿的，比一般的训练要可怕多了。在计划的三天野营当中，孩子们将在那个特种兵排长的带领下，徒步翻越几个山头，“占领”那一片大山的顶峰。而且，在这次野营中，不许孩子们自带干粮，只允许他们带一些水，所有的食物都需要从山里头自己寻找——这是谁出的馊主意?

我去过北部的大山，在秋天山里有很多野果树和野菜，也有很多山鸡和野兔——如果童军会射箭，他们会吃到肉的。在秋天进山，应该说是一个好日子了。即使是只让孩子们带水进山，我想三天时间他们一定会活着回来，而且会长得更加结实健壮、黑里透红。他们也会学到很多生物知识，这是一件非常好的事。但是，谁也没有料到的是，他们出事了。

可能一开始家长们对那个特种兵排长特别放心，可他们没有想到，万一这个排长要出了事，孩子们该怎么办？

我那几天刚好在阅读一本名叫《生存手册》的书。这本书是英国皇家特种部队的教材，我也好久没有去野营了，所以对孩子们能够去野外进行生存训练，十分羡慕。因为我虽然有睡袋，可我从来没有在野外用它睡过觉呢。

童军们一去就没有消息了。第八天，焦急的家长才把他们盼了回来，而这时，孩子们个个都是垂头丧气，像无精打采的小狼，已经与出发时大相径庭了。而他们中间的两个孩子，要永远地躺在小小的棺木里了。

我是在他们回来之后，进行了好长时间的询问、调查和猜测，才知道在那七八天里，童军们到底发生了什么事。我没有想到的是，在那么小的孩子中间，人性本来就带有的善与恶，同样也会表现得十分突出，就像任何动物在绝境当中表现的一样。英国作家戈尔丁的写人性恶的作品《蝇王》中的情况，竟大致相同地在我的身边发生了，这是让我最为吃惊的事。我原本以为那真的不过是戈尔丁的一个噩梦或者是他虚构的一则寓言，可它竟然会是真的。

事情是这样的：童军们每人背着不超过三公斤的行囊，开始进山了。他们选择的是一条人迹罕至的山路行进。第一天，他们就在山里走了很远，已基本看不到人烟了。第二天上午，那个特种兵排长就十分偶然地从悬崖上掉下去了。童军副队长、十一岁的何进进说：“他是去抓一只野兔，因为童军一天没有吃到肉，都很饿，只靠吃野果、生玉米和水，大家都很饿，为了能吃到肉，我们制作了弹弓，打伤了一只野兔。特种兵魏叔叔去追赶那只兔子，一不小心，就从悬崖上掉下去，再也看不见了。于是我们全都傻了。”

这是谁也没有料到的情况，因为大家的潜意识中都会这样想：即使所有的孩子都出事了，大人也不会出事，只剩下一个人回来也只会是那个特种兵排长魏叔叔，可魏叔叔却从悬崖上掉下去了。

这怎么可能呢？一个肯定受过攀岩训练的特种兵，会从悬崖上掉下去？我都不太相信。另外的说法打消了我的疑惑：原来，他是在追赶那只野兔时，遭遇了山体的整体滑坡，一下子就被掉下来的山体给冲埋到百丈深渊里去了。

孩子们一下子乱了方寸。队长廖海龙（十二岁）是个律师的孩子，他头脑冷静，认为童军应该返回。而副队长何进进认为应该继续前进，在下一个山头点起一堆求救的火堆。争执不下，孩子们分成了两派，赞成登上下一个山头的孩子们要多一些，因为实际上他们根本就找不到回去的路了。

廖海龙想起了他和爸爸一起参加社区业主委员会投票选举的事。后来他爸爸当选了业主委员会的主任委员，因为他得的票很多，他得的票很多又是因为在那次投票之前他发表了十分激动人心的演讲，从而感动了大家。

在特种兵魏叔叔坠崖身亡的情况下，究竟该怎么办，作为队长的廖海龙提议大家投票表决是回去还是继续前进。然后，他的这个动议通过了，于是他发表了一番演讲：

“……我们不能拿自己的生命开玩笑。我们必须返回，因为没有魏叔叔，我们可能陷入绝境。我们的父母会急死的，重要的是，我们回去并不说明我们的野营失败了，而是我们碰到了突发情况……”

“我们返回，当然是意味着我们失败了！”副队长何进进冷笑了一声，“我们可是社区成立的光荣的童军！魏叔叔遇难了，群龙无首，我们更要像个样子，完成这次野营。返回，就意味着这次野营的失败，你们想当失败者吗？”何进进看着大家。

“不想——！”震耳欲聋的声音在山谷间回荡。

“我们不做懦夫和胆小鬼！”女童军戴珍大声说。

“那么，投票吧！”何进进满意地说。廖海龙沉默着没有说话。大家纷纷拿出了自己写的纸条。计票结果，除了小胖子雷云和廖海龙主张返回，其余的人全都主张前进，主张到下一个山头放求救烟火。

“这是民主投票的结果。”何进进盯着廖海龙说，“你满意了吗？”

“可我们会死的……有各种野兽，也许我们还会饿死……”小胖子雷云十分惊恐地说。

“那你和他一起返回吧，我们是要继续前进的。”何进进对廖海龙说。

“不，既然大家都投票了，我也只好和你们一起走了。”廖海龙说。

于是童军继续前进了。他们整整用了一天的时间，才登上了他们认为很快就可以到达的一个山头。俗话说，“见山跑死马”，登上以为近在咫尺的山峰，他们都没有料到会这么难。

“可我们还是登上来了，”何进进说，“我们放求救烟火吧。”

火柴所剩不多了。打火机还有一个，但是不好用。他们生起了火，看着青烟斜入天空，孩子们都欢呼了起来。

“会有人来救我们的。会有人看见烟，然后来救我们的。”雷云说。他最怕黑夜了，他觉得所有的孩子都很怕黑夜，只是他们都不说。大家都看着升起的青烟飘散在暮色之中。但是夜色降临了，没有人发现他们。

突然，四周响起了狼嗥。“你看你看！”戴珍用手指着远处的山梁，那里有一只狼的身影，它正仰头冲着升起的月亮嗥叫。“我们被狼包围了。”廖海龙说，“可没有人告诉我们这里会有狼，大人说这里只有野兔和山鸡的啊！”童军们全都陷入了恐惧之中。“继续点火，狼怕火！”何进进大声说。

“我叫大家支起了小帐篷，在帐篷边燃起了柴火，”事后何进进对我说，“这样狼就会被我们吓住的。我们回来后才知道，那群狼有二十多只，全是从河北的大山转移过来的，碰巧叫我们遇上了。小胖雷云就是死在它们爪下的。后来它们都被山区民兵打死了，可它们早就把小胖雷云给吃了。”

“狼怎么会把小胖雷云给吃了呢？你们不是已经点起一堆篝火了吗？”我问他。

“我们派人值班，每人值两个小时，就在火堆边上，一边给火堆添火，一边担当警卫。小胖是在凌晨四点到六点间值班的。但是六点钟去接班的葛嵘发现小胖已经不见了。他还拿着一把瑞士军刀，可那瑞士军刀也不见了。大家就全都醒了，这时天已亮了，我们开始四下去寻找小胖雷云，结果只找到了他在一片树林里破碎的血衣。那里弥漫的血腥气说明，小胖就是在那里被狼撕碎吃了。我们都傻了。人人都感到不妙。于是我们再次投票，这一次，大家全都说要回家。”

“于是你们就踏上了回家的旅程？”我问他。

“是的，我们害怕极了，我们可不想在山里被狼一个个吃掉。我们很快下了山,可到达的是我们并不熟悉的山谷地带。在那片浓荫密布的山谷中，我们彻底迷路了。”

“那群狼还跟着你们吗？”

“没有了，这事儿特别奇怪，按说狼是闻着人味走的，可自从它们吃掉了小胖雷云，它们就消失了。然后我们才遇到了其他的事。”何进进对我说。

那群狼不久之后被山区的民兵发现，并被全歼了。一共二十多只，大都十分瘦弱。这是我从报纸上看到的，说是河北山区大旱，自燃起了森林大火，把狼群逼到北京北郊的山区中了。

“你们又遇到了其他的事？”我问他。

“我们迷路了。”廖海龙对大家说，“我们应该沿着山谷向下走，这样我们就可以找到村子。”

“可我们太饿，我们饿极了。”大家说。他们也是一群饥饿的“小狼”。而且，山里的野果和野菜根本填不满他们的胃。

“我们沿着山谷向下走，一定会找到人家，只要见到农民伯伯，我们就有东西吃了。”何进进说。

但是他们走了大半天，却发现自己仍旧是在山林里兜圈子，他们又回到了刚才出发的地方。

“我们碰上‘鬼打墙’了。”女童军于海燕惊恐地说。

“什么是‘鬼打墙’？”小童军史彦问。他是年龄最小的童军，已经开始拉肚子了。

“‘鬼打墙’就是有鬼跟着我们，我们怎么走都是在转圈圈，我们走不出大山了。”于海燕哭了起来。

“根本就没有鬼，我爸爸说了，世界上最可怕的东西是人。可我们除了自己，已经四天没有看见一个大人了。现在，大家不能迷信神鬼，不要怕！我有一个主意。”廖海龙看着大家。

“什么主意？”

廖海龙微笑着说：“男女分工，女童军管采摘野菜和野果，男童军打猎和负责警卫。我们实行共产主义，每一个男童军配一个女童军，组成小单元，食物由我和何进进负责统一分发。我想我们应该准备打持久战，像当年毛主席那样。好不好？”

大家都不说话，不知道这是不是一个好主意。

“好主意！”何进进说，这时，大家才都同意了。

“于是我们就实行了食物配给制，由女童军采摘，男童军打猎和警卫。廖海龙负责男童军，我负责女童军，而每一个小单元中，女童军又负责和她搭配的男童军的食物支出。我们准备打持久战了。”何进进后来对我说。

“这真是一个好主意。后来呢？”我问。

“后来又出事了。是因为一窝山鼠。”他说。

“一窝山鼠？山老鼠？”我问。

“是的，一窝山老鼠。我们中间有人把山老鼠吃了。”何进进说。然后，他的脸上显现出了陷入恐怖的回忆的惊慌。

“猎杀大型动物，像野鹿、狍子要用矛和箭，还可以挖陷阱。而杀小动物可以用弹弓。”廖海龙让十几个男童军每人都制作了一样武器，他们把木棒削尖，用麻绳制成了弓，又用竹签作箭，还有皮筋制作了弹弓，开始打猎了。

他们决定在第四天夜里驻扎在一个山坳里，第二天，他们开始打猎了。他们没有看见一只狍子之类的大动物，但是找到了野兔和山鸡，还有青蛙和松鼠。这一天他们吃到了火烤的肉类，大家都很高兴。女童军采来了野山楂、野草莓和山梨。

但是第五天，一上午他们什么也没有抓到。这时，史彦发现了一个山鼠窝。他们从中挖出了一大窝老鼠。这天中午，他们把山鼠烤了，有的人吃了，有的人没有吃。到了晚上，吃了山鼠的人开始发烧和上吐下泻。其中有廖海龙、戴珍和史彦。他们不停地打摆子，牙齿碰得咯咯响。整个夜晚他们的病情越来越重。到了第六天，他们三个人都已经走不动路了。

“鼠疫！”父母亲都是大夫的任淑琪突然尖叫了一声，她惊慌地对大家说道，“他们吃了老鼠，感染上鼠疫啦！”

大家都吃了一惊，纷纷议论了起来。有的人不知道什么是鼠疫，另外的人就给他们讲解。大家很快就明白什么是鼠疫了。这是一种十分严重的传染性疾病，它可以很快传染给所有的人。

“没有吃山鼠的人，请举手。”何进进说。

除了躺着的三个人，其余的人都举了手。

“我们该怎么办？”何进进问大家。

“我们快点儿走吧，把他们丢下，我们逃命吧！”

“对！他们会把我们也给传染的！”

廖海龙有气无力地说：“你们走吧，我一个人留下，你们制作几副担架，把戴珍抬下山去，她是个女的……”

“我们不抬！”

“我们不抬！”孩子们高喊。

何进进突然有些无奈。他看着廖海龙，他们彼此用目光交流着。何进进想去拉他的手，这时童军田勇一把把他拉开了，“他有传染病啊！你不能拉他！”

“没有水了！”任淑琪带着哭腔说，“没有水，我们不能走路了。”

“走，我去打水！”何进进拿起了水壶，“不远处有一眼山泉，咱们去那里打水。田勇，你和大家一起用野藤编织担架，我们把他们三个人一起抬下山。童军是光荣的，童军一个人都不能丢下！”说完，他去打水了。

等到他再回来的时候，突然发现廖海龙、戴珍、史彦已经不见了。他大声地喊了几声，发现树林里有动静，于是就跑了进去，发现田勇带着大家，正在把廖海龙放在草藤上，往一条深沟处拉。

“你们这是在干什么？”何进进大声地叫了起来。

“他们快死了，不能让他们连累大家，我们打算把他们扔到岩石沟里去。”田勇说。

“你们怎么能这么做！你们都同意了吗？”何进进惊恐至极，他问大家。

大家看着他。过了一会儿，他们全都点了点头。

“浑蛋！”何进进大声地吼叫着，“你们还是人吗？你们根本不是光荣的童军，你们是野兽！”

“我们就是野兽，不然我们为什么会连山鼠也吃？我们就是野兽！”田勇冷笑着说。

“你才是野兽呢。”何进进说。

这时田勇扑了过来，两个人扭打成了一团。大家都跑了出来，围在了他们身边，看着他们搏斗。何进进和田勇扭打在了一起，打得十分激烈。后来，田勇把何进进压在了下边，用力掐住了何进进的脖子。童军们一个个已经蓬头垢面，他们全都围拢了上来，大声地叫了起来：“杀了他！杀了他！杀了他！”

田勇用力地掐着何进进的脖子，何进进眼看着快不行了。那些脸上全是泥污的童军仍疯了一样在叫着。他用力地顶翻了田勇，田勇倒在了一边，他把左腿摔伤了。

何进进站了起来。大家愣了一会儿，全都单腿下跪：“我们都听你的，你是我们的首领！”

何进进愣住了。他一下子觉得大家在大山之中都变成了他不认识的东西，变成了某种野兽。他们为了能够生存下去，可以抛弃同类、自私自利，可以兽性大发、见风使舵。他愣了许久，才意识到他仍是副队长，就像大家叫他“首领”，他还有责任带领大家走出大山，走出困境。

“算啦。现在你们都听我的。你们把草藤担架编好，然后把廖海龙他们放到上面，咱们一起下山。咱们是一起来的，就要一起下山，我们不能丢下任何一个人，明白吗？”

“明白！”

“明白！”

他们吼叫着。他们像一群小野兽一样跳跃着。田勇像斗败的挑战者，也乖乖地去编草藤了。

“后来，我们编好了三副草藤担架，把三个病员放在上面，开始下山。这一回我们沿着山脊的走向走，我们走了一整天，看见了人烟。救援的人也来了。但是这时候廖海龙和戴珍已经死了。史彦的命大，他当时还没有死，后来送到医院，给奇迹般地治好了。我们的这次野营，以死了四个人告终，魏排长、小胖雷云、廖海龙、戴珍，而魏排长和小胖雷云连尸骨也没有看见。我们的野营失败了，回来以后，童军立即解散了。”何进进对我说。

“全都解散了。”他说，“即使是解散了，也教我明白了好多东西。谁经历过那些都会明白好多东西，我从那一天起，懂事多了，我长大了。”

社区童军解散一年多以后，随着社区的全面建成，又有不少新的住户搬进来，这样，社区已住进了一千多户“业界精英”。有一天我偶然走过俱乐部网球场，看见有一队童军正在训练。他们是新童军，他们什么时候又建立了呢？

红木偶快餐店

一个红色的木偶立在餐厅的门口是这家快餐店的标志。红色的木偶当然不是全身红，而是穿了一条黄条纹、红底的裤子，红上衣，黄色滑雪帽，还有一个红鼻子，因此这家快餐店叫作红木偶快餐店。这是一家中西合璧式的快餐店，就坐落在社区边最热闹的一条街上。那是空港区的繁华地带。你在大老远就可以看见那个滑稽的红木偶，他站在门口的样子让你忍不住想进去坐一坐。我就是因为看见了那个滑稽可亲的木偶才决定进去进餐的。我进去以后发现里面所有的服务员都穿着和门口那个木偶一样的衣服，只不过没有红鼻子。他们全是年轻人，因此这是一家年轻人开的快餐店，当然这是五年前的一天发生的事了。

我进去找了个地方坐下，要了一份牛排饭。现在是下午四点，来这里进餐的人并不多，在离我不远的地方坐着一对年轻的夫妇，我看出来那个女人怀孕了。我用目光扫了一下，发现他们只是在喝饮料，那个怀孕的女人在喝一杯芬达，而那个男人，则在喝一杯咖啡。我的牛排饭还没有上来，因此我也在喝一杯饮料，我在喝一杯可口可乐。

但是我立即注意到那一对年轻夫妇，他们的神色不大对劲，他们似乎在争吵着什么，两个人的脸色都有点儿红。他们大约在三十岁左右。

“可为什么你过去不告诉我？”那个女人问他。我猜测她已经有五个月的身孕了。

“我……我觉得这不太好说，这不太好说嘛。”那个男人说。

“现在我也怀孕了，你不想要也许还来得及。可为什么你要一直欺骗我？这么大的事情。”她说。她皱着眉头在喝那杯芬达，仿佛那玩意儿很不好喝。

“这不算什么大……事情，这又有什么？都是过去的事了，我不是都向你交代过了嘛。”他说。他似乎很委屈。

“这不一样。”她严厉地看着他，“这是一个事关根本的问题。因为，我现在觉得你没有一点儿责任感。”

“我没有责任感？我都是快做父亲的人了，你说什么我没有责任感？”他有点儿着急。

“是。”她看着他，“看来我并不了解你，我真的……”

“你在说什么？你说你并不了解我？我们都结婚一年了呀！你今天怎么啦？”他更加着急了。

“我觉得我要重新看你了，重新评价。”她幽幽地看着他。

“什么重新评价，我马上要做爸爸了，这才是我所考虑的。你发昏了。咱们吃点儿什么？”他问她，想岔开话题。

“我要重新认识你了，我要好好想一想。”她说。

“想什么？”

“想和你的关系。”

“什么？难道你想和我离婚不成？”他赌气地说。

“不排除这个可能性。”她认真地说。

他怔住了。他肯定没有想到这一点。他看着她，想了一会儿：“你真的认为我的过去这么严重？严重到会影响我们的未来？”

“是的，从刚才起，从你今天告诉我这些事开始。”

“就是从刚才？”他问。

“对。”她说。

“……我真傻。我不该告诉你那么多。可我想起了我们将来的孩子，我就想起了我的那些事……”他说。

“三条生命。三条小生命被你扼杀了。我要重新看待你。”她看着他。

“我有责任感，我对你有责任感。”他坚决地说。

“可你对她们没有责任感，你扼杀了三条小生命。三个女人记忆中会有一片黑洞区域的。”她说。然后把目光投向窗外。

窗外越来越热闹，已经接近下班的高峰时间了。

沉默了一会儿，他抬起头：“第一，那都是过去的事情，我从来也没想到它仍会影响我们的今天。我是爱过别的女人，在任何一个男人的成长中他都要经历这些，但对任何一个男人来说，最重要的女人是最后一个，我的最后一个就是你。你是我的归宿。难道这还不够吗？”

“我从来没责备你谈过恋爱，我不在乎这个。问题是你让她们都怀了孕，而且你又都扼杀了他们。你是一个罪犯。”

“我是一个罪犯？”他显得很吃惊，“我是你丈夫啊！”

“你首先是一个罪犯，你让三个女人怀了孕，你又扼杀了他们。”她不依不饶地说。

“可那还不算是生命。”他好像突然想起了什么似的，抓住了一根救命稻草，“三个都只有一颗黄豆那么大，在怀孕一个月内就去做人流了。它们不算生命，它们都只有这么大。”他用手比了一下，“不算生命。”

“不，你说错了，它们就是生命。虽然只有这么大，但它们已经有了神经，有了眼睛，也许还有了心脏和大脑……”

“不，你不懂医学常识，一个月的小东西什么也没有，”他微笑了，“不算生命。”

“我是女人，我知道从怀孕那一天起，那个小东西就在和我交流，用他的神经、眼睛和大脑。他肯定有这些。你错了。你为什么要扼杀他们呢？”

“那不叫扼杀，很显然，很显然当时是很仓促，我没有能力做父亲……”

“那你现在有了？”她的语调之中有一丝嘲讽。

“我听不惯你用这种口气和我谈话。”他有些不耐烦，“好啦，咱们吃点儿什么？”

“我没有一点胃口。我一想到这件事就没办法再干别的。”

“我是爱你的，我对你有责任感。我们会是很好的父母亲，我们就要做父母亲了，对不对？我也是因为爱你，才说了这些。我觉得我的过去不会影响我们的现在，我也是出于负责和对你的信任才这么对你说的，可你却这样说我，说我是罪犯，不负责任……”

“我想和你离婚。”她平静地看着他。

他愣住了，他以为他听错了。“你是说想和我离婚？”

“对。”

“你是……要和我离婚？”

“是的。”她平静地说。

“是什么时候作的决定？”

“现在。我思考了一会儿，我就这么决定了。”

“你疯了？现在你已经怀孕了，五个多月的身孕，我们马上要做父母亲了呀。”

“正是因为如此，我不想让孩子有一个不负责任的父亲。”

“你大脑不太正常，你需要休息一下。咱们回去吧，咱们先回去。我知道今天你生气了，我知道我错了，过去错了，可我们现在有现在的生活，对不对？我们很好，很相爱，要不然我们怎么会有要孩子的打算？什么都是最后一个最重要。我们只会有一个孩子，第一个也是最后一个，就是你肚子里的这一个，这才是我的，才是我们结出的最终果实。这才是重要的。”

“不，以前的也很重要。你一直瞒着我，你让你过去交的三个女友都怀孕了，你可以说是三个孩子的爸爸了……”

“不，只是一个孩子的爸爸，你肚子里的这个孩子的爸爸。”他说，他的情绪坏透了。

“我认为你没有责任感。我无法肯定我们的未来会很好，我无法肯定这一点。刚才我仔细想过了，我对你没有信任感了。”

“你这么快就对我没有信任感了？”

“是的，有些东西要崩溃是非常快的。你用了一个小时，不，你用了十几分钟就让我们之间完了。”

“真的完了？”

“真的。”

他们又沉默了。这时我的牛排饭才端了上来，我一直在听他们说话，但我并没有拿眼睛去看他们。我取出一份报纸在看，实际上我听到了他们的所有谈话。这时已经接近下班的高峰时间了，快餐店外，可以看见暮色在降临，车水马龙，到处都是人影在快速流动。

我听明白了，那个男的，那个小丈夫今天忽然哪一根神经兴奋了（他可能想到自己将要做爸爸了），把自己过去使其他女友（他至少谈过三次恋爱）怀孕的事告诉了妻子，结果怀有身孕的妻子接受不了这个现实。她说要和他离婚。这就是我听到的他们争吵的内容的核心部分。我坐在那里，一个人享用我那美妙的晚餐，但是，他们的争吵，那种声音不大也不小的争吵却完全吸引了我，使我想看到他们的结局。任何一个人的生活都是突然被改变的，就像他们，在今天，也许他们的生活从此以后就将被改变。

“我觉得它不是生命。根本不是。在西方，胎儿成形之后，也就是大约四五个月的胎儿才可以算是生命。而在我国则以出生后心脏的跳动为依据。我想起来了，是这样的。所以，所以怀孕才一个月的小东西只是一粒胚胎，根本不算是生命。”沉默了好久的丈夫好像又找到了有关生命的话题，他似乎在节节败退，但仍想再做一搏。

“不，只要它在母体内萌芽，它就是生命，任何一个女人都可以感受到这一点。突然有一天，一个女人觉得自己的身体发生了变化，她意识到她怀孕了，一个生命开始在她的体内孕育了，从那时起，生命也就诞生了。你却扼杀了他们，三个生命。”

“你总在重复这句话，我扼杀了他们，可他们现在根本就不存在！”

“不，他们存在过。你能说他们没有存在过？比方说，你能说我腹中的孩子没有存在过？他每天都在动，都在和我交流。”

“我说过了，那都是过去的事，不会影响我们的未来。”

“不，影响了我们，影响了我们的现在，也会影响到未来。我已经下决心。”她似乎十分沉痛。她没有流眼泪吗？

“你说你下了什么决心？”男人十分颓丧地问。

“下决心和你离婚。”

“你不是……说着玩儿的吧？在这种时候，在你和我要当爸爸妈妈的时候……”

“是真的，我已经决定了。你了解我这一点，已经决定的事情我不会改变。”

男人愣了一会儿，然后他趴在桌子上开始小声地啜泣起来。这时快餐店进来了不少人，他们的喧闹声掩盖了这里的惊人变化。一个服务员跑到他的跟前，问女人：“要点什么吃的吗？”

“不，什么也不要，谢谢。”怀孕的女人说。她这一刻似乎又平静了，她又扭头去看窗外，毫不理会自己已经被打垮了的丈夫的哭泣。过了一会儿，她说：“好啦，别哭啦，咱们走吧。”

男人抬起了头：“到哪里去？”

“先回去，我要起草一个离婚协议。”她平静地看着他。

他把眼泪擦干了：“你其实一直就对我不满意。我明白了，你早就想离开我，这件事不过是你找到的一个借口，我明白了。”

“不，不是的。真的不是。”她看着他，“要是你不告诉我这些，我可能会好好地爱你，和你生活在一起，做一个好母亲。但是，我突然觉得，你实际上是一个不负责任的人。我无法想象你已经让三个女人怀孕的事实。我接受不了这个。我尊重生命。”

“我听不懂，我觉得你并不爱我。”男人无力地说。

“一个女人愿意为一个男人怀孕的时候，她能不爱他吗？直到昨天，我都是爱你的。”

“那么……今天呢？”

“今天不爱了。”

“你变化得太快了。”

“是你叫我难过，我想我要坚强些。我自己来面对这些，我不想和你一起面对一切了。因为，我无法再和你生活下去了。”

“我一直都弄不明白的是，我是出于爱你、尊重你，才说出了真实的情况，可我反倒遭到了这些，我不明白，我弄不明白。”

“我也不明白为什么你过去不告诉我这些。”她说。

“要是我过去就告诉你这些了呢？”他问她。

“也许，也许我会原谅你，也许我会因此而和你分手，我不知道我会怎么做。”她说。

“这一次，这一次就不能原谅我了吗？我是为了我们好才说的啊。”

“不能。我现在体验到了一个怀孕中的女人的全部感情。我理解了一个孕妇的体验。怀孕的女人与没有怀孕的女人是不一样的。”

“原谅我。”他说。

“不。”

“真的不原谅？在我向你什么都坦白了之后？”

“不。”

他的目光冷却了。这完全是结冰的时刻，实际上冬天还很遥远，但我在一边都感受到了冬天的袭来。有一刻我担心他们会打起来，我担心那个男人会发狂，因为在这样的冲突与争执下，很少有人能冷静下来。但是，他们大约都沉默了五分钟之久，那个男人说："好吧，我们走吧。去签你说的那个协议吧。"

他们走了。我在他们推开快餐店的玻璃门时才抬头看他们的背影。年轻的一对，那个女人的身影很细。他们走了，但是我的内心却并不平静。因为我发现生活的改变，一个人、一个家庭的改变，会在一瞬间完成。快餐店热闹极了，人们都在进食快餐，因为他们的生活也是一场快餐。在我的身边，吃快餐的人来来往往，倏来倏去，像快餐一样快。我置若罔闻，一直到所有的人离去，我才离开了那里。

需要说的是后来那个男人我经常可以碰到，每天下午的四点到六点钟，他就出现在快餐店的门口，他把自己打扮得跟红木偶快餐店左边门口的那个红木偶一模一样，然后他就站在快餐店的门口右边，一动不动，六点钟他就会重新换好衣服，准时离开。人们说他风雨无阻，人们说这是一个正常的疯子，说他正常，是因为他除了每天扮演红木偶在门口站两个小时之外，他没有任何其他举动；说他是个疯子，是因为正常人谁会干出这种事？

我经常去红木偶快餐店吃饭，因为现在我的生活也快餐化了。无论衣食住行，甚至包括爱情，这一切都变得快餐化了，但谁也无法改变这些。我每一次在四点到六点之间去那家快餐店，总是能看见那个男人。我想他扮演红木偶站在那里，是因为在这家餐厅，他的生活突然改变了航道和速率？是因为这里还有什么值得他纪念的东西？

有一天我又去那里，我照例看见了他们，一个真木偶，一个真人扮的假木偶，站在快餐店的门口。但是我还看见从人行道上走过来一个妇人，她领着一个五岁的小孩——我一眼就认出来了，她就是五年前在这家餐厅与老公吵架的那个女人。我认出她来了，我对她走路的样子记忆犹新。在快餐店门口，那个小孩停住了："妈妈，我觉得右边的这个不是红木偶，他是一个人，他的鼻子在动。"

这一刻充满了戏剧性。母亲看了那个她曾经十分熟悉的"木偶"一眼："不，孩子，他是真的，是一个真的红木偶。"

然后她领着孩子走了。那个木偶人仍站在那里，戴着滑雪帽，涂着红鼻子，穿着一条滑稽的裤子。他和左边的红木偶一样吗？然后我走进了快餐店，开始吃我的快餐了。

“燃烧的妓女”

最早的时候是她在那里喝酒，喝一杯不加冰的威士忌，然后有一个人靠近了她，这是在社区俱乐部酒吧，在这种地方总是有人要向你搭讪。她看见他在她旁边把头盔取了下来，他是一个骑摩托车的人，他说：“我看过你演的电影。”

她笑了一下：“那是一个小角色。”

“原来演过吗？”

“没有，我一直是一个形象设计师。”

“只是客串一下？”他看着她。

“对。”

“为什么今天一个人待在这儿？”

她没有说话，她看清了他的脸，一张有胡子的脸，头发很长，额头上有几道很深的额纹，一身皮衣，黑色的，他是那种看上去有经历的人。他在她旁边的高脚椅上坐了下来，他笑了一下，他的笑很幽深。他叫来了调酒师，拿着酒单对调酒师说："给我来一杯这个。"

他把脸转向她："待会儿我骑摩托带着你在城市中兜兜风。"

她淡然地笑了一下："我还不认识你呢。"

他说："你已经认识了。"

调酒师手中的银色调酒器在甩动着。他们不说话，看调酒师把酒调好，这是一大杯鸡尾酒，分了好几层。调酒师问他："现在喝吗？"

"对。"他说。

调酒师用火柴点燃了那杯鸡尾酒，它着了，是那种蓝色的火苗，这一大杯燃烧着的酒分三个层次，一层鲜红，一层幽黑，一层橘黄，但表面却燃着蓝色的火焰。他和她都看着这杯酒，她觉得这杯酒很神奇："这种酒叫什么？"

他举起了它："它叫'燃烧的妓女'。"说完，他冲她笑了一下，一口喝掉了它，她的心悬了一下，仿佛看见了那蓝色的火焰从他的喉咙中穿过。他喝完了它。他见她担心和探询的表情，"燃烧的妓女。这是一种火辣辣的鸡尾酒。火辣辣的。"

他们在黑暗城市的夜幕中疾驰。城市，除了灯光，和疾驰在道路上的车辆，其他的东西都死了。摩托车的马达很响，她坐在后面，风把她的眼睛吹得眯了起来。她感觉这一刻，城市是一座死寂的黑暗迷宫。摩托车的速度很快，在大路上拐弯的时候，车身、人和道路呈六十度的角，仿佛地心有一种力在把他们拉向它。这一刻的城市是神秘的。它不说话，但你会明白它的意思，那就是：不要在黑暗街区的道路上停留！要快跑，跑回家去！她眯着眼睛，搂着他的身体，这是一个有活力的身体，有棱角也有力度的身体。后来，她听不见摩托车的马达声了，但车速依然很快，从一个街区到另一街区，在灯光的阴影中穿越而不留痕迹。

这是午夜时分的城市，孤独者都被心灵的猎手所俘获。他们还在飞奔，在黑暗的城市高架桥上像静物画一样移动。

她醒了过来，她看见了在东边的天空中已经有一丝鱼肚白色。天在渐渐变亮了，但是她却躺在一片草丛中，她坐起来，冷风吹进了她的身体，她确信自己是在一座公园里，她被强暴了。被那个摩托车手，那个喝“燃烧的妓女”的人。他把她带到了这座公园里，就在这片草地上把她强奸了。甚至想不起来她是如何反抗他的，但他太有力量了，他像一块火热的铁一样压着她，他用嘴唇堵住她的嘴，他的嘴里有一种火，可能就是“燃烧的妓女”的那种蓝色的火苗。它对他没有力量但却灼伤了她，使她的喉咙里布满了这种火焰，使她说不出话来。她摊开了身体，她感到她的身体被一种东西所浇铸着，使她的身体变硬，变成一种水泥，她后来就昏过去了。

现在，她醒了，她确信她不是一座雕塑，一座在公园中原来就有的雕塑，在早晨来到之前像人一样苏醒了，她是形象设计师，她被强暴了。她感到自己的嘴唇发青，头发也有些乱。她向公园外看去，天仍旧没有亮，这是凌晨五点，这种天光连孤独者也还在沉睡。她感到自己的眼前不停地闪现着那种蓝色的火苗，那是那杯“燃烧的妓女”的鸡尾酒的火焰，她想不起来自己是什么时候和那个骑摩托的人一起离开酒吧的，但她记得那火苗。蓝色的、微暗的火苗。是这火苗，让她跟着他走了。凌晨的城市，已结束了它在夜晚的垂死的战栗，变得安静了，这一刻的城市是最安静的，因为几乎没有人，也没有车。她走出了公园，在马路边站了一会儿，看见了一辆出租车，她招了招手。

“你是什么时候离开酒吧的？”那个出租汽车司机问她。她摇了摇头，她身上披着一件他的衣服，因为她的衣服被撕烂了。这时候天已经亮了，她的目光有一些迷惑。“我记不得了。”她说，她这才注意到出租车司机的脸，他长着一张有些稚气的脸，他看着她。“我看过你演的那部电影，你是那个演员吧。”

她点了点头。

“我喜欢这部城市片，我喜欢你演的这个角色。”

她的眼前腾起的仍旧是那杯“燃烧的妓女”的蓝色火焰，火焰的中心是空的，而边缘则显现出了一种奇妙的幽蓝。问题是那个骑摩托的男人的身上还有一种气味，它是一种花卉的香气。就是这种香气，混合着那杯“燃烧的妓女”的蓝色火焰，让她坐在了他的摩托车的后面，在被黑夜浸泡的城市中穿行而过，然后，在公园的草地上，他强暴了她。

他说过爱她吗？有时候，人们为了爱，或者说因为爱的名义，人们会使用暴力。但他说过爱吗？她在想着，在蓝色火焰的升腾中想着，她觉得他说过，他肯定对她说他爱她。但他都对她干了些什么？

她觉得这一切，发生的一切似乎都像火焰，像那杯三色鸡尾酒燃烧的火苗一样不真实，它是虚幻的，飘忽不定的。她尽力在回忆着，她觉得这简直像是一个神话，一个无坚不摧的女人，却突然被一个骑摩托车的身上带有某种花卉气息的喝“燃烧的妓女”的男人解除了武装。那么，在草地上，她是自愿的吗？她是被迫的吗？当他像一阵狂风一样刮向她，她为什么要被另一种黑暗强行覆盖？她在想，但那杯酒的蓝色火苗在她的眼前晃动，她看不见事实的真相。

现在，在黎明到来之前，他消失了。她一个人，在黎明的冷漠中醒来，发现自己的身体被打开过了，吹进来一些陌生的风。

“你不要紧吧？要不要我送你去医院？”那个出租汽车司机问她。

她摇了摇头。

“那么，我先把你送到我那里，你先安静一下，等我晚上回来了我们再商量怎么办。”

她点了点头。“我叫王林，”他一边开车一边对她说，“我会帮你的。”他把车开到了他的家，他送她上去，他说他晚上会回来，他叫她安静一下，他说你不用太恐惧。

她一个人坐在这个出租车司机的房间里，这是一房一厅的格局，很整洁，并不凌乱。我的大脑混乱吗？我遭到了袭击吗？她仔细地想着。她在王林的屋子里待着，四周很安静，但她似乎仍旧可以看到那杯酒的蓝色火焰，我应该怎么办？报案吗？说有人强奸了我？我应该找到他吗？找到那个骑摩托车的人，那个身上带有一种花卉香气的男人。他为什么会让我像一个傻女人那样和他一起穿越城市的夜晚？她想起了漆黑的城市天空之下，他带着她，骑着摩托车穿越城市。那是黑暗的迷醉，却闪耀着一种激情的银光。她坐在那里仔细回忆着那种香气的味道。桂花？郁金香？玫瑰？丁香？茉莉？梅花？她仔细地辨析着，她觉得她过去没有闻过这种味道，有时候她会掀开窗帘，去看外面喧闹的城市，那种白昼的亮光使她眩晕，也使她恶心。

出租汽车司机王林在夜幕降临的时候回来了。他觉得她的情绪可能稳定下来了，因为任何一个姑娘遭到男人的袭击都会心慌意乱。他买回来一些半成品，他进门对她说："我去给你做点吃的。"然后他们一同下厨房，一起吃饭，吃完饭，他问她："想好了吗？你打算怎么样？"

她看着他："我要找到他。我要自己了结。"

他看着她："你会有危险。"

她摇了摇头，她想起了那种花卉的香气："不会。"

他有些忧郁："要不，我给你找一把刀，你带上。"

她点了点头："好。"

他们一同出发了，就在昨天她待过的酒吧门前，他放下了她。她决定守株待兔，她想他一定会来到这里。他说他很爱喝这种"燃烧的妓女"。她记得他说过："这种酒使我浑身像着了火一样。"她的皮包中放着一把精致的匕首，她想她要自己了结。

从这一天起，她经常去那家酒吧，她总是回忆起那种奇异的香气，就是那种香气，她想，使她被他侵害。有时候王林会开着车来看她，发现她总是坐在酒吧中，他会进来，坐在她的对面。

"情况怎么样？他出现了吗？"

她摇了摇头。

"那么，你还是回家吧。"他说。

她又摇了摇头。

“我看我们还是应该去报案，也许公安局就有他的照片，让他们去抓他。”

她摇了摇头。

他说：“好吧，好吧。”他走了。

出租汽车司机王林有时候驾车经过这家酒吧，他在马路边停下车，他一边吸烟一边透过窗玻璃，可以看见她坐在那里。这种情景几乎每一个晚上都发生，因为她总是坐在那里。有时候，天太晚了，他会带她回她的住处。那是一栋高级的公寓楼，她就住在那里，他向她道晚安。

这种情况大约持续了大半年，从春天到秋天，总是这样，在很多个晚上，她总要待在那家酒吧里等着。她在等什么？连她也有些怀疑了，因为对象已渐渐地模糊了，只剩下一团香气，一团不知名的奇妙的花卉香气，一个摩托车手，一杯燃烧着蓝色火焰的“燃烧的妓女”，这一切，只剩下了这样一些符号。至于人，那个摩托车手的脸，则消失了。而她，内心之中的那种屈辱和仇恨，那种失落也消失了。一个女人经历的一个可怕的记忆，一个夜晚，竟然是那么的悠远。

但是，出租汽车司机王林却爱上了她。他总在给她送玫瑰花，他每天都要见她一次。这是一个有些稚气，还有些害羞的大男孩。他只有二十二岁，他爱上了她。如果说一种火焰消失，那么另一种火焰，却在另一个人心中燃烧。这一切，这种火焰的转换他知道，她也知道了。

这是冬天的来临，连着几场大雪，城市改变了模样。到处都是雪，世界是白的，这种季节一般只适合室内的活动。她仍旧去酒吧坐着，前一天，王林找到了她，说他爱她。

她有些惊慌：“不不，我不能接受。”

他看着她：“无所谓，我只是想告诉你我爱你。”他停了一下，“你还是要找到那个人？他……真的存在吗？”

她有些生气了：“当然存在！当然有这样一个人！他强暴了我！当然有这样一个穿黑色皮夹克的人！”

他说：“好吧，但你要注意安全。我想你为什么不把他忘掉？你的生活中有更重要的东西！”

她摇了摇头，她想，不，有时候，人的生命中，突然地，会袭来一阵香气，一个人会闯入你的生活，一个影子会走开，这一切都是无从预料的。她决定在那家酒吧待下去。

她的确仍旧在社区俱乐部酒吧里坐着，这个季节已是冬天了。有时候，酒吧外面的汽车驶过，红色的车灯光映照在雪地上，有些东西就发生了变化。她坐在那里喝一杯热饮，她抬起了头，看见了那个人，那个出现了却又突然消失的摩托车手又出现了。

她愣了一下，但是那个人的确是他。他的头发很长，胡子似乎也更密了。他向里边走来，他抬起头看见她在冲他笑。他走了过来。

“你好。喝一杯什么？”

“‘燃烧的妓女’，我见你喝过这种酒。”

他看着她，想了一会儿：“对，是的。那么咱们再来一杯？”

“不，”她说，她感到热血向上涌，她从皮包里取出了那把匕首，“不。”

他一下子就握住了她的手腕，他看着她，用力，把她的手腕弄弯，然后从地上捡起了那把匕首。“今天我仍要请你喝这种酒。”他朝侍者打了个响指，“来两杯‘燃烧的妓女’。”

他把匕首装进了自己的口袋。侍者把两杯酒端了上来，问他：“现在喝吗？”

他问她：“现在喝吗？”

她看着他，没有说话。

“现在喝。”他转身对侍者说。

侍者点着了那两杯酒。现在，那幽蓝的火苗又燃烧起来了，她看着那火苗，想起了过去的那个夜晚。他举起了一杯，喝掉了它：“我就像浑身着火了一样。你最近又拍什么新片子了没有？”

她摇了摇头。

他盯着她：“我想我可能爱上你了，在春天，那个夜晚。这使我很恐惧。所以，当我发现我爱上了你我害怕了，我逃走了。就是这样。”

“你强暴了我。”她盯着他。

“不，我没有。我差一点儿，因为你已经昏过去了，我吓坏了，我逃走了。”

她又闻到了那种熟悉的香味，她是如此喜欢这种香味儿，这香味使她欣悦无比。“我想问你，你身上的那种香味是什么气味？”

他掠了一下长发：“哈，我是一个花卉工程师，一个花匠。我在莱太花卉中心工作。我培育出了一种杂交的花卉，我还没有给它起名字。但它开的花非常的好闻。”

她举起了那杯酒，喝下了它。她觉得自己着火了。可奇怪的是，那种复仇的期待却变成了对他的期待，连她也感到奇怪。

“很好。”他说。

“我想看看你培育的这种花，我想看看。”

他看着她，目光之中又闪现出了一些柔情。他伸出了一只臂膀，揽住了她。他们拥抱了。但是，在窗外，有一个人看到了这一切，他冲了进来。他是出租汽车司机王林，他爱上了她，他不能忍受这样的情景。他手里拿着一个很大的扳手。他用那个扳手狠狠地打在了穿黑色夹克的那人的头上。

现在，她呆住了，她突然发现，她爱的人是那个浑身有一种奇特的香气的花卉工程师，她惊呆了，她一把推开发着愣的王林，抱起了那个人，她的力气是如此之大，以至于她真的把他抱起来了。但他似乎已经不行了，因为扳手，巨型扳手要比头颅硬。她抱着他走出去，血滴在雪地上，雪白血红。

出租汽车司机王林追了出去，他发现她在哭。“滚开，”她对他说，“你滚开。”

他站住了，他身后出来了很多人，他们都是从酒吧里拥出来的。“你们都滚开！”王林转身对那些人说，那些人又都走开了。

他看见她抱着那个人拦住了一辆出租车，走了。他愣了一会儿，发现雪下得更大了。他从自己的汽车中取出了一桶汽油，浇在了身上。你不用问他这是在干什么，因为，他点着了它，他像一团舞动的火焰，在大街上，在白雪中奔跑。他成了一个燃烧着的人。

非虚拟铁锤

一

自从男朋友离开她去了美国，黄虹就一直情绪不好。她和男朋友是大学二年级的下学期就开始在一起的，到现在已经有四年的感情了。当很多大学恋人因为毕业的原因天各一方而纷纷分手的时候，他们也仍旧在一起，不过，他们都在北京工作，这也是他们在一起的重要条件。而且，他们在毕业之后，很快就同居了。并且，他们还计划着，如果可以以贷款的方式买到一套住房，他们就准备结婚了。

同居的感觉开始是相当美妙的，他们过去在大学里也有过慌慌张张的做贼一样的肉体亲密，都是趁着同宿舍的人不在，或者到北京的同学家里借人家的房子两个小时，但是从来就没有过现在在租住的房子里的大床上，没有任何顾忌地缠绵那样愉悦。

如此看来，个人的私密空间确实是如此的重要。这样美好的日子一晃就过去两年了，黄虹很快就变成了一个成熟的女人，她学会了做饭，学会了容忍一个男人在生活中的全部的优点和缺点，学会了接纳一个男人——这个男人从生理到心理都和她完全不同，这个过程就是一个女人变为一个男人的妻子的过程。

当黄虹渐渐地适应了两个人的生活，并且准备用两个人积攒下来的钱分期付款购买他们的房子的时候，她的男朋友却问她："你觉得和我结婚好吗？你愿意在我们都还这么小，只有二十四岁的时候就结婚？我们是不是长得大一些再说？"

黄虹想了一想觉得也是，他们现在都还太小，只有二十四岁，而在北京这样的年龄已经结婚的人很少。于是黄虹就又把这个事情搁了下来。

可是慢慢地他们的生活中就缺少了以往的激情，日子变得就像是白开水一样。尽管他们彼此都想了好多种办法，增加生活中的情趣，比如周末和更多的朋友一起吃饭，往家里买很多的花卉来装扮家居环境，他们也日益觉得日子似乎在褪色一般，失去了所有的生活激情。

有一天早晨，黄虹醒来的时候发现自己的男朋友早就醒了，可是他睁着眼睛望着天花板在想着什么。

"你在想什么？"

"我在想着自己做的一个梦。"

"什么样的梦？"

"我梦见我在美国弗吉尼亚州的一个农场里，变成了一个农场工，我在开阔的农场里放牧着很多黑白相间颜色的奶牛，我骑着马，特别愉快地策马前行。"

黄虹笑了：“你成了一个你梦中的西部牛仔了。”

可是她的男朋友十分认真地看了她一眼：“这有什么好笑的？我就是在想，我是不是就应该这样生活。”

黄虹很吃惊：“你是说，你想到美国当一个牛仔？”

“那有什么不可以的？我就是想到美国当一个放牛的小子。可是我一直在想着一个问题，如果我想去，你愿不愿意和我一起去？”

黄虹想了半天：“我不想去，如果你真的想去的话。”

她的男朋友十分认真地对她说：“这就是我们之间最大的问题，我想干的事情，你根本就没有兴趣。”

从那之后，他就开始考“托福”，“托福”的成绩很好，很快就又联系了美国的一所学校离开北京，离开黄虹去美洲大陆读书了。

因此当他和她分手之后，黄虹最不能够忍受的就是生活中突然少了一个人之后的紊乱。她并不是不愿意和男友去美国，而是不喜欢他的某种使她无法把握的疯狂。她觉得真正认识一个人要花很长的时间，而她到现在才认识了自己恋爱和同居多年的男朋友，可是，他已经消耗了她最美好的很多东西，情感的、想象的、身体的、感觉的、现实的。它们全部不见了。

当你和一个人已经有了多年的生活习惯，而这个人突然从你的生活中消失了，那你的慌乱就可想而知。

二

黄虹换了一个住处，搬离了那个可以引发她很多痛苦的记忆的房子，另外租住了一套公寓。这套公寓离她所就职的外企不远，重新开始了一个人的生活。但是现在她变得不喜欢和周围的人交往，她甚至有些怀疑每一个和她交往的人的目的和企图。他们在她的眼睛里有时候会变成各种各样的动物，使她害怕。

比如财务主管玛利亚，她就似一条花斑蟒蛇变成的，黄虹都有一些不敢到财务处和玛利亚办理各种各样的财务手续。而顶头上司胡军，竟然似一只山猫。可能是他的眼睛特别凌厉，因此他的本质才是一只山猫。而别的同事，是岩羊、鼹鼠、鲸鱼、海马、雪豹、骆驼、宠物狗、鸽子、蚂蚱、百灵、蚰蜒、蝙蝠、毛毛虫等等。尤其是到了公司开会的时候，黄虹会发现这个会议完全变成了一个动物的大聚会，他们——它们在那里用人的腔调说话，很快黄虹就忍不住要笑出来，笑得特别开心和复杂，而她反被看成是一个莫名其妙的女人。

现在所有的同事都变成了各式各样的动物，大多数都让黄虹感到害怕，而这个秘密只有她自己知道，她是无法和任何人分享她的这个秘密的惊奇与恐惧的。她想，自己是如何获得了这个超能力的呢？和同居男友的分手似乎是自己获得这个超能力的一个契机，就是男友去了美国，她就有了这个超能力的。可是时间越长，她就越想把这个秘密告诉别人，但是她不知道告诉谁好。

于是她想起了幼年时代听过的一个童话，说是一个人知道了国王长着一双鬼耳朵，他无法告诉任何一个人，就挖了一个坑，对坑里讲述了自己的秘密。第二年，这个坑里长出了一棵树，孩子们用这棵树的树皮做树皮哨，但是只要一吹这个哨子，就发出了一个声音："国王长着一双鬼耳朵！"于是全世界的人都知道了这个事情。

现在她就想找到一个渠道，试图把自己的秘密释放和发泄出去。但是日常生活中的任何人知道了，都会对她的工作产生影响，于是，她开始在网上流连，用各种各样的化名和网友交谈。上网渐渐地成了她最喜欢的业余生活。

当她结束了自己一天的工作，忘掉大大小小的动物上司和同事，忘掉自己公司必须使用的英语，她回到了自己的家里，才真正地松了一口气。

"我有一个秘密但是我现在不能和任何人讲，这是我最大的痛苦。"（彩虹）

"那可不可以和我讲。"（彩虹勇士）

"我还没有拿定主意，因为这个事情可能没有人会相信我。"（彩虹）

"我们已经聊得特别开心了，对不对？我们已经是朋友了，对不对？所以你应该信任我，我可以做你最好的朋友。"（彩虹勇士）

"我们在网上认识才三天。"（彩虹）

"可是我觉得我们已经认识很久了，我们的网名都和彩虹有关，所以我们之间有缘分。"（彩虹勇士）

"那让我好好想一想，明天我们再说吧。"（彩虹）

黄虹在网上认识了一个网友，他的网名叫"彩虹勇士"，因为和自己的网名很接近，她一开始就觉得亲切，所以没有几天，他们很快就聊得特别的亲近，天天在网上相约见面。这个叫"彩虹勇士"的人显然是一个男孩，他现在仍旧处于青春末期的骚动和困惑当中，他似乎很信任黄虹，或者这个“彩虹”姐姐，他给她讲述了自己成长中的很多挫折和创伤。

在他的叙述中，一开始他就是一个失去了父亲的孩子，只有母亲将他养大。他的童年和少年时代是非常孤独的，家境贫寒，但是他仍旧像草一样生长着。在他十三岁的时候，母亲也去世了，他和舅舅一起生活。于是他就开始变成了一个不良少年，打架斗殴，拉帮结伙，生活在犯罪的边缘。后来他的一个表姐对他很好，替代了他母亲的作用，渐渐地把他引上了正路。他后来考上了成人高校，现在已经毕业，并且在中关村的一家电脑公司上班了。

黄虹对他的身世很感兴趣，那是她完全不熟悉的世界，和人生的体验与经历。她出身于一个知识分子家庭，父母亲都是大学老师，所以这个叫“彩虹勇士”的人的经历使她产生了同情和怜悯。但是她又担心自己的同情和怜悯特别的廉价，觉得自己应该给他一些等值的东西。于是黄虹觉得应该把深埋自己心底的秘密，告诉这个“彩虹勇士”，希望和他分享这个秘密的惊奇与恐惧。

“那我现在就告诉你我的秘密吧！我可以看见我的同事都是一些动物，各种各样的动物，我就像是生活在动物园中。但是他们却没有任何的察觉，你相信我吗？”（彩虹）

“真的？我不是很相信。不过，我信任你。你的这个能力是一种超能力，是别人没有的，你害怕吗？”（彩虹勇士）

“我不害怕。因为他们并不会伤害我，只是我看到了他们的原形，每天都觉得这样的生活和环境令我难以忍受。”（彩虹）

“那你在其他的地方，比如街上还可以看见任何人的原形吗？”（彩虹勇士）

“很奇怪，在别的任何地方，我就丧失了这个能力，只有在自己的单位，我才有这个能力。”（彩虹）

“那就没有关系。这样你知己知彼，其实就可以更好地工作了对不对？这是你的优势，他们都没有的。”（彩虹勇士）

“我不知道这算是我的优势还是一种对我的惩罚。我不想再看到他们的动物原形了，我只是想生活在一种正常的环境中。”（彩虹）

“我希望我能够帮助你，我们见面吧。”（彩虹勇士）

三

说实话，我一开始害怕和彩虹见面，因为她有把人看出来动物原形的超能力，所以我本来就不打算见她了。可是这个时候，我老婆怀孕了，家里特别缺钱，我就决定一定要干这一票。因为彩虹显然就是那种有钱有闲的白领女人，这种女人在生活中一定遇到了什么挫折，她才喜欢在网上找聊天的网友。再说，你知道女人的心软，尤其是她们在逃避现实生活的时候，特别喜欢和依赖网络带给人的安慰，但是网络其实是一张你看不见尽头的大网，里面什么东西都有，自然也有我这样的捕食者。我一直在寻找猎物，我已经多次得手，现在，我准备又要下手了。当然主要是骗钱骗色，我现在最缺的就是钱，可是网上的很多白领女人她们有的是钱。我过去一直觉得我是一只臭鼬，我经常做一个梦，梦见我就是一只臭鼬，所以我害怕彩虹一下子就看出来我是一只散发着臭味的臭鼬，但是现在不管怎么样，我都要铤而走险了。

他和我约到了南护城河的边上，我老远就看见了他，他是一个高个子，头发很长，人也很瘦。但是我走近他的时候，第一眼就看见了他脸上的一道刀疤，这个刀疤是斜着分布在他的右脸上的，很长，也很明晰，是淡褐色的，比皮肤的颜色要深很多。我感到了紧张，我就有一些后悔了，我为什么要和他见面？我们在网上认识、并且长久或者永远在网上聊天不是很好吗？为什么要在现实的世界中认识呢？这个时候他的眼睛里似乎有着一种羞怯和畏惧，这使我多少有了一些放松。我想起来他在网上对我的倾诉，他这个被生活遗忘和亏待的孩子，他这个生活中的另类，其实他本来就和我不一样，他就是应该脸上有着这样的一道刀疤，他就应该是令人害怕，因为生活一开始先让他感到害怕的。我想到了这一点，就向他露出了微笑。

她向我笑了，她的微笑一下子就打消了我所有的疑虑和畏惧，看来她根本就没有看出来我是一只臭鼬，一只无论在生活中还是网络上都散发着臭味的臭鼬。她的超能力是有限的，就像是她所说的那样，这个超能力只在她的单位才能够发挥出来。我放心了，我也微笑了，我们似乎一下子就熟悉了，因为我们在网上聊了很多，现在这个时候似乎是无声胜有声。我觉得她长得很好看，不属于漂亮的那种，还是单眼皮，但就是很有味道，一看就是那种知识女性。对于这样的女人，过去我一直是既羡慕又畏惧，我不知道如何接近她们，如何和她们交流，连搭话的机会都不多。但是现在有了网络，网络对于我可真是一个好东西，我就通过网络和白领女人交往。我这个彩虹勇士和彩虹见面了，我告诉她我的真名叫丁峰，她告诉我她叫黄虹，我们沿着护城河走着，我在想，我应该选择什么样的时机吻她呢？

我们沿着护城河向西边走，他和我说话，他一开始就问我看出来他是一个什么动物了没有，我就老实地告诉他，我的这个超能力一到别的地方确实就不管用了。他就说他其实是一匹马，不过，他这么一说，我就觉得他确实很像一匹马，身体又瘦又长，脖子也很长，腿也很长，但是我看不出来他的动物原形。我现在对他既有一些好奇，也有一些害怕，有一些想向他靠近，又想赶紧逃走，毕竟，通过网络和人在现实中约会特别的刺激，但是又有很多的不确定的因素，因为你根本就不知道你是不是和一条会上网的狗在交流。但是现在我们仍旧聊得很好，我们走着，身边的草坪和开花的植物告诉我这是一个春天，我在给他讲我的超能力给我所带来的烦恼，希望他给我出主意。我们走了很远，在一个桥洞的下面，他突然没有任何预告地一下子把我抱在了怀里，亲吻了我。这个时候我一下子害怕了，我在他的黏湿的嘴唇碰触过我之后，就立即推开了他，我慌忙地逃走了，在路边上拦住一辆车就回家了，我的心始终狂跳不止。

四

彩虹勇士的真名叫丁峰，原来是北京郊县的一个娱乐城的工作人员，他一直游手好闲，不务正业，虽然读了成人高校，但是却一直没有固定的工作。平时就在海淀区纠结几个人卖假文凭，或者收购一些旧的墨盒，然后再往里面灌一些劣等的墨，来骗取钱财。

自从上网以后，他先后以网络恋爱的模式，骗取了一些女人尤其是白领女人的信任，继而骗取了她们的钱物。数额不大，但是却经常成功，因为这些女人特别好面子，虽然受了欺骗，损失了一些财物，但是没有向公安报案的。

上一次丁峰约会黄虹，还没有等到要下手偷她的钱的时候，黄虹就因为他突然吻她而吓了一跳，立即走了，这使丁峰十分的恼火。他一连如此约会了五个女人，还从来就没有失手过，所以，他仍旧要继续地等着机会下手。

他又给黄虹打电话，向她道歉，说自己太鲁莽，但那是因为自己太喜欢她的原因，他希望她一定要原谅他。

黄虹回到了家里，就决定再也不和这个叫彩虹勇士的人见面了。她敏感地觉得，这个人十分的有威胁性，所以当她接到了他的电话的时候，就一口回绝了他希望和她再次见面的请求，回绝得特别的干脆。

但是这个彩虹勇士似乎有着一种死缠烂打的劲头，总是给她打电话，说话的语气和态度倒还好，她就温和地拒绝着。但是毕竟心软，到最后，她还是答应他再见一面，此后她就不再和他见面了。

黄虹这次和彩虹勇士见面的地点，选择在了离自己公司不远的亮马桥附近的一家餐厅里。黄虹下了班，就来到了约会地点，这是一家墨西哥餐厅，而丁峰——彩虹勇士刚好也到了门口，他们就一起走了进去。这回，黄虹觉得他没有那么可怕了。他们坐下来之后，丁峰就希望黄虹不要生他的气，他希望还能和她交往。

“不过，丁峰，这是我们在生活中的最后一次见面了。”黄虹特别坚决地说，“我们在网上聊天比在现实中交往要更好，说实话，我在现实生活中很难信任人。”

他们要了两份墨西哥玉米卷饼，这种卷饼也叫作“法吉他”，是很好吃的一种卷饼。“好吧，我答应，不过，我们仍旧可以做好朋友的，只要是你愿意和我见面，我就随时可以和你见面。你现在还可以看见你的那些同事是动物吗？”

黄虹听他这样问，一下子笑了，“现在他们就更加的可笑了，原来在我的眼睛里，他们还是完整的动物，可是现在，要么身子是人身子，要么是人头兽身，总之变得比过去还要糟糕，全是半人半兽的东西了。”

他们聊得还比较愉快，黄虹起身上洗手间的时候，丁峰赶紧在她要的汤力水里放了自己早就准备好的安眠药的粉末。黄虹很快就回来了，这个时候丁峰就变得特别的紧张了，他看着黄虹会不会喝这掺了安眠药的汤力水。

黄虹刚要喝水，忽然看见门外走进来一个她很熟悉的同事，就是她的顶头上司胡军，他一副山猫的样子。他没有看见黄虹，因为黄虹的座位刚好被一个柱子挡住了。

黄虹对丁峰说：“哎呀，我的一个同事来了，咱们赶紧走吧。”她起身就走，因为她实在不愿意让胡军看到她和一个脸上有刀疤的男人在一起。丁峰也赶忙和黄虹一起起身往外面走。丁峰的内心中一阵懊恼，他想这下子又要完了。

但是黄虹这个时候却提议和他沿着亮马河边走一走，丁峰一看天色已经晚了，就觉得下手的机会来了。他们就沿着有着垂柳的河边散步，聊天，因为他们都知道今后再也不会见面了，所以黄虹似乎没有任何的警觉。

当天色又暗了一些的时候，他们走到了一个幽静的地方，附近没有一个人，这个时候丁峰提出了要和她拥抱一次，因为是最后一次，黄虹从丁峰的眼睛中看出了惆怅和留恋，就轻轻地和他拥抱在了一起。就是趁着这个时机，丁峰的手已经伸到了黄虹的包里，从里面摸走了她的手机和钱包。

“再见了，彩虹勇士！”他们拥抱完毕，黄虹和他告别，丁峰也假装告别。就在他转身要走的时候，他偷走的黄虹的手机突然在他的口袋里响了，黄虹听到了自己的手机那特别熟悉的声音，那是一段音乐的声音，而她也发现这声音来自丁峰的口袋，一瞬间她就明白了。这个时候，丁峰已经眼露凶光，迅疾地从腰间拔出了一把铁锤，砸向了黄虹的脑袋，黄虹的眼前银星闪烁，这个时候她突然看见，丁峰的动物原形原来是一只臭鼬，一只臭气熏天的臭鼬，但是已经晚了，她立即就倒了下去，都没有来得及喊一声救命。丁峰飞快地把她的东西，一个随身听、一些现金，还有一个寻呼机拿走了，消失在了第二使馆区的黑暗里。

五

警察抓到丁峰用了十天的时间，此期间黄虹经历了一场和死亡的搏斗，她还经受住了一次开颅手术，手术十分成功。当她的眼睛由模糊渐渐清晰地看见了在病床边上守候她的父母的脸的时候，首先想到的就是："抓住凶手彩虹勇士！他是一只臭鼬！一只大臭鼬！"

北京市公安局的技术侦查人员化名在网上寻找"彩虹勇士"，发现全国一共有三十七个用这个网名的人。他们一个个地排除，最后在北京大学旁边的一个巨大的网吧，抓获了正在上网的丁峰，在随后的审讯中，丁峰交代了全部的犯罪事实。

在看守所里，黄虹还专门来看了看用非虚拟的坚硬的铁锤击打她的丁峰，发现他龟缩在屋子的一角，完全是一副臭鼬的样子。

黄虹在一个月以后上班，这一次她发现，自己所有的同事已经恢复了原形，他们不再是动物，而是人了，他们恢复了人的面貌。

印度河的孩子

我原来并不太知道其实印度河主要的流域在巴基斯坦，我是认识了恰巴以后，由他告诉我的。

在我所在的社区中，有一栋联体的复式公寓中住了一些巴基斯坦驻华大使馆的工作人员和他们的家人，他们有七八户，大都是使馆的司机、警卫、厨师和技师家庭。我过去在中亚生活过，所以看到他们的衣着装扮并不感到吃惊。他们中间，男人的肤色较黑，眼窝深陷，女人的皮肤颜色浅一些，包头巾穿暗色调的裙子。我在社区的公共绿地边经常看到一个小伙子，就主动和他认识了，他就是恰巴，二十五岁，生在巴基斯坦的苏库尔。他的父亲是使馆的经济参赞助理。

恰巴似乎很忧郁，他和父母亲一起来到中国，但他父母亲因为国内发生了军事政变，被召回去了，所以恰巴一个人住。

“我记得你有一个女朋友，恰巴，我在班车上老是看见你领着一个女孩，一个穿牛仔裤的女孩，她到哪里去了？”

“她是武官的女儿，她和父亲一起回国了，可能不会再回来了。我失恋了。”

然后他就经常坐在社区边发呆，原来他是失恋了。

“那你什么时候回巴基斯坦？”

“我喜欢这里，我不想回去了。哎，我还想找一个中国姑娘结婚呢。”

后来我和恰巴成了朋友。他是一个沉默寡言的家伙。我请他在社区中餐厅喝鲜酿啤酒，他就给我讲印度河边的故事。他就长在印度河边上，他说他是印度河的孩子。

我想一条河因为居住在它边上的人才具有了生命。在他的讲述下，那条河的历史和景象复活了。但我这篇故事并不是讲述印度河和它的人民的，我只讲述“印度河的孩子”——恰巴最近大半年的一次爱情奇遇，因为过了半年，我看见挽着他的手的女孩是一个模样清秀、皮肤黝黑的女孩，他是怎样交上这个女朋友的？后来他告诉了我。而下面就是我对他的这一段生活的描述。

他父母回国以后，他觉得非常孤独。社区中的使馆人员也因为调换，陆续搬离了社区，这里慢慢地就剩下他一个人了。当他的女友也随父亲回国以后，他觉得自己的生活坠入了沉闷之中。

他在北京语言文化大学学习中文，每天都要回家，他不习惯住在学校里。像很多日子那样，他每一次回家都会打开收音机、电视机和音响，让它们在不同的房间中响着，这样他就感觉不到孤独了。他还会让所有的房间都亮着灯，以至于房间里灯火通明，引得夜晚在社区遛狗的人的小狗都对着他的屋子狂吠，因为那里太亮了。这样做他一进房门感受到的凄清和黑暗一下子就消失了。

如果没有声音、图像和光线，恰巴在一间屋子里简直无所适从。他一个人住的这套复式公寓，在灯光和声音充满之前是死气沉沉的，但是打开了灯，打开了电视，一切都变化了，房间仿佛一下子就充满了生机。

但是就在某一天，我打不开我的电视了，我的手指按下去，电视并没有像我过去期待的那样亮起来，什么声音也没有，也没有图像，电视屏幕上漆黑一片，它没有任何反应。我有点儿慌，我又重复了开关电视的所有程序，还重新检查了电源，但是，电视机仍旧没有任何动静。

这是一台老式的英国曼彻斯特产的彩电，有一个木壳，是我爸爸六年前在巴基斯坦买的，因为我喜欢它，所以父母亲又把它带到中国来了。我们一家人都喜欢旧东西，我小时候坐过的一只方凳，我现在仍在用呢。这台木壳电视机，跟我在这里过了好几年，它是我最忠实的朋友。每一个人都有他忠实的东西，有的人会是一条狗、一只猫、一个恋人，对于我，就是这台英国产的木壳彩色电视机了。但这台电视机显然是不行了，我该怎么办？

我想了一整夜，第二天我决定掩埋掉它。人们都以埋葬的方式处理和他们永别的爱人与爱物，我就决定埋掉我心爱的但却已经死了的电视机。我拿着一把小巧的美国军用铁锹，开着车来到了北京东北面顺义区潮白河边一个风景很美的空地上，准备埋掉那台电视机。我很快就挖好了坑，把电视机放了进去，还念了一段简短的悼词，大意是这台电视机跟了我好几年了，我十分悲伤于它的“逝世”，并向它道了永别，然后我就挥动铁锹，把土扔了进去，那里很快就堆起了一个小土堆，就像是一座小小的坟。然后，我打开带来的汉尼肯牌啤酒，坐在田头一边看远方的风景，一边喝掉了它。

我的心情有点儿悲伤，但渐渐地平静了。我看见潮白河像一条玉带，从遥远的一大片玉米田和高尔夫球场那边围过来，铺在我的眼前。让我的电视机在这里安歇是再好不过的了，我的心渐渐又开朗起来。”

我听了恰巴的叙述，才知道他是一个内心十分细腻的人，就像他给我放过的关于印度河的录像带，我看见了印度河细腻的波纹。印度河很柔和，它不像长江和黄河那样激流跳荡，是两条咬人的河流。我想恰巴埋葬了那台电视机，等于埋葬了他过去的一段生活。有一段时间，也就是在我刚认识他那一段时间，为了让他更多地了解北京的生活，我带他去了很多热闹的地方，像迪厅、酒吧和蹦极跳，去见更多的人，玩刺激而又稍带危险性的游戏。

埋掉了那台电视机后，他想心平气和地生活了。他很快又从商店买回来一台新的电视机，是一台中国产的超薄 TFT 型彩色电视机。这种液晶显示型的只有一本书厚度大小的电视很现代，他把它像挂一幅画那样挂到了墙上，然后，他打开了它。它的确像一幅画一样，不同的这是一幅不断变动的画，画面清晰、生动，收到的频道也比过去多多了。恰巴感到自己的生活要发生变化了，因为他不仅埋葬了一台旧电视机，又买回来一台新电视机，恰巴发现他内心担心的与新电视机不能协调的可能没有发生，于是他就坐在沙发上一直在看电视，在各种节目的播映中，渐渐地，他睡着了。

我经常在看电视时不知不觉就睡着了。当我再一次地醒来的时候，看见电视屏幕上雪花一片，伴随着这雪花的是刺耳的沙沙声。但是，那天却不一样。当我醒来的时候，我购买的新彩电屏幕上没有雪花，整个大屏幕上一片漆黑，但中间却有一个亮点儿，就像话剧舞台上的聚光灯一样，这个亮圈在屏幕上来回地移动着。

我看了看表，这时候已经是深夜了，大多数电视台的节目都播完了，一般会有一个停播的马赛克方格显示图案，或者干脆就是没有任何信号的一片雪花，但这一次屏幕上都不是，而是从某个角度打在了屏幕上的一束光圈，在光圈中还有一个小东西，我仔细地看去，才发现那是一个小人在跳舞。

那个在电视屏幕上跳舞的小人很小，但似乎正在迅速变大，一开始只有一个小点，后来慢慢地拉长了，长到了大约五厘米那么高。是个女孩，她似乎在以屏幕为中心的一个不知名的黑暗的舞台上跳舞。我定睛看了一会儿，睡意全消，因为她跳得太好太神奇了，几乎没有她做不出来的舞蹈动作，而且，她的动作也美极了，似乎在随着某种音乐跳舞，但那音乐我却是听不见的。

我看呆了，我自言自语说："要是你能下来在我面前跳舞该多好啊！"

一言未了，她真的一下子从电视屏幕上跳了下来，跳到了茶几上，就在我的眼前给我跳舞。这下子我觉得更神奇了，我问她："你什么舞都会跳吗？"她笑着点了点头，然后她就开始跳了。你知道我生长在巴基斯坦苏库尔，这座城市就在印度河边上，我从小就看过生活在这条河边的人们的舞蹈动作，我就对她说："你能给我跳巴基斯坦舞吗？"她点了点头，说："是要独舞还是双人舞？"我笑了："你那么小，就是跳双人舞，我也没有办法和你一起跳啊，还是你一个人跳吧。"于是她就给我跳了一段我们巴基斯坦的舞蹈，印度河边苏库尔城的舞蹈。我得说她跳得真好。

她穿着一条红色短裙，在她跳舞的时候，那短裙就像你们中国的牡丹一样盛开。过了一会儿，她让我把手臂放到地板上，她甚至跳上了我的手臂，在我的手上起舞。她跳啊跳，就像一个真正的电动跳舞人，一点儿也不觉得疲倦。最终我也被勾起了跳舞的兴致，我把她放在了桌子上，我站起来和她一起起舞。她是一个很好的舞蹈老师呢，她使我想起了我遗忘已久的舞蹈，以及我儿时的欢乐，我跳得很好，也快乐极了。

巴基斯坦的苏库尔城出生的恰巴给我讲这个故事的时候十分动情，这个印度河的孩子的首要品质是诚实，我了解他这一点。我相信了他的这个说法，因为他的奇遇还有下文呢。

第二天早上他醒来时发现自己睡在客厅的沙发上。那个跳舞的小人儿消失了，可能是她不喜欢白昼，但那台薄薄的电视机是确定无疑在那里的。恰巴怀疑他做了一个梦，因为在白天回想这件事，就会相信根本就不会有小人，更不会有跳舞的小人儿。最小的人我们在生活中也见过，他们被称为侏儒，体长也有一米左右。恰巴那天早晨煮了牛奶，切好了巴基斯坦牛肠，又把甜莓酱抹在面包上，吃了一顿丰富的早餐，然后开着车去上课了。

这一天他的心情出奇的好，他穿行在各种肤色的学生构成的校园里，没觉得自己是一个中亚人了。他不知道这心情是不是由那台可以产生跳舞的小人儿的幻觉的超薄型电视机带来的，总之他的生活已经有所改变。而且后来他还发现，他的心里有一个跳着舞的小人儿。

是的，恰巴说，他的心里有一个跳着舞的小人儿，这是过去从未有过的事。她就在他看不见的地方、在他的意识深处跳着舞，她甚至一刻也没有停，而恰巴做任何事情都似乎在迎合着她的节奏。这是令人惊奇的事。埋葬掉跟了他好几年的电视机的悲伤已一扫而光了。下了课他就急急忙忙向家里赶，为的是尽早看到那个舞蹈着的小人儿。他打开门，打开了所有的灯，又打开了音响和电视机，然后他就像要等待什么人造访一样，坐在了沙发上。

他的目光投向了电视屏幕，它正在播放新闻。到处都是地震和飞机失事的消息，但没有一条是关于跳舞的小人的。也许永远也不会有了，也许小人已经消失了，他想。后来，他困了，就躺在那里睡着了。

那个小人儿已经跳上了我的肩膀，在我的耳边把我唤醒了。这时候仍旧是深夜，这一回她换了一条绿色的裙子，然后，她又开始跳舞了。但跳了一会儿，她就示意我该吃饭了，我这才发现我没有吃晚饭，我的确是饿坏了，就去厨房做饭吃。

我很快活，因为这个跳舞的小人儿又出来了，她使我生活的节奏和颜色都有所改变。我问她想吃点什么，她一开始摇了摇头，后来她又说可以吃一点青菜，喝一点儿牛奶，我则为自己炸了北京的野菜春卷。

我们一起吃了晚餐，这的确是一件十分奇妙的事，因为这个从电视机里出来跳舞的小人儿，她给我封闭的生活带来了乐趣。我吃着春卷和生菜，蘸着番茄酱，而她则盘腿坐在茶几上，吃我为她煮的菠菜和一小杯牛奶。她吃得少极了，因为她太小了，根本就不可能有太大的饭量，只吃掉了一根菠菜，她就已经饱了。

吃完了饭，她又开始跳舞了，她告诉我她是停不下来的，除了吃饭的时候可以稍作休息，其余的时间她都要跳舞。我又一次看到了美不胜收的舞蹈，而且后来我也睡得很香。

这是一个恰巴不能与人分享的秘密，因为他在北京，父母亲都不在他身边，除了我他没有太多其他的朋友。而且没有人会相信电视机会在深夜里蹦出一个小人，跳舞的小人。但是，这一点确定无疑地在他的生活中发生了。虽然他暂时还不能给别人讲述他的这个秘密，但他变快乐了，他一下课就早早地回到了社区，期待着小人从电视屏幕上下来。

他很想知道小人叫什么，她从哪里来的，她还会到哪里去。她出现的第五天，他向她问了这个问题。

她停住了跳舞，这个问题一下子使她变忧郁了。她想了想，告诉他她叫“印度河的女儿”，她是从流过中亚的那条宽阔的河流来的。那里，那条闪闪发光的河流仿佛从天空中铺展而来，再蜿蜒而去。然后小人就给他讲了她的故事，他又给我转述了这个故事：

她本来没有这么小，她和现在的人实际上是一样大的。她是印度莫卧儿王朝中一位公主的侍女——那时候印度和巴基斯坦还没有分治，她的公主喜欢上了突厥的一个英俊的王子。但这是为国王所不允许的，因为国王打算把公主嫁给波斯帝国的一个王子，以便联姻，来做一笔政治交易。

于是一天晚上，公主带着她一起出逃，打算去找那个要翻越高加索山才能到达的突厥王国，找到王子之后嫁给他。

她们两个女人化装成武士，趁天黑逃出了王宫。向西北方向的路程遥远而又艰辛，她们一路上历经了很多磨难。她们在路上看见了一片桃林，她们又渴又饿，就进去摘桃吃。

但是她和她的公主就此在那片桃林中失散了。那是一片很大的桃林，望不到边，树上结的全是红红的大桃子。她吃了很多，吃醉了，等她再醒了过来，就找不见她的公主了。

她一边找一边哭，哭了三天也找了三天，但就是没有公主的影子。后来，她决定继续向西北进发，去找那个突厥王子。她终于找到了他，告诉他公主已经在来找他的路上失踪，有可能是国王派人抓回了她。

王子很生气，他从父王手中领了一支军队，一路东征，打到了公主的国家，抓到了国王。国王告诉他公主的确失踪了，也没有再回来。现在，国王已经同意了他们之间的姻缘，只要公主能回来他们就可以成亲。王子听了这话，继续找寻公主。他又率领了一支舰队，从黑海出发，开始向印度洋而去。到处都传来了在那里发现公主的消息，王子就和这个聪明的会跳舞的侍女一同出发，去那里寻找，但总是不能找到公主。后来，侍女在追寻的路途中自己渐渐变小了，王子有一天开拔之后她才从一块石头下边醒来，但是他们早已出发了。她再也找不到他们了。

“那么你又是怎么从电视机里出来的呢？”恰巴问她。

“后来我也坐船，来到了一片大陆。我经过了很多年，一直不死，我可能已变成了一个长生不老的人。我见到了一座闻所未闻的城市，我发现这里的人家家都爱看电视。我没有见过电视。但是，我来到了一个叫电视台的地方，那里有人正在搞一个舞蹈大赛，我加入了进去，但是，我跳着跳着，发现舞台上只剩下我一个人，只有一束光一直跟着我。然后，我不知怎么就出来了。从电视机里到了你家里。”

恰巴惊呆了，原来一个跳舞的小人背后还有这么多的故事，而这个故事又是由时间构成的，其间还夹杂着始终不渝的爱情、千难万险的寻找以及痴情的等待。而她，真的是多年以前的印度河边的女人，一个印度河的女儿。

“那你最终会到哪里去？”恰巴忧郁地问她。

小人没有回答他，这一刻天亮了，她又回到了电视屏幕中。

“这以后，小人仍旧在夜间出来，”恰巴对我说，“在我的房间里舞蹈，我的房间里充满了生机。但是，我又有一点忧郁，因为她肯定会继续寻找她的公主，这是她多年以来的使命。到了第十天晚上，她从电视机屏幕上出现了，并不下来，而是向我招了招手。”

“她为什么不下来了呢？”我问。

“当时我也很诧异，我就靠近电视机，她说：‘我要走了。’我很着急：‘那我该怎么办？’她说：‘会有一个像我的公主一样的女孩来找你。因为你是印度河的孩子。’她说完，真的在屏幕上越变越小，然后消失不见了。我手里的通心面盘子也掉到了地上。”恰巴说完，直愣愣地看着我，“她再也没有回来。”

自那天那个小人从电视机里消失以后，恰巴的电视机里再也没有了一点声息，它也没有任何图像，他打开电源，屏幕上一片雪花。他不知道这台新买来的电视机出了什么故障，是不是与那个跳舞的小人消失了有关。他打电话给这个品牌的彩电维修部门，他们答应马上派人来修。

第二天，恰巴的门就被敲响了。他打开了门，一个穿着维修人员工作服的女孩笑吟吟地对他说：“你的电视机坏了吧，我是来检修的。我可以进来吗？”

“当然。”恰巴让她进来。她仍旧是笑眯眯的，在鞋上套了塑料袋，进门就开始检修那台电视机。恰巴突然觉得她的肤色、眼睛，都有点儿像是个南亚人。她很快查出了线路问题，修好后打开了电视。恰巴和她都看见，在屏幕上又出现了那个跳舞的小人，她向他们做了几个旋转的舞蹈动作，然后鞠了一躬，就消失了。

她连水都不喝一口就要走，这时恰巴忽然自言自语说：“跳舞的小人儿，她再也不回来了。”

她愣了一下，放下工具箱："什么？你说跳舞的小人？最近我总是梦见我在一个桃林里迷了路，一个跳舞的小人在四处找我，我梦见她说中亚有一个王子还在等我，在一片小岛上等我……"恰巴和她四目相对，一刹那间，他们都明白他们之间的缘分已经诞生。

这就是恰巴给我讲的他的新女朋友的来历。我猜想那女孩一定与当初迷失的公主有关，不然，她一个中国女孩，怎么看上去皮肤、眼睛都像印巴一带的人呢？她真的仅仅是个电器修理工吗？或者恰巴就是那个突厥王子？我被这个问题搞糊涂了，但对恰巴这个印度河的孩子，我剩下的只有祝福了。

一台巨大的冰箱

他和她结婚之后，很想把他过单身生活时的那台小冰箱换成一台巨大的冰箱，那种美国通用冰箱，为此他和她去商场看了好几次。但是，还没有把那冰箱搬回家，他们就离婚了，原因是他发现自己更多的时候是一个同性恋。

可能一个人要完全明白他自己的性取向和性趣味要很长时间，比如他，戴沙，是在结婚之后七八年，生了一个儿子之后，才发现自己可能真正喜欢的是男人而不是女人。所以，当他和妻子离婚的时候都没把那种巨大的冰箱搬回家。

他就是喜欢美国通用冰箱，它们大都呈红白色，线条简单、大气，里面可以装一头切碎的牛和它身上所有的东西。当他又重新过上单身生活以后，他想拥有那台巨大的冰箱的梦只好又停止了，因为他根本装不满一台巨大的冰箱，只有女人，做主妇的女人才可以填满一台巨大的冰箱。

和妻子离婚后，他仍旧住在这个社区中，他的房子离前妻的房子不远，他住东区而妻子住西区，他们的儿子和她住在一起，一年前她又嫁给了一个家居设计师。现在，儿子和前妻及前妻的后夫生活在一起，而他，戴沙，国际纺织合作公司的中层职员，一个人生活着。

和前妻生活在一个社区中并不十分方便，因为毕竟他和前妻会有很多伤痛的记忆，而这些记忆在两个人相遇时都会被触动。好在社区很大，又住了一千多户，大都有私家车，平时他们各开各的车上下班，离婚之后他在社区中碰见前妻的次数只有两三次，而且还是远距离看见，根本不用打招呼的。

他们都有了各自的生活，他猜想他前妻一定十分恨他，这倒不是因为他是一个同性恋，而是因为她嫁给他很长时间，两个人还生了一个儿子之后，他才发现自己是一个同性恋。

我在社区的俱乐部咖啡厅认识了戴沙，因为剧本的事，我和他打过交道，可我发现他总是和男人在一起，在咖啡馆里也是如此。他介绍他的朋友时，就像介绍自己的恋人一样。

对于同性恋，我和大多数人一样抱着一种宽容的态度来看待，所以，我写这篇故事与同性恋没有太大关系。我写这篇故事是因为戴沙后来开始争夺儿子的抚养权了，而一个同性恋，他又是个男人，能够争到对儿子的抚养权吗？听说了这件事之后连我都感到疑虑。

我原以为这类事情只能发生在西方，可我真的没想到它就发生在我的身边，我还认识他们，而戴沙想买一台巨大的冰箱就是他亲口告诉我的。

他和前妻生的儿子已经七岁了，他在离社区不远的地方上二年级。他发现儿子有些异样是在不久以前，儿子的眉头上有一道伤痕。他是在每个星期六例行的陪儿子的时间里发现的，每周他只有一天可以和儿子在一起，这是法律所允许的。

“你的眉头怎么了，儿子？”他带他玩过山车之前，儿子拨开额角的长发时，他发现了这一点。

“跌了一跤，是摔的。”儿子有些漫不经心。

“怎么那么大意？怎么会摔得这么严重呢？眉角青了一大片。”他很有些痛惜。

玩儿完过山车，他总觉得有些不对劲，因为他发现儿子的性格似乎比过去显得忧郁了。儿子才七岁，可他沉默寡言得像个成年人。难道他和妻子离婚，对孩子的影响会有这么大？

“你妈的老公，他对你好不好？”

“挺好的。他给我买了很多书，那种日本卡通。还有一些吃的，软软的糕点，是我最爱吃的。”

“你妈呢？”

“她很忙，她要忙于工作，经常很晚才回家。”

他前妻是机关的团委书记，这种工作每天都要和人打交道。可她真有她的后夫、家居设计师那么忙吗？

“她打你了吧。”他仍旧怀疑是有人打儿子了。

“不是，爸，真的是我自己摔伤的。我以后注意就行了，你别为我担心，好吧？”儿子不想谈论这个话题了。

那天带儿子例行见面之后，他给前妻打了个电话："他的额头上有一道伤口，他说是摔了一跤，你要当心点儿，你就那么忙？多操点心在他身上。"他这已经是在责备她了。

"他也是我的儿子呀！我能不心疼吗？我会尽力照顾好他的，你不用管那么多。告诉你吧，我最近把一台大冰箱买回来了。一台巨大的冰箱，美国通用牌的，里面完全可以站得下一个人。"

他沉默了一会儿："你把我的梦想实现了。我一个人，没法买那么大的冰箱。"

前妻也沉默了一会儿，问："还没交上固定男朋友？"

她问话的内容十分复杂。他知道他过去深深地伤害过她，而她也根本不知道他作为一个同性恋，有着什么样的生活。在她的印象中，他是一个整天在地铁的某些厕所、某个街区公园的角落以及一些同性恋酒吧勾搭性伙伴的人。她并不了解他其实和她一样，渴望纯真的爱，不过她的对象是男人，而他的对象也是男人而已。

"还没有。我一个人过，你不用关心我这一点。"他说，"我们的儿子才应该被你多关心。"

"你不用和我这么说。"她十分生气地说，"他不会再摔跤了。"

女人是一种你最好不要去伤害的东西，否则，她后来留给你的只剩下了报复。在他当初告诉她他是一个同性恋的时候，妻子同意了他的离婚请求，一个月后就嫁给了另一个男人，速度快得惊人。他觉得她这样做过于草率，这样报复他没有任何意义，她只能报复她自己，把她自己的生活弄糟。但可能她觉得自己的生活已经一团糟了，再糟一点儿又能如何呢？

他见过那个家居设计师，那个前妻的第二任丈夫，一点儿也不喜欢他。那家伙姓穆，长得有些猥琐，眼神在看人的时候有些躲躲闪闪。他不喜欢他还有一个担心，是担心那家伙会对他儿子不好。可一年下来，除了儿子的性格变内向了之外，没有他们三个人在一起很糟糕的传闻。前妻看上去挺快活，他有时夜间在社区里散步，路过前妻的家时，发现家中的家具全都是焕然一新的。那都是那个家居设计师的功劳。和一个从厕所马桶刷子到巨大的壁橱全都能设计的男人在一起，前妻能不感到幸福吗？

有一天下午，他正在打电话，儿子气喘吁吁地跑了上来。他放下电话，看到儿子的眼神十分惊恐和紧张。

“出了什么事？”

儿子看见了他，似乎放了心，他停顿了一会儿，胸部的风箱不再呼哧呼哧了。“没什么，爸，我一个人待在家里有些害怕。”

“你一个人在家？你妈她老公呢？”

“他……也在上班，我一个人害怕，我跑来看看你。我怕我家的阁楼，它实在太黑了，白天也特别的黑。”

“儿子，在我这里什么也别怕，等你妈回来了你再回去吧。但是，你不能说是在我这里，要不，法院会警告我的，我每个星期只能和你待一天，明白吗？”

儿子点了点头，他去玩游戏去了。他上了二楼的工作室。在查找一盘录像带的时候，他想这些复式结构的房子，顶层设计的采光是不太好，要不孩子白天为什么还害怕呢？他想着这个问题就去擦窗玻璃，但是，他看见了在社区出口站着一个四下探望的男人，那不是那个姓穆的家居设计师吗？他在找什么？戴沙的心中产生了一个疑团：儿子刚才说家里没有一个人的。

他的疑问很快得到了验证，当儿子又有一天飞快地跑到他这里来的时候，儿子的腿上和背上是有伤的。他问他这伤是从哪里来的，儿子坚持说是摔伤的。

“不对，一定是你妈的老公，那个姓穆的干的，他经常打你，对不对？”

儿子沉默着，但他在摇头。

“你不用怕他。你只管告诉我，是谁干的就行了，是不是那个姓穆的干的？”

“不是。是我自己在玩儿滑板时摔伤的。是我自己摔的。谁也没有打我。”

他不相信，但这时电话铃响了。他拿起了电话，是他前妻打来的。“儿子是不是在你那里？”她问。

“是，他是在我这儿。”

“让他回来。记住你每周只能有一天和儿子在一起。”她的声音听上去很生气。

“我也正想给你打电话呢，他最近身上总是有伤。我猜是你丈夫打了他。他不承认但我猜是这样。对这个问题我想和你谈一谈。”

“你让他回来，我自己会问他，我觉得这根本不可能！我丈夫待我真的很好，他不会打他的……”

“要是他打了他，我不会再让儿子回到你那里了。”他低沉地说。他听到那边先挂了电话。她生气了，他想，可我还更生气呢。

他对儿子说："你妈让你回去呢。你回去吧，我要是知道了是谁干的，我会把他撕成碎片的。"他看着儿子，儿子在出门时又回头说："是我自己摔伤的，对不起，爸爸。"

儿子只喊他做爸爸，他不会再喊任何一个人爸爸了，这让他内心比较宽慰。他在同性恋酒吧里和男友聊天时谈到对儿子的感情，男友感到了嫉妒。"他可能真的是自己摔伤的，你太神经过敏了。"

"不，直觉告诉我那绝不是摔伤的。是有人打他。可他怎么都不肯告诉我。我想争取到儿子的抚养权。"

"那太难了，要知道你可是……再说，法院已经判过了，他们不会再改的。"

"可我儿子身上总是有伤痕，我当然不能坐视不管。"

"那样你就只能带着儿子生活了，不会有男友和你在一起的。任何一个人都不会忍受你有一个儿子，我也不会。"

他听了这话，生气地站了起来。他不想再搭理他了，因为他不接受他的儿子。

大约过了两个月，儿子才再一次跑到他这里来。这一回他的手臂上显然是被烫伤了几个大水泡。"爸，我不想再回去了，我想和你在一起。"

"这是怎么弄的？"他很心疼。

"这是我不小心烫伤的。但我不想回去了。"

“一定是那个姓穆的干的。你告诉我，是不是他干的？”

“不是，是我自己烫伤的。但我不想再回去了。”

“我也不会让你再回去了。”

“我就想和你在一起，爸爸。”

儿子在他这里很开心，但是老婆在给他打过电话，得知他不会同意把儿子放回去之后，叫来了警察。警察从他这里带走了儿子，说他不能违反法院的决定。在儿子被带走的时候，他对他说：“儿子，我一定会想办法让你和我在一起的！”

我是在戴沙经法院再次审理将儿子的抚养权判给了他之后，才了解了整个事件的经过的。在他们关系的核心中，戴沙是一个同性恋，这是他能否争取到儿子的抚养权的关键，这涉及他有没有能力来抚养儿子。在长达几个月的调查当中人人都受着煎熬，而他儿子身上的伤痕之谜，如果他自己不讲，别人都无法说。戴沙是在后来发现儿子身上的伤痕之后，决定通过法院来要求拥有对儿子的抚养权的。而法官和儿子的初次谈话，并没有给他带来任何希望。

“孩子，你身上的伤是哪里来的？”

“是我自己弄的。我总是很笨，我爱摔跤，还会把滚烫的水倒到自己手上。”

“没有别人打你，比如你妈妈的第二任丈夫，你的后爸？”

“没有。他没有打我。”

“你要说实话。”

“我妈妈待我很好，他们两个人都待我很好。”

“那你为什么想和爸爸一起住？”

“他一个人太孤单了。我想陪陪他。我不能和他在一起吗？”

“不行，如果不像你亲生父亲怀疑的那样，是你妈的第二任丈夫打了你，你就必须归你妈妈抚养。我再问你一遍，你养父打你了吗？”

“没有。”他没有太多迟疑，“他没有打我，都是我不小心碰的。”

可他身上那些伤痕，十分明显都是人为的痕迹，戴沙把他前妻约出来，在一个小咖啡馆里说，一定是有人打了他，而她又经常不在家，这个打他的人就只能是她的现任丈夫，那个姓穆的家居设计师。

“你还是像过去那么偏执，你总是这样。我质问过他，我让他发了誓，他说他没有打，他是一个连小动物都十分喜欢的人，他怎么可能去打一个小孩？就因为那个小孩不是他生的？我想我不会第二次看错人了。”她忧虑而又生气地对他说。

“还是让儿子和我过吧。这样我会放心一些。”

“我搞不清楚的是，为什么现在你对他那么关心，而你过去从来不是这样。再说，你知道，你现在只和男人来往，如果他和你在一起生活，会对他的生活影响有多大，你考虑过没有？我可不能让他天天在一个男人与男人接吻和做爱的环境中长大，那才会毁了他呢。”

“……我过去是伤害过你，”戴沙的眼睛都有些湿润了，“可他是我的儿子，我们的儿子，不管我是一个什么样的人，我对他的爱是不变的，是最真实强烈的，请相信我这一点，好吗？”

她看着他，点了点头，这一点她信任他。但是光有爱就能解决问题吗？

戴沙决定自己寻找证据，他已经认定那个姓穆的家居设计师虐待自己的儿子，但是，他必须要找到证据。他必须要亲眼看见和听见儿子被虐待，他要抓到现行的证据。他开始跟踪儿子和姓穆的家居设计师，只要有时间，他就会悄悄地窥视他们。

他弄不明白为什么儿子不告诉他谁伤害了他，他猜想这里面只能有一个原因，就是儿子不想伤害他妈妈，如果他把姓穆的揭发了，那就势必真正地破坏了他妈妈现在的生活。戴沙这么猜测着，他在为儿子这么小就想了这么多而赞叹，同时又在想为什么上帝让他们每一个人都受煎熬？

但是随后的几个月中，他什么也没有发现，每个星期他去接儿子出去玩儿时，再也没从儿子身上发现伤痕，旧的伤痕也消失了。难道真的是儿子自己摔的？

他把自己的疑惑告诉给了自己的新男友，他是一家酒吧的调酒师，叫阿年。阿年在他看来很性感，他非常喜欢他，他们现在是固定交往的伴侣。

“也许真的是你儿子自己摔的，是你的神经有些过敏了吧。”

“可我相信我自己的第六感。”

“是不是有孩子的男人，都有第六感？”

他听出来男友话里的复杂含义。“我希望你像接受我一样接受我有一个儿子这么一个现实。”

阿年手上的调酒器上下翻飞，他向他耸了耸肩，什么也没说。

到了这年初冬，第一场雪下过，大地一片清静，他想带孩子出去打雪仗，就打了电话过去，是姓穆的接的："是谁？"他粗暴地问。戴沙一下子愣住了，他听见了电话中有人在哭。这时候是上午，他儿子正在家中。他没有谈话，而是挂断了电话，他觉得机会来了，他立即向前妻家赶去。

他走到他们家门口，侧耳听了听，听见屋内有人在训斥。他知道里面在发生着什么，他想了想，没有敲门，而是绕到屋后，从半地下的暖房边，揭开玻璃罩，钻进了他们的家。等到他从一楼楼梯口出现的时候，他看见了他已经猜到的一幕：姓穆的正在用皮鞭抽打他那被毛巾塞住了嘴巴五花大绑的儿子！

这时候任何话语都是多余的，仇恨和愤怒使两个男人扭打在一起，他们的搏斗几乎都使出了全部的力气要让对方完蛋，所以打得非常激烈。有一阵戴沙已经被对手掐得不行了，但最后，仿佛来自神助，他又击倒了对方。对手满头是血，滚在了那个巨大的冰箱跟前，而戴沙想都没有想，打开了冰箱，把对手一下子塞了进去。

而他前妻进门的时候只看见了他和他们的儿子，她惊愕之余似乎明白了什么，这时冰箱又被撞开了，家居设计师狼狈地看见了她，这时候他再作任何解释、任何欺骗、任何表演，都为时已晚了。

他们几个人的生活随即都发生了巨大的变化：戴沙的前妻毅然决然地第二次离婚，她把家居设计师赶走了，而戴沙争取到了儿子的抚养权。她现在变成了每周有一天时间可以探望儿子，他和儿子生活在一起，他的男友们也都远离了他，包括那个阿年。没人能接受他要带着一个小孩的现实。说到底，他们认为他其实是一个异性恋。

但这些戴沙觉得都不重要了，重要的是他买回来一台巨大的冰箱，美国通用牌冰箱，那种能把一头切碎的牛放进去的大冰箱，而且他果然把它都填满了，填满了儿子爱吃的很多东西。看着那台巨大的冰箱，他对此十分满意。

气 球

向窗外看，社区中没有刮一丝风。他们在一起，他在看一部名叫《邮差》的电影录像，这是一部意大利电影，他听不懂意大利语，但他仍坐在那里看。她走上前去看了一眼，她在屏幕上看到一个胖子。“他是谁？”她说，他动了一下身体，“巴勃罗·聂鲁达，智利的伟大诗人，这部片子不错，讲的是聂鲁达被迫流亡时在一个意大利小岛上与一个邮差的交往，非常棒，比好莱坞风格的片子棒，你不看一会儿？”他侧过脸来看她。

“不，我要去买东西。买蜂蜜、黄油、腊肠和芥末，我还要去赛特购物中心买一条裙子，我看中了一条裙子。”

“你去吧。给我带一本杂志回来。”

“什么杂志？”

“《环球银幕》。”

“好，中午想吃什么？”

“等你回来，我们一起去吃巴西烤肉吧。”

她走过去，在他的靠背椅后站住，温柔地摸了一下他的脸：“宝贝儿。”屏幕上有大海的美丽风景，非常漂亮，聂鲁达和一个内心产生了爱情的男邮差坐在海边说话，大海的浪花纯洁有力地拍打在岸上，聂鲁达在说话。她的内心也产生了十分温柔的感情，对丈夫的感情，她又摸了一下他的脸，他的手反过来握住她的手：“快去买东西吧。”

她下了楼，坐进了汽车。将这辆她开了两年的“欧宝”车发动着，她想起了他的抱怨，他抱怨这辆汽车太小，只是一辆女式车，今年他要为自己买一辆“别克”车，那是一种美国车。可是钱没那么多了，她说，凑合着开吧，再过两年，你买一辆超长凯迪拉克，我都不反对。她把车开出住宅小区，驶向大街。这时她想起来后备车厢中有一瓶芳香剂，她在便道上把车停下，下了车，打开后备车厢，找到了那瓶芳香剂，同时她还发现另外一件东西。

这是一个纸箱子，她愣了一下，因为她过去没见过这东西。她翻了一下，里面全是书。其中有一个红色封面的笔记本，她翻了翻，突然怔住了：这不是他和她的字体，这是另一个女人的字体，有些娟秀，也有些潦草，但字里行间有他的名字。他的名字！

她盖好后备车厢，回到车里，一页一页地看。她没有看到一个脏女人领着三个乞讨的小孩，在一直敲着车窗玻璃，因为这本日记的内容太重要了。她看完了，表情凝重得有些可怕，把那几个趴在车窗玻璃上的脏小孩也吓住并跑开了。她想了一会儿，没有想明白。一个女人和她丈夫已秘密来往了三个月，而她一点儿也不知道。他们还上过床，从日记中可以看得出来，她想。她去打油门，但几次车都没发动好，手在发抖，但她终于把车发动起来了，汽车蹿了出去。

她的表情有些麻木，她不知道该怎么办，汽车在车流之中漂浮，和她一样茫然。她的大脑之中不时地出现一些空白，她后来想起来她是出来买东西的，可买什么呢？她全忘了，她到赛特购物中心，把车停好，跟随人群进了商场，下意识地随着电梯上升，她发现自己来到了儿童用品部。这是一个充满童稚的世界，可我要买什么呢？一个导购小姐在给她推荐一种洋娃娃，那是比芭比娃娃还大的洋娃娃，黑头发黄头发棕头发的都有，“我买六个，”她说：“多少钱？”

等她拿了一大堆洋娃娃、玩具熊、电动狗回到车里时，她在想：“我还要买什么？”她总觉得自己忘了几件要买的东西，但她想不起来还要买什么了。她回到家中，进了门，他还坐在电视机前看录像。

“嗨，”他说，“东西买回来了？现在我放的是法国作家玛格丽特•杜拉斯的电影《卡车》，有趣极了，快来看吧。”他转过脸，当他看到她手上提的那一大堆洋娃娃时，呆住了。“你——买这些干什么？”

她说：“我应该去买什么？我忘记了。”她的呼吸有些急促。

“买蜂蜜、黄油、腊肠和芥末，还有杂志，可你——你买这些干什么？我们并没有孩子呀，你买这个……”

一阵屈辱涌上了她的心头，她觉得有一阵血往脸上涌，她从购物袋中掏出了那个日记本：“这个，这个是什么？”她感到这一刻她自己很狰狞，“这是什么？”

他用眼睛瞟了一下，目光之中掠过了一阵疑惧：“这……是什么？”

“在你车里的。和一纸箱书在一起。里面有你的名字，她是谁？”她感到自己的声音像一条冰凉的蛇。

他低了一下头，然后他夺过了那本日记：“好吧，叫我看看。”

电视屏幕上有一辆卡车在平原上疾驰。而他在翻看日记，他好像早就预料到会发生这样的事，他越翻越慢，然后丢下了日记本。

“老实说这本日记我也没看过，”他的目光扫到了她，然后迅速地移了开去，“是，我……我与一个女人……但那已结束了……”

他以为她会像一头豹子一样发怒，她会冲上来，撕碎他的脸；他以为她会把屋子里的一切都砸掉，砸掉画王电视和格兰仕微波炉，砸掉传真机和手提电话，砸掉有氧鱼缸和无氟冰箱，砸掉屋角的保险柜和“奔腾”电脑，砸掉所有的 VCD 和 CD 唱盘，砸掉墙上的各种相框，在那些相框中他和她在微笑，笑得非常灿烂纯美。

但她没动，她看着他：“是谁——那个女人是谁？”

他骤然之间变得颓丧了：“她……她是一家中韩合资企业的文员，一个刚从北外毕业的学生，我已和她断了。”

她盯着他看。

“我们已经断了，”他干笑了一下，“我只是帮她搬了一次家。是一些书和杂物，她有很多书，她是一个爱看书的姑娘，她……”

“我要走了，我要离开你，”她平静地说，“我现在就走。”

“可我和她已经断了，真的已结束了。”

“这于事无补。”她推开他，开始收拾东西。她在往一个皮箱之中装她的衣服。他有些手忙脚乱了，“你不要这样，你不要这样嘛。”但她很快就收拾好了，他拦住了她。“让开，”她说，“让开。”

“不。”他说。

她看了他一眼：“我们完了，一切都毁灭了。让开。”

她抬起左腿，踢中他的裆部，他发出了男人最为尖厉的号叫，捂住了两腿之间倒了下去。她跨过他的身体，走了出去。

后来他爬了起来，她把他踢得不轻，他的两腿之间仍旧痛得厉害。他缓慢地移到了窗户前，他打开窗户，把头探出公寓楼，他看见她开着那辆乳白色的“欧宝”车已离开了。她开得十分猛，在出门时撞坏了开满月季的花坛，但她的确开走了。他在想她带走了多少钱？八千？六万？我得仔细数一下，但他发现她已把保险柜钥匙扔在桌子上了。他在沙发上坐下，用遥控器关闭了电视机，屋子里安静了下来，他在仔细回想到底发生了什么事。他坐在沙发上一点一滴地想了起来。那是一个湖南女孩，长得很秀气，三个月前他们在墨西哥餐厅时第一次相见，当时他正在吃一份“洁吉塔”——一种墨西哥卷肉面饼，他看见了她，就和她聊了起来。后来他带她一起去了一趟四川，回来后他们又幽会了几次。她毕业一年了，在一家中韩合资企业工作，她为他怀了孕，但吃了“米非司酮”药丸之后，她打下了一个白色的小胞衣，后来她说要嫁他，这下把他吓住了，他想尽办法稳住她，如同一切游戏都有一个结果，他不再去找她。她住在一间地下室中，后来她要搬家，他去帮了一次忙——最后一次，那一次她想放火烧死他，连同她一起，被他及时地扑灭了，但那次还是烧坏了眉毛。她哭了，后来，她死心了。整个过程如同一场战争，他给了她六千元钱：“我有个老婆，她待我很好，我有个老婆，你……放了我吧。”

那个女孩没有再理他，但他没想到他为她搬家还有一箱书留在了车里。“天意，他妈的。”他想，他觉得饿坏了，就按微波炉菜谱上的内容给自己烧了一顿饭，他一个人吃了一顿饭。后来他打开了保险柜，数了数，所有的现金都还在，她一分钱都没有拿走。要是我和她离婚了，她会拿走这其中的多少钱呢？他想，她会一个人开着车跑到哪里呢？

在汽车里她才开始流泪，“毁灭，”她想，“毁灭了。”她开始哭泣，她想起了多年以前，那时候她亭亭玉立，她不谙世事，他拿着花来找她，他说那花是玫瑰，殷红的玫瑰，它表达爱情，她收下了。但她的一个朋友告诉她，那不是玫瑰，那是一种月季，后来她问他是这样的吗？他的脸红了，他说是的。他是从一个公园里采摘的，是一种很像玫瑰的月季，就在那一刻她爱上了他，因为他害羞了。女人的羞色很美，可男人的羞色同样也很美。她想，那时候他们都很穷，没有多少钱，但他们过得不错。后来他辞去工作，开始作一些策划，为各种活动搞策划，出卖智力。再后来他买了一个专门装现金的小型保险柜，他为她买了一辆“欧宝”汽车，他们可以在北京任何一家大商场买他们喜欢的东西，在任何一家餐厅吃他们喜欢吃的美食，他们过得不错。然后，今天，她就发现了那个红色日记本。

这一切都是如何发生的呢？她和他，他和那个女人，这一切都如同水草，在她的脑中纠缠着，她觉得自己饿了。她透过车窗寻找着餐厅，看见了一家“麦当劳”，她把车停在了“麦当劳”餐厅的门口，进去买了几个汉堡包和热狗，拿了一大杯冰可乐出来。路过街头报摊时，她买了两份报纸，一份《精品购物指南报》，一份《为你服务报》。她坐进车里一边吃一边看，她吃光了那些热狗，然后她开始按照这两份报纸上的租房启事的号码，用手机打电话。她挂通了一个，说好了位置和价钱，就开着车去看。

整个一天都是这么度过的。她看了不少地方的房子，那些房子不是让她感觉不好，就是价钱太贵。到了晚上，她把车停在了一个立交桥下的收费停车场，她又去吃了些东西，回来后坐在车里闷想，但她很快睡着了。

半夜她醒了一次，看了一下表，是半夜三点，她从后座的皮箱中取出了一件比较厚的衣服穿在身上，她想现在已不可能去旅馆了。这时她才听到了立交桥上面那汽车开过的隆隆声响。半夜时分，汽车并不很多，一辆又一辆，像凄清空气中的飞行物，来来去去。

她醒了之后，外面阳光十分灿烂，她觉得自己仿佛睡了一百天，她看了下表，早晨十点钟，她至少睡了十五个小时，这是这么多年来她睡得最长的一天了。

她从车子里出来，走到护城河边的树下活动了一会儿身体。她看见很多人在匆匆赶路，每一个人都在为一个生活的目标而奔忙，他们都很忙。她又看见了电线杆上的一张租房启事，她记下了一个号码，回到车里，打了那个电话。接电话的是一个男人，他就是房东，声音很柔和，也很有磁性。他们约好一个地方，在那里，他们见面了。

这是一套位于一幢塔楼顶端的一居室，那个房主是个三十多岁的男人，短发，穿一身黑。“从这里可以看到野花。”他领她看了房子，把她叫到窗边说。她从窗子向外望去，在白色的雾气笼罩之下，她可以看见从远方弥漫而来的野花，这野花无边无际，淡黄色和淡紫色为主，像一块巨大的花毯，她怦然心动，这是一种前所未有的经验。

“好吧，我租下来了。”她说。

他帮她把皮箱放到了屋角：“一个人？”

“对，”她干脆地说，“我离婚了，一个人过。”

他点了点头，不再说话。他把钥匙交给她，她给了他三个月的房租。他是一个沉默的男人，说了一些注意事项，就走了。

她把床铺好，躺下来休息。她仍然觉得很累，可能是在汽车之中没有将身体完全舒展开的原因，她浑身酸痛。她躺了一会儿，又睡着了。当她再次醒过来的时候，她发现自己头痛得厉害，她病了。到了晚上，她发烧了，烧得很厉害。她爬起来喝一些水，又躺下，她毫无力气，第二天，她烧得更厉害了。她打开了手机，她在想应该给谁打电话呢？一瞬间她想到了自己的丈夫。但她旋即把他的名字又从脑海之中洗掉了。她内心之中产生了一种绝望，对生活，对周围的每一个人。她不想打给自己的同事和朋友，因为见到他们每一个人，她都禁不住会大哭一场。到最后，她打给了他，那个房东，那沉默的男人。

他立即到了，给她带来了一些药。她打开门，躺在那里艰难地朝他笑了笑：“抱歉，”她说，“刚搬来一天就麻烦你……”

“不，”他摇了摇头，脸上有一种痛惜的表情。他帮她吃药，倒了些水，然后说，“我扶你去医院。”她看着他，点了点头。

他扶她出了门，向电梯走去。他们坐电梯下了楼，打了辆出租车，去了最近的医院。大夫给她打了一针，又吊了一些葡萄糖。她觉得好了一些。整个过程他都在悉心地照料她。

下午，他送她回去。到了房间里，他忽然有些局促，他说：“我走了。”

她说：“先陪我聊一会儿天吧。”

“好。”他坐下来。

“你是干什么的？”

他想了一想：“神经科大夫。”

她笑了笑：“是专治精神病人的？”

他摇了摇头：“不，我主要治各种神经炎症，神经痛与精神病是有区别的。”

“我不太懂这个。”她说。

“你是干什么的？”

“我负责财务，在一家大公司里。”她说。

“哦，”他说，“你病得很急，不过，也会好得很快。”

“你有两套房子？”

“我和我妈一起住。好，你休息吧。”他起身走了。

她觉得好多了，晚上，她看电视，取了几盘录像带看。他这里有一盘叫作《她说毁灭》的电影，那是一部法国片，讲的是婚姻的幻象和陷阱。她说毁灭、毁灭、毁灭。在内心之中，婚姻的灰烬又扬了起来，她想起了很多与丈夫在一起的日子。一旦这种关系有了一道缝隙，就再也弥合不起来了。她睡着了，梦见一个巨大的气球，它就停在这一带楼厦的上空，并缓慢地向她这边的街区移动。那个气球是黑色的，因此看上去十分压抑，气球的面积十分庞大，几乎有一幢楼房那么大，它就那么缓慢地移动，在楼厦之间停留。这个巨大的气球就一直停留在她的梦中，等到她醒来的时候，仍旧可以在脑海中浮现出，因为它在她的梦中停留得太久了。

她起来洗漱，下楼去买了牛奶和鸡蛋，为自己做早餐。吃完早餐，她觉得自己仍旧无法去上班，就给一个同事打了电话，委托她请假。她又趴到窗户上看那些野花，那些野花的花毯一直从远处铺了过来，从平原的尽头铺了过来，洋溢着生机。

忽然，屋内的电话铃响了，她接了，是房东，那个沉默的男人打来的。他问她好了吗？她说好点儿了。他说好的，迟疑了一会儿，他说："我要带你去吃晚餐，你喜欢吃西餐还是中餐？"她想了想："西餐，我最近特别喜欢吃西餐。""那我们去星期五餐厅吧，"他说，"那是一家才开张不久的店，在东三环的边上。我们就在那家店门口见面吧，我会先给他们打一个订餐电话的。"

这是一家两层楼的餐厅，一进去才知道里面很大，而且还有一个吧台。音乐是美国的，有摇滚也有乡村音乐。他们选了一个不吸烟的座位坐下来，点了开胃酒和牛肉法士达卷饼、菜汤。她看到他的脸色一直很苍白，她说："很累吗？"

"不，"他说，他看了她一会儿，这时候开胃酒先端上来了。"我一见到你，就知道你是婚姻之中的失败者。"他说，"和我一样。我想问你，像我这种人，该如何与女人相处？"

她看着他："我是个婚姻中的失败者？"

"是，你是的，你的表情你说话的语气，你的心态你的情绪，这一切都说明了问题。"

她说："我离开了丈夫，很简单，像很多离开丈夫的女人一样，我发现他背叛我的情感。我最恨的就是背叛。”

他笑了笑：“我老婆在两个月以前抛弃了我。”

“为什么？她离开你总有原因吧？”

“她说我不求上进。可我是一个神经科大夫，我弄不明白，我一直在求上进。”

她笑了起来：“就这个理由？”

“对，就这个理由，我爱她，但我得到的却是这种报应。我心情很坏。一开始，我根本就无法一个人在屋里待着，我可以感觉到四面的墙好像要随时倒下来似的。我快崩溃了。我只好回到母亲那里，和母亲待在一个房间里，那墙才不会倒下来。”

“有这么严重？”她问，“这么严重？”

“那些墙真的要砸到我身上了一样，真的。”他说。他的额头有几颗汗珠，晶莹闪亮，他是一个内向的人，她判断。他对很多事都很认真，一切都像人体组织内的神经网络，他要用针把它们缝好，去掉它们的炎症与疱疹。她在想，像他能去修补人的神经，可他却修不好婚姻的神经。他们聊了许多。仿佛同病相怜的两个病人。

从那以后，她和他常常在隔几天之后就见一次面，他们什么都聊，她也因此而弄明白了人体内那些细网一样的粉红色的神经是如何让人的肌肉产生痛苦的抽搐的。她看出来他喜欢她，是因为他们都经过了婚姻的历练和折磨？十天之后，他说他十分爱她，他要和她在一起。她低下头想了一会儿说：“不，不不，不。我不喜欢天天想到那些粉红色的人的神经。”

她仍旧一个人生活在一幢塔楼的顶端，从这里，可以望见浮在这座城市楼厦顶端的雾岚，以及从华北大平原一直铺过来的野花，她又开始工作上班了，开着她的“欧宝”车。有一天她接到了丈夫的电话，他想叫她再回去，他在哀求她，她说：“不。我现在很快活，我们一起在沙滩上垒了一个沙堡，它被水冲毁了，毁灭了，我不想再去垒了。请你别再来找我，真的。”她挂断电话，她想她的伤痕在渐渐弥合，她不需要他了。

傍晚回到家中，她站到窗前在想一些心事，她忽然看见真的有一个巨大的气球，正从三环那边的街区缓缓地向这边移来，与她梦中的一样，那是一个黑色气球，它使她感到压抑。她在想，如果用针，用一根巨大的针去扎它一下，它会立即爆开吗？它会毁灭，并在瞬间爆炸成碎片吗？

威胁总来自黑夜

我出事的那天似乎天黑得很早，是10月份的光景，北京已经很凉快了，尤其是早晚的时候，露水已经可以打湿在草地上行走的人的鞋子。我早晨起来遛狗的时候就是这样的，我的鞋面就被露水完全打湿了。我家那只叫亚当的白色斑点狗很凶，经常会吓唬从我的身边经过的人，所以，我总是要牵好它，防止它乘我不备，突然地挣脱了我，然后去和别的狗撕咬。我在这个郊区社区住了四年了，房子还是结婚的时候和当时的未婚夫一起挑选的。这边的社区环境好，房子的设计也很好，最重要的，是这里的空气很好，比城区的空气不知道好了多少倍。房子买下来之后，我们就结婚了，并且安家在这里，一晃就是好几年。我们两个人都很忙，他在中关村和朋友合伙开了一家电子公司，我则在一家律师事务所工作。我们还没有要孩子，主要的原因就是我们都太忙了。可是，就是这一天，早晨很早的时候起来，我遛完了狗，又和丈夫一起很轻松地吃完了保姆做的丰盛但花样重复的早饭，这样的早饭有白水煮鸡蛋、皮蛋瘦肉粥、韩国泡菜、橙汁、火腿肠、西红柿和黄瓜拌的凉菜，以及黑麦面包等。然后，照例，由丈夫开车，我坐在他的旁边，一起出去上班了。一路上，总是堵车，不知道为什么，我想，北京是越来越堵车了，到处都是车，但凡是条路，都有汽车在狂奔。我们走的是通往市区的 101 国道，这是一条十分繁忙的道路，大车小车、轿车货车，统统都挤在路上不能动。早晨的这个时候，公路上，都是向城内拥挤而去的车与人。看来，短短几年的时间，在北京，已经造就了发达国家才有的景象了，就是人们都住在郊区，但是上班却又在城区。于是每天，下班往郊区走的路上全部拥堵，早晨上班则是进城区的各条道路上都是拥堵的汽车。我知道北京已经有二百五十万辆汽车了，平均两个家庭就有一辆机动车，而且北京的机动车还在按照每年二十万辆的速度增加——这都是我丈夫告诉我的，我的丈夫对所有的数据都很熟悉，只要是想要知道的数字，问他，他那电脑一样的脑袋，可以立即告诉我。比如，我会问他："2005 年北京的轨道交通通车里程是多少公里？"回答马上就有了："一百一十四点三公里。""那么，纽约有多少万辆汽车？"他的回答是："八百二十万辆。""汉城有多少万辆汽车？"他的回答是："首先，韩国人已经把汉城这个名字改成了'首尔'，其次，首尔有超过四百万辆汽车。"于是，我就有些疑惑了，因为，这两个城市是我都去过的，我发现这两个城市堵车的情况，要远远好于北京的状况，而它们的汽车却比北京多多了。"这又是为什么？"我记得我为此很疑惑，又问他。他告诉我："很简单，因为北京的轨道交通不发达，汽车的利用率很高，而纽约也好，首尔也好，东京也好，伦敦也好，这些城市的汽车拥有量都比北京多多了，但是，它们所拥有的轨道交通——地铁、轻轨和市郊铁路，比北京现在发达几倍，最少的都有三百公里。因此，住在郊区的人把车开到地铁或者火车站，然后换乘轨道交通继续向城区进发，所以，他们的城区就不是那么的拥堵。"我明白了，由于北京的轨道交通还不发达，所以，现在人们但凡有了一辆车，就使劲地开，而且全部跑到了马路上。于是，就到处都是车了。那天，我们在国道上堵了很长时间，等到了进入机场高速公路的入口，上了高速公路之后，车速才提了起来。但是，到了三元桥这个三环路上最主要的交通流向枢纽立交桥，光转弯上桥又花了半个小时。幸亏我在东边办公，要不然，堵车不知道要等到什么时候，回家就更晚了。我在律师事务所忙了一天，从早晨八点到晚上五点半，下班之后，到写字楼下面的一个超市给我的亚当买了一些狗食。

我步行抵达班车站，等到了六点的那趟社区班车。巴士很大，出城的时候似乎一直都很顺利，但是，很快就开始堵塞了，我们的车汇入到回家的车流里。巴士走了二十分钟，才终于上了国道，这条国道是一直通往承德方向的。因为是国道，所以道路非常拥挤，最近一些年就更加地拥挤了。去承德方向就只有这一条路，另外的一条高速公路还没有修通，所以，大家都挤在这一条车道上。过去，在商量买房子的时候，我和丈夫就充分地考虑到了交通的问题：每天都要从郊区向城区跑，这样在路上的成本是不是很高？我们都去过一些西方的发达国家，发现人家大都是住在郊区环境优美的社区里的，而且，二十多公里的路程不算很远，加上能够有一个漂亮的后花园，空气清新，房价还便宜很多，又可以买得大一些，最终，我们选择了郊区住宅。虽然交通成本上升了，可是，生活质量也上升了。加上有社区班车，这样即使我们夫妇两个只有一辆轿车，另外一个，还可以经常乘坐班车的。社区班车开得很好，速度很快，在高峰期是经常要走机场高速公路，这样抵达城区的速度也很快，抵达终点站东直门地铁站也很快。在那里，人们一般都可以换乘地铁系统了。现在，由于国道上太堵车，巴士司机在大家的呼吁下，从四元桥上了机场高速公路。最近，小区的业主委员会和小区的物业管理公司正在闹纠纷，因此班车回家的时候走高速公路的机会就少多了。现在，上了高速公路，巴士车速开得快了一些，我的心情也陡然地变好了些。已经是深秋了，我看见路边有一种爬藤的叶子，在暮色中变得红黄一片，非常好看。我闭上了眼睛，想着进了家门，第一件事情是要给家里的花卉浇水——我在早晨忙着做早饭，所以经常忘记给我们家的花，主要是一些绿色的植物浇水。那就晚上浇吧。然后，要和我的亚当玩一会儿，它最盼望我回到家里了。可是，巴士刚刚到达四元桥，我看见，前面就堵成了一条汽车的长龙。原来，我们遇到戒严了。在北京，大人物很多，中国最大的人物都在北京，这是谁都知道的事情。不过，最近一些年，似乎警车开道的情形有些好转，不像前些年，在北京经常碰到警车鸣笛开道，然后领导、要人和外国贵宾们，风驰电掣地从你堵得干着急的车队长龙跟前跑过去，心情别提有多坏了。现在，即使是那些每年春天来到北京商讨国是的人大代表和政协委员们，据说为了不扰民，也是要按照红绿灯的变化进行活动。我从班车的窗户向外面望出去，发现前面很远的地方，一辆警车已经清理出来了一条道路。遇到这种情况，你必须要有耐心。过了大约十分钟，只见一辆奔驰警车闪着灯疾驰而过，一分钟之后，一个车队就风驰电掣地开了过去，有一辆是加长的奔驰房车，而且还挂着某个国家的国旗。原来，是国宾车队——在机场高速公路上，是非常容易碰到国宾车队的。现在，我们国家的领导人和世界很多国家的领导人的来往十分频繁，因此，就经常地碰到国宾车队。车队过去之后，高速公路立即放行了，我们的巴士就继续前进。我的心情又好些了。我看了看表，发现只是耽误了十多分钟，还好，国宾车队没有耽误太长的时间。巴士上的我的那些邻居们，都心情放松了，一些人闭上了眼睛在养神，还有的人在听 MP3 音乐，有人在看书。在车上，我不能看书，那样我会头晕的。所以我很佩服在我旁边看书的那个小伙子。他看的是一本菜谱。最近，好像出版了不少菜谱，电视上也出现了很多教你如何做菜的节目，大家的生活质量都提高了，因此，这类的书籍便多了。我悄悄地看着我身边的这个小伙子，他看一本菜谱，怎么能那么的专注？他结婚了吗？看来似乎结婚了。他是不是在家里分工做饭？他看这个菜谱，是不是要回家给自己的娇妻做晚饭？我正在胡思乱想，忽然，我眼睁睁地看见，大约在前方五十米，三辆轿车一辆猛然地减速，然后，后面两辆车就接着撞了上去。追尾了。我们的司机反应迅速，立即刹车，因此没有撞上去，但是，高速公路立即被那三辆横过来的车辆给堵住了。我们的司机反应很快，他立即倒车——这在高速公路上是违反交规的，从三百米后的一个到老机场路的出口出去了。我从窗户向外面看去，似乎是顷刻之间，整个机场高速公路就堵上了。我想，那些要赶飞机的人可要倒霉了，他们什么时候才能抵达机场坐上回家的航班呢？现在，我们的车进入到了老机场路。这条路在十多年前，就是最早的机场路，通向机场的车辆，都走这条路。路况很糟糕，路面坑坑洼洼的，可能是由于多年失修，路面狭窄，只够来往各一条车道通行。现在，由于机场高速公路和那条通往承德的国道都堵塞了，很多车都被压到了这条车道上，巴士走得很慢很慢，根本就无法开快。巴士上的人们开始抱怨了，已经四十分钟过去了，可是距离社区还有三分之二的路途，不知道今天什么时间能够回家？我旁边坐着的那个看书的小伙子，也合上了菜谱，唉声叹气，可能他为自己无法赶到妻子回家之前，将饭做好而有些懊恼？这是肯定的，假如是我，我也会十分懊恼。我最恨的就是我的计划最后被一些突如其来的事情给打断了。这于我是十分难以承受的事情。下雨了，雨水击打着路两边的树木，树叶发出了哗啦啦的声响。雨水很强烈，这样的秋雨，只会让夜色降临得更快，让天气迅速地变凉，让那些青黄的树叶在雨打风吹下全部凋零。去年的这个时候，就是这样的一场雨，中间还挟带着冰雹，使所有的绿色植物千疮百孔，使大地短时间布满了一种死亡来临的那种灰白颜色。巴士司机这个时候也失去了耐性，他开始咒骂鬼天气在这个时候来到。我们简直是穷途末路了，从国道到高速公路，又从高速公路到这条并行的老机场路，司机想尽了办法，可是巴士仍旧走走停停。前面堵塞很严重，汽车连每小时十公里的车速都不能够保证。我觉得憋闷，就打开了车窗户，一种清新的但是冰冷的秋雨气息传了进来，这样的空气使我立即觉得清醒、舒服，同时也觉得寒冷。雨水的声音很密集，而且，那些植物在夜色中都是黑色的，在瑟瑟发抖，在发出告饶的声音。但是，雨是不会停的，因为秋天里，雨是必需的，雨水必须使大地降温。这样的天气，好冷！我们什么时候才能够到家呀？一个小姑娘打了一个喷嚏，然后问她的母亲。谁都在期盼着，都在谋划着，进了家门，一定要裹上温暖的毛毯，然后偎在沙发上，看电视，或者逗引宠物猫狗。我不反对养宠物，猫狗我都喜欢。可是，现在很多人讨厌养宠物，他们在发动一场宣传攻势。我昨天还在一张报纸上读到，说是南方某城市一个女孩子，从小就喜欢养猫，后来她结婚了，最近生了一个孩子，却天生就是一个瞎子！就是因为猫身上的寄生虫长到了她的身上，最后，她又带给了自己的胚胎，影响了下一代！我简直都无法想象，她和自己的孩子今后怎么生活？而且，在社区里养狗，总是闹出来一些纠纷。在社区里我确实经常看见狗被主人拴着溜达，见面之后互相狂吠的情形。一时间，到处都是狗的叫声，真是人狗一阵忙乱，赶紧把狗狗拉开才算完事。假如你不拴好狗，那狗一旦惊吓了年纪大的老人，或者干脆咬了邻居，就麻烦大了。过去在社区里就发生过这样的事情，有老人突然被没有拴好的大狗扒着肩膀嗅闻，受了惊吓心脏病发作死了；还有一家的小孩被狗惊吓之后，从此得了尿失禁的毛病，到现在还在打官司；更糟糕的是被狗咬了的事件，要立即到医院去打预防狂犬病的疫苗。所以，养狗真是危险的事情。我想起来我家的亚当也很不听话，情绪就很不好。不过，它倒是一直没有咬过人。巴士依旧走得十分的缓慢，前面没有车过来了，似乎有着急的人把来路都给占了，这样对面的车根本过不来，两个方向的车都无法行走了。公路上，车灯大作，喇叭声响成了一片，现在，道路完全堵死了。大家很恼火，更加着急了。这个时候我们是前不着村，后不着店，我都根本不知道现在我们到了哪里。我旁边坐着看菜谱的小伙子站了起来，趴到窗户上向外看，然后，他对司机大声说："师傅，前面大约八百米的地方，就是越过机场高速公路的一个出口，从那里下去，就是 101 国道了，你想办法，再走八百米就可以了。"他说得对，有人这么应和着。于是，司机勇敢地沿着道路右边的路沿，危险地小心翼翼地前行。巴士右边一侧车身，现在完全地被路边的树枝和树叶摩擦了，发出了哗啦啦的声音，很多雨水从外面涌了进来。尽管前面堵死了，我们的车子却能够继续地前进，大家都很高兴。虽然这么走确实是违反交通规则的，可是，现在连来路都堵住了，在这个时刻，人人都急火攻心了，哪里还顾得上别的？巴士艰难地、勇敢地向前面走了大约六百米，我看见，果然，就在前面，有一条高架的匝道桥，越过了机场高速公路，直接通往左侧那边和这条公路并行的 101 国道，而这里距离我们的社区，只有三四公里的样子了。我内心有了希望，觉得距离家这么近，即使是走路回家，也只要二十分钟就可以到家了。可是，就是在这个时候，一直在泥泞的路边行走的巴士发出了一声很不情愿的沉闷的怪响，然后，车子在那里停下来了，任司机怎么发动就是打不着车。我明白，巴士车坏了，走不动了。司机有些慌乱了，他给社区调度打电话，要求调来一辆班车前来接应。然后，他告诉大家，要我们在车内等待，等来接应的车子到了匝道桥的那边，我们可以步行到公路那一侧，去换乘另外一辆班车。几条公路都堵塞了，今天不知道怎么搞的，这样的交通状况，奥运会还能搞好吗？车越来越多，路也越修越多，但是仍旧堵车，到底应该怎么办？这个时候，我的丈夫给我打了一个电话，告诉我他在公司加班，很晚才能回去。看来他能够躲过高峰时间的堵车了。我们在车内等候接应班车的消息，外面的雨越下越大了，我们安静了下来，再也没有人发牢骚了，因为发牢骚没有任何用处，也无济于事，何况，解决目前困境的唯一的办法，就是等候接应的班车。十分钟后，接应的班车来了，但是，停在了一公里外的 101 国道一边。于是，我们下了车，有人打了伞，有的人没有，就沿着跨越高速公路的匝道桥，向桥的那边走过去。这个风雨交加的夜晚，天气很冷。我穿了一套三件套的西服套裙，这样我的腿就觉得很冷。我还穿着一双高跟鞋，这样我走在泥泞的道路上，就很困难。大家鱼贯着穿过了匝道桥，拉开了散兵线，有的人跑向了前面。我落到了后面。我向桥下的高速公路上望过去，看见了路上都是车辆，开着大灯，在拼命地鸣喇叭。中国人开车这一点非常不好，似乎人人都很着急，但凡遇到什么情况，就要鸣喇叭催促，非常不礼貌，而你要是去了欧洲，你就会知道,鸣喇叭催促人是在非常生气甚至是暴怒的情况下才会发生的。我们的文明发育得还太初级了，连随地吐痰都改不了，礼仪之邦已经成为一个传说了。我深一脚浅一脚地走着，慢慢地落到了后面。下了匝道桥，我远远地就可以看见接应的班车，停在前面的一个加油站那里。我走得最慢，因为我的高跟鞋很不争气，这双鞋是我的丈夫去意大利米兰开会，在那个欧洲的时装之都给我挑选的。很漂亮，但是，鞋跟很细，只适合在公共场合和写字楼里穿，哪里想到会遇到这样狼狈的情况。很快，我左脚的鞋跟就断了。我很吃惊，这么好的鞋子，在这个时候使我更加的狼狈了。我停了下来，准备歇一下。雨很大，把路边的一片小树林吹打着，发出了很尖厉的声音。我幸亏带着伞，这样我就停下来，脱掉了鞋子，喘了一口气，准备继续走。事情就是在这个时候，突然变化了。我还没有来得及反应，一个黑影就已经来到了我的身边，他显然是一个男人，力气很大，一把捂住了我的嘴，就把我往那片小树林里拖。我真是希望那个时候有人能够看见我，能够喊出来声音，这样我就得救了。可是，看来没有一个人看见我，在这个风雨交加的夜晚。我很快被他拖到了树林里，我的嘴里被塞上了一团布，我的鞋子丢掉了一只，我的双手被他迅速地朝后绑了起来。我竭力想看清楚他的脸，可是，在他喘着粗气干这些的时候，黑暗的夜幕更加幽暗，他的脸完全地隐藏在阴影中。他穿着一件黑色或者墨绿色的雨衣，很麻利地立即把我给控制住了。很多年来，我都听说了不少劫财劫色的事情发生，但没有想到，这一次却发生在我的身上了。我一开始在使劲地反抗挣扎，但却都是徒劳无益的，我，一个在写字楼里面工作的女人，女律师，现在自己碰到凶手了。我根本就无法抵抗得了他的袭击。我很快没有劲了。我被他控制住了之后，他突然不动了，跪在我的前面，而我歪躺在那里，看着他，我发现这竟然是一个眉目清秀的男人，一个二十多岁的男人。我听见他竟然哭了起来："你根本就不知道我们过的是一种什么日子。我是一个民工，在一家建筑工地干活，干了三年了，两年的工资，都还被包工头欠着。我怎么养活老婆孩子？就在上个星期，我的一个老乡在西单跳楼了，因为没有钱拿回家，他绝望了。他从一个大楼上往下面跳，下面还有人拿垫子接着他，可是，他照样摔死了。奇怪了，你说，这是什么样的垫子？连垫子都在杀人！前天，我们这些工友在工地上看黄色录像，正看得高兴，被举报了，公安来了，我们都吓傻了，赶紧从棚子里逃走。结果，十个人掉到了棚子右面的大粪池里，三个人淹死了！你说，我们过的是什么日子？性压抑，可连看个录像都要死，都要被大粪池淹死，你说，我们过的是什么日子！"他哭哭啼啼地小声地说这些。我忽然明白了，这个绝望的、激动的民工，在这座城市里所受的所有的委屈，所有的压力和磨难，都要由我来承受了。我的目光流露出一丝同情。我希望感化他，希望他像我存有的一丝渺茫的希望那样，放了我，这样我会帮他。我示意我要说话，因为，我的确可以帮助他，我办了那么多的案子，他的任何事情，我都可以帮助他。但是，我忘记了他现在是在一种疯狂的状态里，我落到了他的手里，我是俘虏，是被猎获者，我没有资格这样看他。他看见了我的目光，突然地变得凶狠了："你在看我做什么？我不会听你求饶，因为，我向谁求饶，谁都不搭理我，所以，你也不用向我求饶。只是，你今天完了！过去，在街上，你走过去，你们这样的女人根本就不会看我一眼，可是，现在，你完了！

我掌握了你的命运。”他不哭了，狂笑了起来，然后扑过来，撕开了我的衣服。我挣扎着，奋力地在泥水里滚动，但是，这一切，都是无济于事的。我的带花边的内裤被他一把扯掉了，这个野兽，这个男人立即压在了我的身上，他的上身把我死死地压住了，我根本就不能动弹，他的下半身贴了上来，然后，我的身体内部感到了一阵干燥的疼痛——我被他强奸了。整个过程持续了十多分钟，我咿咿呀呀地呻吟，我流出来了眼泪，觉得这一切都错了，这样的事情怎么会落到了我的头上？我的心灵完全被击溃了，因为，我的身体被完全地侵犯了。我躺在那里，发出了嘶哑的悲恸的声音，我恐惧、羞愧，自尊心完全丧失了，我知道，我的生活从此改变了，我的生活，完全被毁灭了。我哭着，像个死人。完事之后，他爬了起来，似乎有些清醒了，感到后怕了，跪在我的跟前：“女人，我请你原谅我的冲动，我没有办法，没有办法，只好这样了。我不想杀你，我看出来你是一个好女人，我不会杀你！你最好不要去告发我！”他站起来，拿出来一根烟点着了抽，抽了几口，看着我半身赤裸的样子，忽然就又来劲了，他又扑上来，对我进行了第二次的凌辱。看得出来，他的性压抑到了极点，他再次地进入我，强暴了我。我完全被摧毁了，我这个时候都想立即死掉，我真的觉得无法面对任何人，我的丈夫、亲人、朋友，甚至是我的亚当，假如它在场，一定会咬死他！可是，我的亚当，你在哪里？你在家里呢。谁都救不了我。今后，我如何面对他们？他嘴里浓重的烟味儿在我的耳边弥漫，他撕咬我的耳朵、胸脯和头发，他蹂躏我，仿佛我要为他的困境承担一切责任，我成了他发泄一切怨怼的唯一的对象。我不知道为什么成了这个样子。他干完了第二次，很满足、很虚弱地站起来，准备走掉，我已经完全没有力气了。我呆呆地看着他走了几步之后，他又回来了，向我狞笑。“我刚才干的一切，请你原谅，”他又哭了起来，“我知道我不是人日的，我不是人，可是，我也无法让你活了——”他拿着一块石头，这个时候，我明白，我真的完了，我的厄运来了——石头猛地砸到了我的头上，我很痛，但我忽然感到了一阵欣快，一阵解脱。随着一瞬间，死亡降临到了我的身上，我感到我在迅速地向一个黑暗的地方下沉，我像一块巨石一样，在下沉到那个看不见底的深渊里。我死了，我看见他拖着我那被侮辱过的软软的身体，把我放到了一棵小树的下面，解开了捆着我的绳子，用我的外套盖住了我的身体，犹豫了一下，就像一条黑鱼一样游入了黑暗中。现在，我忽然又变轻了，飘浮了起来。我升入高空，我看见，不远处，整个航空港一派繁忙，灯光大亮，飞机在迅速地轰鸣着起降，每个要回家的人都在路上，我们的社区不远了，我的狗亚当正在阳台上张望——我多么想赶紧拥抱它。可是，在这个漆黑的夜晚，只有我不能回家了，我在上升到夜空的过程中渐渐地分解，消散了。